新潮文庫

# 愚者の街

## 下巻

ロス・トーマス
松本剛史訳

新潮社版

11767

# 愚者の街

下巻

**主要登場人物**

ルシファー・C・ダイ………元〝セクション２〟の秘密諜報員

カーミングラー………………ダイの元上司

ベヴァリー……………………ダイの元妻

ゴーマン・スモールデイン…ＵＰ通信社の記者

ヴィクター・オーカット……ヴィクター・オーカット・アソシエイツ経営者

ホーマー・ネセサリー………オーカットの共同経営者

キャロル・サッカティ………オーカットの秘書

ラムゼイ・リンチ……………スワンカートンの顔役

カル・ローンボー……………　　〃　　警察署長

ピエール・ロビノー…………　　〃　　市長

ブー（ビュフォード）………ロビノーの息子

ジェラルド・ヴィッカー……ダイの元同僚、リンチの兄

フェトウィック三世…………『ニューズ・カリオペ』編集発行人

ワーナー・コルファックス…医師

ジュゼッペ・ルカレッラ……ニューオーリンズでのリンチのボス

# 第二部

# 21

ヴィクター・オーカットは私の案が気に入らず、その理由をこちらに向かって話していた。場所はシカモア・ホテルの最上階にあるリッケンバッカー・スイートのリビングもしくは応接室で、座って聞いているのはキャロル・サッカティ、ネセサリー、私の三人だけ。オーカットは部屋をすべるように動き回り、灰皿を手にとってはまた置きなおし、曲がってもいない絵をまっすぐ直したりしながら、とうとうとしゃべりつづけた。

「連中があんたを信じるわけがない」そうオーカットが言うのはこれで十五度目だったろうか。とっくに数えるのはやめていた。

「連中が信じないのか、それとも君がか？」私は訊《き》いた。

「いいや、あんたのことは百パーセント信頼してるさ」

「それなのにもう三十分もねちねち揚げ足を取ってるのか」

「とにかく、うまくいきっこない」

「絶対うまくいく」ネセサリーが言う。

「希望的観測だろ。ぜんぶ憶測だ」とオーカット。

「まあいい」私は言った。「ほかにいい方法の心当たりがあるなら、教えてもらおうか」

オーカットは金色の枠にはまった鏡の前を通りしな、少しのあいだ自分に見とれていた。飛び出した金髪の巻き毛をぽんぽんとやって元に戻す。

鏡の前を通りかかるたびに自分の姿をこっそり見ることはあっても、たいていの人間はそんな自己愛とうぬぼれに満ちた行動を見咎《みとが》められるのが怖いようだ。それでさっと素早く見ては、安心するかがっかりするかして、さらに素早く目をそらせる。だがオーカットの場合は、鏡に映るものが気に入っていたし、誰に見られようと気にもとめなかった。

「もしあんたのやり方で行くとしたら」オーカットが言う。「最初の一手は何だ？」

「向こうからの申し出を、君が私に払うと言っている額の二割五分増しで受ける」

「向こうは信じやしない」

「それでも、信じたふりはする。さらにいくらか金を上乗せしようとするかもしれない、なかなか珍しいことだろうが」

オーカットがさっと振り向いた。小さく張りつめた、悪意のある声で言った。「キャロル、ミスター・ダイ宛《あ》てに二万ドルの小切手を切ってくれ」

「小切手は受け取らない」私は言った。

「だったら現金でだ」

「今晩中に？」とキャロル。

私は首を横に振った。「明日でいい」

「明日の朝にね」オーカットが言い、またこちらを振り向くと、できるかぎりいやったらしい笑みを浮かべてみせた。なかなか堂に入っている、と思った。「これで満足かな？」

「もちろん」

「それで手もとの金を数えたら、あんたはつぎに何をする？」

「われわれがだ。やることをやる」そう訂正したのは、彼が気に入らないだろうと思ったからだった。

「それはいい。われわれ、がね」

「こちらの誠意をたしかに示す」

「どうやって？」

「向こうにちょっとしたものをくれてやる」

「何を？」とオーカット。

「何かじゃなくて、誰かだ」

「ははあ！」オーカットが言った。やっとぴんときたらしい。この男にしては少々鈍いなと思っていたところだった。「ポーンか」

「いや。もっと格上の、ナイトかビショップだ」

「具体的には？」

「あんたのリストにあった味方の誰かだ。重要人物だ。名の知れた人間がいい」

「それで向こうはその男をどうする？」

「破滅させる。あんたの良心が痛むなら、破滅させるに値する人間を選ぶことだ」

オーカットはもう目をきらきらさせて私の前に立ち、両手を黄色い絹のスモーキングジャケットのポケットに突っこんだ。「それから？」

「われわれが——私がかな——もうひとり、破滅させられる人間を向こうに差し出す。こちら側と密接に結びついた人物で、やっぱり有名で、人気があればなおいい」

「もちろん」オーカットはつぶやいた。「もちろんそうだ」

「リンチの仲間たちも、ひとりめのときはまだ疑ってかかるだろう。罠《わな》じゃないか、こいつは嘘《うそ》をついているんじゃないかと。だが二人めの生贄《いけにえ》を引き渡せば、さすがに信用するはずだ。その時点での予想を言うなら、向こうは私にニセの情報を聞かせて君たちに伝えるように仕向けるだろう。君たちがその情報に沿って動くように。こちらはそう見せかけておいて、何かしら対抗手段を取る。ただしリンチの一派に対しては、それを鵜呑《うの》みにしたように見せる。私は彼らの側にいて、内側に入りこみ、やつらのニセの情報を君に伝え、君からは本当の情報をやつらに伝える」

「いけるかもしれない」オーカットが言う。「うまくいくかも」

「そうして内部に食いこんでいく。それだけだ。リンチの一派もこちらを完全には信じないだろう。二人の人間を破滅させるよう手伝ったあとでも。まだ私の――ああ、そう言ってもよければ、忠誠をな。それでも向こうはつきあって動くはずだ。自分らは頭がいいから、私が何を仕掛けても見抜けると思ってる。だがこっちはそうでないほうに賭《か》ける。似たような世界で十一年も不愉快な経験をしてきたから、それぐらいはわかる」

オーカットは下唇を右の人差し指でとんとんとやった。「つまりあんたは、二重スパイになるってわけか」

「いや。それを言うなら三重スパイだな。そこが最大のミソだ。そんな危ない橋を渡る人間は多くない。とくに四十にもなろうかという人間なら」

「三重スパイ」オーカットは柔らかな低い口調で言い、もう一度言った。その言葉の上に舌をすべらせるように。「うん、気に入った！　君はどう思う、ホーマー？」

ネセサリーはゆっくりとうなずいた。「じつにいい。ダイの言うとおり、それで向こうの内部に食いこめる。俺が知りたいのは、誰をはめるのかってことだ」

「破滅させる人間のことだな？」とオーカット。

ネセサリーはもう一度、さらにゆっくりとうなずいた。「俺は誰でもいい、この部屋にいる人間でさえなけりゃ」

「ここの誰かだってかまわないでしょ。あなた本人でさえなかったら」キャロル・サッカティが言った。

ネセサリーはにやりと冷たく笑った。「図星だよ、かわい子ちゃん、俺でさえなけりゃいい」

オーカットが低く笑った。「で、われわれは誰を選ぶ？」

「われわれじゃない。選ぶのは君だ」私は言った。

「ああ」オーカットがまた下唇を指でたたいた。「わかった。有名人でなけりゃならないが、あんまり有名で、改革派の面目が丸潰《まるつぶ》れになるようでもまずい、と。そうだね？」

「それでもべつにかまわない」私は辛抱強く言った。「早めにすませてしまえば、選挙日までには忘れられる。古いニュースになる。住民はもうあきあきだろう。ほかの材料がほしくなるはずだ」

「同じくらい美味《おい》しいネタか、それ以上のものをな」とネセサリー。

「そのとおりだ」私は言った。「だからこそ内部に食いこまなきゃならない」

「そういうものが見つかると思うか？」オーカットが言い、また歩き回りはじめた。今度は黙ったまま、また別の絵をまっすぐ直し、また鏡を見て自分の姿に納得し、タイの結び目をいじり、そしてこちらを向いた。「それは——それは——うん、何でもいいわけだ、あんたがリンチの陣営で見つけるか、でっち上げるかすれば。どんな形のものになるだろうな？」

「きっとおぞましいものね」キャロル・サッカティが言った。

「おぞましいほどいい」ネセサリーが言って、心地よさそうに笑った。この種の話し合いは得意のようだ。

「どんな形になるかはわからない」私は言った。「まだいまのところは」

「とりあえずやるべきなのは、この街でリンチの一派に破滅させられる人間を二人選ぶことだな？　こっちの陣営にいる、名の知れた二人を？」

「そういうことだ」

「破滅させる、とは具体的にいうと？」

「スキャンダルだ。人目にさらされ、嘲笑《わら》われる。評判ががた落ちになる。いや、破滅の意味ぐらいわかるだろう」

「そうか」オーカットが穏やかに言った。「うん、わかるとも。それで僕に選べってことだね、その二人というか、身内でも誰でも。とにかく効果のあるものを」

「君の仕事だ」

「選択肢はいっぱいあるはずだ」

「いつでも何かしらある」

「罪のない人間はだめだな、もちろん」

「罪がなかったら、そもそも破滅させられない」

「ちょっとした神様ごっこみたいじゃないか？」

「生まれ育ちでそういうものが好きになる人間はいる」

「これはなんだろう――権力？」

私はうなずいた。「その一部だな」

「たいへんな騒ぎになるだろうな」とオーカット。

「うん」オーカットが私を見た。「だが、あんたがいずれ起こすものほどひどくはないやつだね」

「そうだ」

「言っておくけど、ミスター・ダイ、あんたの最終的な役目を忘れちゃいないよね」

「ああ。何もかも終わったら、私はぜんぶの矢面に立って街から叩《たた》き出される」

「街の住人にはカタルシスが必要だからな――感情のはけ口になるものが。まったくギリシャ悲劇そのものだよ、そう思わないか？　何もかも必然に駆られて動いていく」

「誰かが神様の役をやらないとね、ヴィクター」キャロル・サッカティが言った。

「やっぱりあなたなんじゃない」

オーカットは下唇を引っぱって眉《まゆ》をひそめ、ぱっと笑顔になった。「実を言うと、自分でも気に入るんじゃないかと思ってるんだ」

「だろうと思った」私は言った。

シカモア・ホテルのシェイドツリー・ラウンジで、私はキャロル・サッカティとホーマー・ネセサリーに一杯ずつおごった。ヴィクター・オーカットは自分のスイートで、生贄にする人間のリストを検討中だった。その仕事を楽しんでいるように見えた。

「あいつの反応はどうだった？　あいつの勘が当たって、チンピラがおまえをぶちのめしにきたって聞いたときの様子だが」ネセサリーが訊いた。

「興味がなさそうだった。退屈とまではいかないが」私は言いながら、勘定書にサインをした。

「自分に起きたことじゃないからよ」キャロル・サッカティが言う。「彼は自分に直接関わってくることにしか興味がない。もしくは自分にとって不都合なことしか」

「やつらが私を病院送りにしてたら、彼にも不都合なんじゃないか」

「でもそうはならなかった、だからどうでもいいわけ」

ホーマー・ネセサリーはスコッチの水割りをぐびりと飲み、口もとを手の甲でぬぐうと、私ににやりと笑いかけた。「それで、感想はどうだ？」

「何の？」

「おまえは自分より若いやつの下で働いたことがあるか？　ずっと年下のやつの」

かぶりを振った。「ないな」

「俺もだよ。まったく、あいつの父親でもおかしくない歳《とし》だってのに、おとなしく指図をされてる。妙な話だ。いや、あいつはとにかくおそろしく頭がいいが、それでもちょっと妙なところがあるんだ」またひと口飲み、また口もとをぬぐう。「いいか」と言って、テーブル越しにこちらに乗り出してくる。「あいつと俺とでそこらに座って話をしてるとしよう。そのとき俺が何か、ちょっと前にあったことを持ち出すと、あいつはすっと顔から表情がなくなるんだ、まるで何言っているのかさっぱりわからないってみたいに。それも俺が言ってるのは誰でも知ってるような、十五年ほど前にあったことで、そのときはあいつも十一くらいになってたはずなのに、なんにも覚えてない」

「わたしはそんなことはないでしょ」キャロル・サッカティが言った。

するとネセサリーは、おそらく村じゅうの女がヘスターと胸の緋《ひ》文字《もんじ》を見るのとそっくりな目を向けた。ネセサリーには何か独自の興味深い基準があるらしい。「くだらん、おまえは女だろう。それにあいつより歳がいってる」

「三ヵ月だけよ」

「ふん」唸《うな》り声で言う。「おまえは年上ぶるからな。いろんなことも覚えてる」

「よく本を読んでるってことね」

「ああ、よく読んでるさ、客をとる合間に」またごくりと飲んだ。「だがオーカットのやつがどんなふうだか知ってるか？ こっちがあいつの知らないことを話し出すと、あいつはふっとあの妙な顔になって、何の話をしてようといったんやめさせる。それからこっちの知ってることを洗いざらい話させるんだ。そうしてこっちからぜんぶ搾《しぼ》り取ったあと、何週間かしたらまた持ち出して、自分がそれを使って言いたいことを主張してくる、こっちが最初からそんなことを言ってもいないってみたいに」ネセサリーは首を横に振った。

「それ以外に不満は？」

「不満だとか言ってるわけじゃないぞ、ダイ。自分より若いやつの下で働くのがどういうものか話してるだけだ。俺はそんな経験はなかった」

「ホーマーは二十七歳で警察署長になったのよ」キャロル・サッカティが言った。

「その癖が抜けないの。いまだに自分がその場でいちばん若いと思ってる」

「ピーター・パンみたいにか」私は言った。

「誰だって？」ネセサリーが訊く。

「関係ないひとよ、大人になるのに長い時間がかかるの」とキャロル・サッカティ。

「そいつのことは知らん」その口調からして、あきらかにネセサリーには、自分が聞いたことがないものは気にする価値のないものなのだろう。

「もう一杯どうだい？」キャロル・サッカティに声をかけた。

「ありがとう」彼女はカンパリを飲んでいた。

「ホーマーは？」

彼は腕の時計を見て、かぶりを振った。「もう行かなきゃならん」

「どこへ？」キャロルが言う。

「そろそろ〝どこかの男〟を探しにいったほうがいい」

「手伝いは要るか？」

またかぶりを振る。「ちょっと嗅《か》ぎ回るぐらいだ」

「あんたの動きは向こうも知ってるぞ」

「リンチの仲間がか？」

「ああ」

「願ったりだ。おまえは明日リンチと会うんだな？」

「ああ」

「〝どこかの男〟のことを訊いてみろよ」

「そのつもりだ」

「リンチの仕業だと思うか？」

「たぶん」

ネセサリーは立ち上がるとテーブルに両手を突き、ぐっと身を乗り出した。「ひとつ確かなことがある。いや、二つか三つかな」

「何だ？」

「ひとつめは、おまえより俺のほうが先に〝どこかの男〟を見つけるってこと、二つめは、リンチはその男と関係がないってことだ」そう言って片目を、茶色のほうの目をつぶってみせ、外へ出ていった。

ネセサリーが行ったあと、キャロル・サッカティは届いたばかりのグラスをじっと見ていた。「素敵なチームね、そう思わない？」

「そう言うなら、言えなくもないか」

「元悪徳警官に元娼婦《しょうふ》、それに元秘密諜報員《ちょうほういん》――そう呼んでもよかった？」

「かなり近いかな」

「こっちのほうがいいかしら――首になった元スパイに、見た目やしゃべり口調ほど好き者じゃないボス」

「そこでは訊いてない」

「知ってる」

「何を？　訊かなかったことか、好き者じゃない云々《うんぬん》のことか？」

「どっちもよ。彼はセックスに興味がないの。彼にとってはないも同じ」

「試してみて、わかったのか」

「何もしてないわ。ただわかったの。ホーマーも言ってたけど、わたしは大勢の男と寝てきたから、役に立つか立たないのか、興味がないのかはわかる。オーカットは興味がないのよ」

「それは気の毒だ」

「どうかしら。運がいいのかも」

「そんなわけないだろう？」

彼女がグラスを見つめるのをやめて、私を見た。「あなたがどう切り出すのかと考えてたんだけれど」

「いまわかったわけだ」

「あまり独創的じゃないわね」

「そのつもりもないさ」

「あなたも興味がないの？」

「そうは言わなかった」

吸いこんでいない煙を薄く吹きかけてくる。私は手で払った。「それで？」彼女が言う。

「それで、何だい？」

「もうしばらく駆け引きをする？　すぐに部屋へ上がってベッドに飛び込む？」

「もう三ヵ月以上ご無沙汰なんだ。駆け引きは飛ばしていい」

彼女が酒を飲み干し、大きなハンドバッグを膝《ひざ》の上で抱えて言った。「行きましょう」

「君の部屋か、こっちの部屋にする？」

「私の部屋。歩いて帰るのは好きじゃないの」

彼女の部屋は九階の九一二号室だった。下の階にある私の部屋と同じ造りだったかもしれない。ベッドと椅子《いす》が何脚か、ドレッサーと書き物机があった。床に敷いたカーペットは合成繊維で、壁に掛かった絵も模造品に見えた。彼女はハンドバッグをドレッサーに置き、鏡をのぞきこむと、髪に何かをした。何かはわからないし、何も変わったようには見えないが、それでも女がみんなやることを。「あなたはどういう趣味？」と言った。国連総会が閉会するのが早すぎると思わない、と訊いてでもいるようだった。

「どうだろう。場合によるな」

「場合って？」

「君がどういうのが好きかによる」

彼女はドレッサーに寄りかかると、恥骨と胸を前に出して、ワンピースの布を突き上げるような体勢をとった。頭を軽く後ろにそらせ、口を開けて舌を唇のまわりに這《は》わせる。それは五〇年代末から六〇年代前半の映画スターを撮った写真の見事なパロディで、本人もそれを承知していた。やがて頭をさらに後ろにのけぞらせて笑い出した。私も三ヵ月ぶりに一緒になって笑っていた。

彼女の手が首の後ろのファスナーに伸び、ワンピースをするりと脱いだ。床に落ちたままのそれに、ハーフスリップが続いた。彼女は私に近づき、腕を首に回してきた。また舌を唇に這わせる。「フェチはどう？」と言う。「ハイヒールとか濡《ぬ》れタオルとか、そういうのは？」

「君がほしいなら、考えてみるよ」私は言いながら、手ぎわよく彼女のブラを外し、自分の技量が落ちていないのに満足した。彼女が腕を下げてブラジャーから抜き出し、ゆっくりと、熟練した動きで床に落とした。「気に入った？」自分の胸を撫《な》で回しながら言う。たしかにそそられた。

「とてもいい」

彼女の手が私のズボンのジッパーに、ついでベルトに伸びた。手でまさぐってくる。たしかに、とてもよかった。「三ヵ月どころか、一年ぶりみたいな感じ」そう言うと後ろに下がり、ゆっくりとパンティーを脱いでいく。これからが呼び物というところで、急ぐのはよくない。自分自身のそこもまさぐりながら、また頭を後ろにそらせ、かすかに口を開けた。「気に入った？」

「すごいよ」私の声はくぐもって、少しかすれていた。「本当は自分でやらないほうがいいんじゃないか？」

彼女が私の手をつかみ、大事なところへ導いた。そして私のネクタイとシャツを脱がしながら、まさぐる私の手に合わせ、物憂《ものう》げに腰を動かした。ネクタイが外れ、シャツも剝《は》ぎ取られた。下着もくるぶしまで下げられ、そこでズボンと一緒になった。

「あとは靴」彼女は言い、ゆっくりと膝を突いて靴を脱がせた。そのまましばらく立ち上がらず、立ち上がったときがベッドへ行くときだった。

# 22

スワンカートンでは悪事は早い時間に持ち上がるのか、翌朝の七時半には歩いて私の部屋までやってくると、ドアを叩いた。少し開けて見ると、それは警察署長のカル・ローンボーに、ラムゼイ・リンチ本人で、リンチの上側の前歯の隙間《すきま》には朝食の食べかすがのぞいていた。爪楊枝《つまようじ》を差し出してやろうかと思ったが、ただ身震いして目をそらし、ドアを大きく開けた。二人が入ってくる。

「まだおやすみだったみたいだぞ、署長」リンチが言った。

「だらだらベッドで横になってるなんて、人生の無駄というもんだ」ローンボーが言い、リンチに片目をつぶってみせた。「まあもちろん、きれいな何かがそばに寝てるんでなかったらのことだが。じゃましたんじゃないか、ミスター・ダイ?」

「こちらの気分によるな」私は言って、電話に向かった。受話器を取り上げてルームサービスを呼び、コーヒーを注文した。「そちらはもう飲んだんだろう?」とリンチとローンボーに言う。礼儀正しい振る舞いではないが、朝のマナーがいいと褒められたことはまだ一度もない。

「まあ、もう一杯飲むのを断る手もないがね、そうだろう、カル？」

カルも異存はないとのことで、コーヒーを四人分頼んだ。また別の誰かがご機嫌伺いに立ち寄ろうとしないとも限らない。もし来なかったら、自分で飲むまでだ。

「着替えてもいいか？」私は訊いた。パジャマがなかったので、カーミングラーがよこしたトップコートをローブ代わりに羽織っていた。

「ごゆっくり」リンチが言った。「カルも私もここで無駄話でもしているよ」

「爪楊枝は要るか？」

　リンチが「うん？」と言い、私は「何でもない」と応じて、新しい服を手にバスルームへ向かった。シャワーを浴びてひげを剃《そ》り、服を着たところにコーヒーが運ばれてきた。シカモアは悠揚迫らぬサービスが自慢のホテルらしい。ルームサービスのウエイターはコーヒーを注ぐとき、私のソーサーにはほんの少ししかこぼさなかった。ゲスト二人のソーサーにも怠りはしない。リンチはこぼれたコーヒーを自分のカップに注ぎ入れ、警察署長は無視し、私はナプキンで拭《ふ》き取った。

「われわれスワンカートンの人間は早起きが好きでね」ウェイターが出ていくと、リンチが言った。

「そのようだ」私は応じた。

「ここのカフェに入ったら署長がいたんで、朝メシを一緒に食ったんだよ」

「明け方の朝食は、いろいろ良いことが多いと聞く」私は言った。

「おおかたあんたも明け方に、靴を持って廊下をこそこそ歩いてたんだろ、ミスター・ダイ」警察署長がカップの縁ごしに片目をつぶってみせた。こちらも目配せを返す。この男は熱心なのぞき屋の素質があるようだ。それともただ、そんな話をするのが好きな連中のひとりなのか。

「さて」リンチが言った。「この署長は、昨日のわれわれからのちょっとした提案を君がどう判断するかにいささか興味があってね。私もたいへん興味がある。それに署長は今朝のうちにあんたに別の用事があるというので、われわれが一緒に立ち寄れば一度でぜんぶ片づくだろうと思ったんだよ」リンチは椅子に深くもたれかかり、自分の状況説明の巧みさに満足したようにうなずいた。あごが上下にぶるぶる揺れ、見るとシャツの襟もとがきつすぎ、その上に贅肉《ぜいにく》が盛り上がって垂れていた。今朝は昨日とは別のスーツで、アイロンがけ不要のコーデュロイだが、テント並みにサイズが合っていなかった。自分が成長してこのスーツに合うようになると見越しているのだろうか。

「用事というのは？」ローンボーに訊いた。

相手がカップを書き物机に置くと、前屈みになってひじを膝《ひざ》に乗せ、心配げな表情を浮かべた。夜に鍵《かぎ》をかけたバスルームの鏡で練習した表情のように感じられた。

「お友達を留置場で預かってるんだ、ミスター・ダイ」

「友達？」

「ホーマー・ネセサリーだ」

「彼を起訴するのか？」

ローンボーは首を横に振った。「そうとも言えるし、そうでないとも言える。まずあんたに話したほうがいいと思ってね」

「何の容疑で連行した？」

ローンボーは肩をすくめた。「酩酊《めいてい》だ」

「それだけか？」

「秩序紊乱《びんらん》もだ」

「ほかには？」

ローンボーがため息をついて首を横に振った。遺憾にたえないという身振りなのだろうと解釈した。「いや、逮捕に抵抗したとなると、ちょっと見逃せないんでね」

「どこでだ？」

「イージー・アリバイだ、ここの向かいの」

「フレッド・メリウェザーがオーナーの店か」私は言った。「あんたたちのお気に入りの市議会議員の」

「そうだったな！」リンチは、いま思い出したというように少し驚いた口調を装《よそお》ったが、あまりうまくいかなかった。「あんたもきのう会った男だ」

「ネセサリーの逮捕は何時だった？」ローンボーに向かって訊いた。

相手が何か思いつこうとするように天井を見上げた。「夜中の十二時か、そのぐらいだ」

「時間の幅は？」

「十五分ほど前後するかな」

今日一本目の煙草《たばこ》に火をつけた。最初の一本だけはいつも美味《うま》い。あとはただの惰性で吸うだけになる。「納得できない」

ローンボーはかすかに笑った。「さて、なぜそう言うのだろう、ミスター・ダイ？」しおらしい、傷ついたといわんばかりの声音だった。

「誤認逮捕だ」

「われわれは普段そういう逮捕をしないと？」

「この街で酔っ払いを捕まえるはずがない。わかりきってる。家に連れ帰って頭をぽんぽんとやって、ベッドに寝かしつけるだけだ。寝る場所もないアル中でもなければ、トラ箱に放りこんだりはしない。ゆうべの十一時五十分に私と別れたとき、彼は素面《しらふ》だった。彼が飲むのは見たことがあるし、朝までひと晩じゅう飲んだとしてもおかしくはない。なのに二十五分で酩酊していたと言うから、それはまちがいだと言ってるんだ。抱水クロラールでも飲ませればすぐに効いたかもしれないが、それなら逮捕に抵抗したかどで捕まえられるはずがないだろう？」

「いや、署長、ミスター・ダイはなかなかいい点をついているんじゃないかね」リンチが微笑《ほほえ》みながら、首を縦に振った。

「とにかく、彼は拘束された」ローンボーが言う。「保釈金を払って外に出るか、そのまま裁判を待つかだ。一週間ばかりかかるかもしれん。それ以上かも」

「保釈金はいくらだ？」

「五百ドルだ」

「彼は金を持っていないのか？」

「一セントも持ち合わせはなかった」ローンボーが澄ました顔で言う。

「十五分で出してもらいたい」

よく日焼けしたローンボーの首筋に、それでもわかるほどの赤みが差した。赤みは顔から耳へと進み、濃いバラ色に染まった。声が前日に会ったときと同じ、きつく抑えた口調に戻っていた。「どこの誰だろうと」言葉を区切りながら言う。「俺にどうこうしろと言う――」

「黙って聞け、カル」と言ったリンチは、もう陽気な太った男ではなくなっていた。こちらを見たが、その目にも陽気な色はなかった。「あんたが何に慣れてたかは知らないがね、ミスター・ダイ、この街では誰も警察署長にそんな口のきき方はしない。よっぽどの理由があるか、よっぽどの友人がいないかぎりは」

「あんたのような、か？」

相手がうなずいた。「そう、私のような」

「このすばらしい街に来て八時間もたたないうちに、チンピラ二人がこの部屋で待ち伏せて飛びかかってきた。あんたたちの差し金じゃないかと思ったんだが」

「ちがう」

「まあいい、あんたたちじゃない。どこかの誰かがそうしたが、ホーマー・ネセサリーが加勢してくれたおかげで、私は病院送りにならずにすんだ。彼にはそばにいてもらいたい。そうすれば彼がこっちを見張っていられるし、ついでに言えば、こっちが彼を見張ることもできる。どういう意味かはわかるだろう」

リンチが警察署長のほうを向いた。「ネセサリーを釈放するよう伝えるんだ」

「もう記録簿に書きこんだあとだ」ローンボーが言う。

「ふん、まあ、それはまったくもってまずい話だな、カル？　もう記録簿に書きこんだからどうしようもないというわけか。何やら石に彫られた聖書の文字みたいな扱いじゃないか。しかし君がだ、そこの受話器を取って、部下たちにインク消しの瓶を探し出してくるように言えば、その記録簿もちゃんと正しく読めるようになるかもしれんな。それがすんだら、あのエアコンの利《き》いた豪華な新車のフォード製パトカーを一台回させて、君の謝罪も添えて、ミスター・ネセサリーをホテルまで送り届けさせればいい」言い回しはいかにも南部らしかったが、訛《なま》りはニューアークのそれだった。もしくはジャージー・シティの。

「部下たちがインク消しを探し回ってるあいだに」私は言った。「パトカーの後部座席の後ろを探すように言ったら、ネセサリーのポケットから落ちた金も見つかるかもしれない」

「おそらくな」リンチがうんうんとうなずいた。「おそらくそうなるだろう」

こちらは座ったまま、ローンボーが電話で新たな指示を送るのを聞いていた。きびきびした、相手が口を差し挟む余地のない話し方だった。そして電話を切っても、私とリンチのどちらも見ようとしなかった。

「さて、ミスター・ダイ、これでお気に召したかな？」リンチが訊いた。

「もちろん」

「それで、昨日こちらから持ちかけた提案の件だが。検討する時間はあっただろうか？」

「十分あった」

「結論は？」

「受けよう」

「それだけか？」

「それだけだ」

「じつに朗報だ」リンチは言ったが、どこかあやふやな様子だった。

「歓迎されるものと思ってたが」

「いや、まあ」とリンチは言うと、コートのポケットに手を入れ、セロファンに包まれた葉巻を出した。注意深くそれを眺め、セロファンをはがしてきれいに丸めると、ゴミ箱に向かって投げた。だが外れた。葉巻の匂《にお》いをかぐと、灰色の舌で注意深くなめた。片方の端を噛《か》み切り、立ち上がるとバスルームに入った。リンチがその端を便器に吐き出し、水で流すのが聞こえた。椅子まで戻ると、四つあるポケットをぜんぶ探して、やっとブックマッチを見つけた。その一本で葉巻に火をつけると、吸った煙を勢いよく吐き出した。時間は計っていなかったが、葉巻に火をつけるのに三分はかかっていたはずだ。時間の値段の安い朝だった。

「いや、まあ」また同じことを言った。「あんたがあまり時間をかけずに、われわれの提案を受けると言ってくれたものでね」

「そっちが急いでいると言ったんじゃなかったか」

「言ったとも、たしかに。しかしミスター・ダイ、こういった取引は、いってみると女の子を口説くようなもんだ。もちろん早く股《また》を開かせたいのはやまやまだが、あんまり早くそうされると、三十分前にはほかの誰の前で開いたんだと疑いたくなってくる。駆け引きの醍醐《だいご》味《み》がそがれるというかね、何を言ってるかわかると思うが」

「わからない」私は言った。

「ふうむ」リンチの反応は、肯定とも否定とも、その中間とも取れた。「しかしだ、私の見るところ、あんたはずいぶん勢いこんでイエスと言ってるような気がする。かりにあんたが女の子で、こっちが結婚を申し込んで、そんなふうにイエスと言われたら、実はあんたが妊娠していて、子どものための父親がほしいだけなんじゃないかと思うだろうね。あんたは妊娠しちゃあいないだろう、ミスター・ダイ?」

「していない」

「ほんのちょっとばかりもか?」と言って、太った男特有の笑い声をあげ、そのせいでむせて葉巻の煙と一緒に少しつばを飛ばした。

私はにっこりしたが、悪い冗談のつもりの笑みだった。「ほんのちょっとばかりもしていない」

リンチが警察署長のほうを向いた。「どう思う、カル?」

「思うも何も。考えるのはぜんぶそっちの仕事なんじゃないのか」

「おいおいカル、君の意見はいつも誰より尊重してるだろう」

「ふん」

「君はどう思ってるんだ?」

ローンボーがこちらを見た。私の黒の靴と靴下を、新しい深緑色のキャバルリーツイルのスーツを、白いシャツを、そしてひどいネクタイを観察した。そして私の薄い金褐色の落ち着いた目を、引き締まったあごを、堅い口もとを。その何もかもが気に入らないようだった。

「俺がどう思ってるか知りたいんだな？」まだ私をじっと見ながら。リンチに向かって訊く。

「もちろん、心から知りたい」

「こいつは囮《おとり》だと思ってる」

リンチが頭とあごを何度も上下にゆすった。同意のしるしというより、簡潔明瞭《めいりょう》に伝えられた率直な意見に感心したというようだった。「なかなか面白い判断だ、カル。じつに面白い。これに対するコメントはあるかな、ミスター・ダイ？」

「何もない。そちらの言うとおりだ」

リンチが頭を後ろにのけぞらせ、けたけたと笑い出した。しばらく笑ったあげく、自分の膝を叩きはじめた。右の膝を。この男と兄のジェラルド・ヴィッカーはほんとうに同じ親から生まれたのか。多少ふくらんではいても見た目はたしかに似ているが、性格にはほとんど共通点がない。欲深さと悪意が遺伝的な特質に数えられるならともかく。

リンチはけたけた笑うのを止め、涙は出ていなくても、それらしく目もとをぬぐい、歯のあいだに挟まったスクランブルエッグの残りかすをまたじっくり拝ませてくれた。

「つまり、あんたはたしかに囮で、そう公言して、神や万人の前で認めるというわけか？　そうなのかね、ミスター・ダイ？」

「そうでなければ、私には一セントの価値もないだろうな」

「説明していただけるかね。私にというより、ここにいるローンボー署長のために。私には話の流れがたぶんわかってきたと思う」

「簡単な話だ」私は言った。「ヴィクター・オーカットは、私が昨日あんたたちと会うことを知っていた。私は戻ったあと、そちらからの提案のことを話した。それを受けるべきだと向こうを説得するのに時間がかかったが、最後には納得させた」

「大したもんじゃないか、カル？」リンチがまた満面の笑みで言った。「こんなことは前代未聞《みもん》だろう？　このミスター・ダイはこう言ってるんだぞ。昨日われわれと話したことをオーカットに伝えた、するとやつは、それでいい、われわれの側につけと言ったと。つまりあんたの本当の目論《もくろ》見《み》は、あんたがオーカットの側にいると向こうに思わせながら、実はこちら側につくというわけだ」

「そのとおりだ」

「ふうむ」リンチが言う。「あんたは曲者《くせもの》だと兄貴のジェラルドから聞いてたが、ミスター・ダイ。まったく大変な曲者だ」

「彼からたっぷり学んでね」

「そいつはまちがいないな。まあもちろん、私はジェラルドみたいな知恵は回らないが。家族のなかでも頭が単純なほうだった。だが、このくらいは思い浮かぶよ、あんたは実はオーカットの側にいて、われわれの側につこうとするふりをしてるだけじゃないかとね」

「同じことをオーカットも言っていた。ただしまったく逆の立場からな」

それがツボに入ったらしい。リンチは腹の底から高笑いをしてこくこくとうなずきながら、そのリズムに合わせて拳《こぶし》を膝に打ちつけた。今度は左の拳を。それが収まると言った。「それであんたがわれわれの利益を守ってくれるというのは、どうすれば確かめられるんだ、ミスター・ダイ？　それはそうと、これからルシファーと呼んでもいいか？　ここいらでは堅苦しいのはあんまり好かれない」

「ルシファーでけっこう。あんたたちの利益が守られるかどうかは、こちらが差し出すものでわかるだろう。それがそちらの判断基準になる。私は情報を出して提案する、それだけだ。あんたたちは自分でその情報を調べ上げて、こちらの提案どおりに動くかどうか決める。その提案が気に入らなければ、無視すればいい」

「どう思う、カル？」リンチが警察署長のほうを向くと、ローンボーは相変わらずこちらを何か最新の種類の、えも言われぬ専門領域を持った悪魔でも見るような目で見ていた。

「こいつはとんでもない嘘つきだと思う」

「そりゃあそうだとも、カル。こういうビジネスをやる男はそうでなきゃならん。問題はわれわれと向こうの、どっちのために嘘をつくかだ。そこが思案のしどころってやつだろう、ルシファー？」

「そういうことだ」

「で、それは値段次第ってことじゃないかな」

「それも当たりだ」

「こっちはオーカットが払う額の二割五分増しを申し出たんだったな？」

ただうなずいた。

「あっちは五万出すと聞いてる」

「今朝、そのうち二万を受け取った」私は言った。「あんたは二万五千出すことになる」

「われわれと向こうの両方から取るつもりなんだろうな、もちろん。だとしても責めようとは思わないが」

「ああ、あんたはそう言うと思っていた」

「となると、これから何日かでわれわれにちょっとした情報が入れば、それをあんたからオーカットに知らせてもらってもかまわないだろうね？　あんたがわれわれから、何というか、探り出した情報として？」

「それもサービスの一環だな」私は言った。「もちろん、こちらの立場が保証されてからだが」

「あんたのほうの進捗《しんちょく》ぶりをこっちで見られるようにはできないか？」

「こういう言い方をしてもいいなら、馬鹿《ばか》な質問だ」

リンチはむっつりと大きな頭を振った。「だろうな。そうだと思う。いつ結果が得られると思っておけばいい？」

「数日中に。一週間はかからない」

リンチは一分近く黙ったまま、半分まで吸った葉巻をためつすがめつしていた。やがて目を上げてこちらを見ると、その顔には私がこれまで何度も見たことのある表情が浮かんでいた。軽蔑《けいべつ》と好奇心と疑念、それに少しばかり不本意な賞賛が混じり合った表情だ。私自身、以前に二重スパイを使ったときには同じ顔をしていたのだろう。

いま思えば、カーミングラーもよくこんな顔をしていた。「取引成立だ、ルシファー」ようやくリンチが言った。「握手しなきゃならないこともないな、毒蛇には手がないし。それでも取引は成立だ」

「いや、まだだ」私は言った。「金を数えるまでは」

「えらく押しの強いクズ野郎気取りだな？」ローンボーが言う。

「支払いを受けるときはそうなる」

「今日の午後に二万五千の小切手を届けさせよう」リンチが言って椅子から立ち上がった。体重のわりに身軽な動きだった。

私はため息をついた。「小切手は受け取らない。あんただろうとオーカットだろうと。現金でだ」

「残りはいつ渡せばいいんだ？」リンチは言った。

「またあとで知らせる」

「そうだろうともさ」ローンボーが言った。

「午前中に届けさせるとしよう」リンチは言って、少し急ぎ足でドアのほうへ向かった。空気がいささか悪くなったとでもいうようだったが、実際にそうなのかもしれない。ローンボーがあとを追った。

ドアの前で、リンチが振り向いて言った。「その金は銀行に預けたほうがいいな、ルシファー。ホテルの部屋に裸で置いておくのはちょっと物騒だ」

「そのつもりだ」私は言った。「おすすめの銀行はあるか？」

リンチがにやりと笑い、朝食のかすのついた歯を見せた。「たまたまだが、私は向かいのファースト・ナショナルにちょっと関わりがあってね、あんたとビジネスができるならじつに光栄だ」

「それはいい」

リンチがまた足を止め、顔を下げると、右手の拳を鼻にこすりつけた。むずがゆかったのか。「ところで、あんたをぶちのめそうとしたチンピラ二人だが」

「あの二人が何か？」

「私が差し向けたわけじゃない」

「わかった」

「それで、こっちがやったのでもオーカットでもないとしたら、ほかに誰がそんなまねをする？」

「わからない」

「われわれは、言ってみれば一緒にビジネスをやるわけだから、調べをつけておいたほうがいいかもしれん」

「二人の名はフランク・スミスとジョー・カーソン。そう言っていた」

ローンボーがうなずいた。「そいつらなら知ってる」

「さっそく調べるんだ」リンチは言った。「ミスター・ダイにこれ以上の面倒か、無用の敵ができるのはまずいだろう？」

ローンボーがまた冷たい、私を街の恐怖の種だと分類するような目で見た。「こいつはスワンカートンを出ていく前に、その両方とも抱えこむんじゃないか」

それに対する返しの文句は、どうにも思い浮かばなかった。

# 23

ニューヨークに電話をかけたとき、スワンカートンでは朝の九時だった。あっちでは十時ということになるが、スモールデイン通信社にはまだ時間が早すぎた。会社の受付係がオペレーターに、ミスター・スモールデインは十一時前には出社しないのでと言っているのが聞こえた。それで彼に電話をくれるよう言付けをした。

キャロル・サッカティが部屋まで来たのは九時半で、その二、三分後にはルームサービスの朝食が届いた。ベーコンエッグが十分冷めて油が固まってから出すのが頃合いだという判断なのだろう。トーストも指を火傷《やけど》せずにすむ温度だった。

キャロル・サッカティは部屋の向かい側の椅子に座って足を組み、大きめのハンドバッグを膝の上に置いて、唇に楽しそうな笑みを浮かべていた。ウェイターがいろんな銀の器のふたを開けながら、シカモアのメニューが誇る「南部料理《サザン・キュイジーヌ》の世界」を私に見せていった。

「石綿の手袋を忘れたんじゃないか」私は言った。

「サー？」とウェイターが訊《き》き返したので、何でもないと答えた。ウェイターは五十がらみの、ぎゅっと絞りあげたような顔の男で、足をひどく引きずって歩いた。もう行きつくところまで来たいま、そもそも何をがんばってきたのかといぶかっている人間を思わせた。やはり白人だったが、そのことでサービスの手抜かりを埋め合わせられるとホテルの経営者は思っているらしい。

「こちら、グリルで」と冷たい肉の塊を、クリスマスの七面鳥でも見せびらかすようにさらしてみせる。「こちら、ベーコンエッグ。トーストがこれで。そちらのレディがコーヒーを飲まれるかと、カップをお持ちしやして」ときどき動詞を省略してしゃべった——時間の節約のつもりなのだろう。

「ずっと走ってきてくれなくてもよかったんだが」私は言いながら勘定書にサインをし、たっぷりとチップを添えた。

「走っちゃあいねえす」と相手は言い、私は咎《とが》め立てしてすまないと謝った。

ウェイターが出ていったあと、コーヒーは飲むかとキャロル・サッカティに訊いた。飲むわと彼女が言い、私はカップに注いで出した。固形燃料《スターノ》の火のおかげで、まだ熱かった。

「今日は一段ときれいだ」カップを渡しながら言った。

「ありがとう」と返ってきた。コーヒーに対してかお世辞に対してか、その両方なのか。

「ゆうべは楽しかった」と言って、冷たいバターをもっと冷たいトーストに伸ばそうとする。

「ずいぶんお世辞が多いじゃない」

「単なる礼儀さ」

「誘うようなことは言わないのね?」

「何がだい?」

「思ってたの、男のひとがみんなしたがる質問をしないでほしいって」

「どういうことを?」

「君も楽しんだかい、って」

「そんなつまらないことは言わない。言えるのは、もう一度したいってことだけだ」

「いつ?」

「朝やるのがいやだとかいうことは?」

「全然」

冷めた朝食はもうどうでもいい、そう決めた。コーヒーを最後にひと口飲むと立ち上がり、座っているキャロルのところへ行った。いまはもう、キャロルと呼ぶべきだと考えていたのを覚えている。彼女はコーヒーカップを置くと、手を差し伸べた。その手を引いて、ゆっくり立ち上がらせた。まだあのかすかな笑みが浮かんでいたのを覚えている。いぶかしげといっていい笑みだった。「急ぐのはだめ」と、キスをする前に言った。「そうだね」私も言って、あの長い、探るようなキスを試した。舌が前に進み出ると、形ばかりの抵抗のあとでたちまち屈し、やがて積極的に迎え入れられる。もうお行儀よくしているのに飽き飽きしたあとの、たまらなく素敵な女のキスだった。

ゆうべとは打って変わって、二人とも慎重に服を脱いでいき、ここは面白そうだと思えばたがいに手伝いもした。今度は熱に浮かされたようなところもなくベッドに入り、手と口と言葉で愛撫《あいぶ》し合った。愛情は伴っていなくても、耐えがたいほどエロティックだった。彼女の茶色に近い、濃い赤色の乳首はぴんと立ち、その腰は触れるものすべてに強く押しつけられ、なめらかに気だるく動くこともあれば、それ以上に激しく求めてくることもあった。そしてある視線かあえぎ声かおののきか、何かわからないきっかけのあとで、二人とも頃合いが来たことを知った。私は彼女のなかに入り、彼女は恍惚《こうこつ》のうめき声を漏らし、たがいにいつまでも続けようと努めたが、やがてもう不可能になるほどの絶頂に達した。二人とも惜しむことなくそれを受け入れ、最後の狂乱と忘却へ没入していった。

　事後というものはもちろん来るが、特別にすばらしい時間になることもある。このときも初めのうちはそうだった。二人でくしゃくしゃのシーツに包まれて横たわり、何も言わず、ただ深く呼吸をしながら、たがいの鼓動に耳をすませていた。やがてキャロルが身じろぎをすると横向きになり、私の胸を指先でなぞった。「以前に、知り合いの女の子がいてね。死ぬのをすごく怖がってたんだけれど、あるとき本物の死がどんなものかを教わったの」

「どんな？」

「長いオーガズム」

「それで自殺したとか？」

「いいえ。ただスカイダイビングとか、スキューバダイビングとか、そういうものを始めたわ。たぶん百まで生きるでしょうね」

　電話が鳴り出し、手を伸ばして取った。「ミスター・ルシファー・ダイでいらっしゃいますか？」オペレーターが言った。

「少し待って」と言ってクロゼットまで歩いていき、トップコートを羽織ると、電話口に戻った。「ミスター・ダイだが」

「ニューヨークからお電話です、ミスター・スモールデインにおつなぎします」

しばらく早口のやりとりがあった。スモールデインの秘書がミスター・ダイは電話に出ているのかと何度もたずね、遠距離通話のオペレーターが出ていると何度も答えた。やがてスモールデインが、いつもの調子で電話口に出てきた。

「何の用だ、俺みたいな老いぼれに？」

「それほど老《ふ》けちゃいないだろう、ゴーム」

「もう六十五だよ。おまえ、手紙もよこさなかったな？」

「刑務所にいたんだ」

「ましなところか、ひどかったか？」

「悪くない。ブリッジハウスほどはね」

「どのくらいいた？」

「三ヵ月だ」

どこの刑務所かと訊くので、私は答えた。

「なんでまた？」

「へまをした」

「まだスパイどもの巣にいるのか？」

「首になったよ」

「そりゃめでたい。金が要るか？　仕事の口は？」

「仕事はもうやってる」

「スワンカートンでか？　馬のクソみたいな街だぞ」

「そうみたいだね」

「昨日、あれがいくつまで行ったか知ってるか？　七十九まで行って、今日も上がりつづけてる」

「傷に塩をすりこまないでくれ」

「だから手放すなと言ったろうが。あの二分割のあと、いまじゃ二十五万の価値があるんだぞ」

「僕は二十五万なんて金に用はないんだよ」

スモールデインは広東《カントン》語に切り替えた。「たしかにな、おまえはゴキブリと亀《かめ》の糞《ふん》を集めてるのが似合いの運命なんだ」

「人間、歳《とし》をとるほど、知恵まで子ども並みになるっていうのは困ったもんだね」

「ふん」スモールデインは言うと、しばらく黙りこんだ。「こっちでもまわりからそう見られてるみたいだ。知ってるか、俺がいま何をやってるか？　クソ取締役会の会長だよ。上の階までケツを押し上げられたんだ。ほんとに仕事の口は要らないか？郵便室でなら雇えると思うぞ」

「空けといてくれ」私は言った。「いずれ頼むかもしれないけど、いまはほかに必要なことがあってね」

「何だ？」

「まだクライアント用の人材調査サービスはやってる？」

「やってるとも」

「何人か調べてほしい。金は払うよ」

「そっちで何か楽しそうなことができたのか？」

「まあそうかな」

「手伝いは要るか？」

「いま言ったけど」

「なんだ、それはちゃんとやるさ。だから、賢人の助言とか先達《せんだつ》のアドバイスは要らないかってことだ。とにかく退屈でたまらん」

「まだ何とも。そのうち頼むかも」

「六時間でそっちへ着けるぞ」

「これから言う名前を調べるのに、どのくらいかかる？」

「四十八時間だな。ＦＢＩに十二時間差で勝ったこともあるが、フーバーの爺《じい》さんにはコンピュータがここまで普及するなんてわからんだろうからな。でもあの爺さんにもいいところがひとつある」

「何だい？」

「俺より歳を食ってるってことさ」スモールデインの口調が変わった。「よし、ルシファー、名前を読み上げろ。四十八時間で結果を知らせる。どの程度がいい？　徹底的にやるか？」

「調べられるかぎり」

「じゃあいいぞ」

「録音はしてるかい？」

「してる」

「一人めはヴィクター・オーカット、ロサンゼルス在住。ヴィクター・オーカット・アソシエイツ代表。二人めはホーマー・ネセサリー」綴《つづ》りと、彼が警察署長をしていた街の名を伝えた。「三人め、ラムゼイ・リンチ、スワンカートン在住。これは偽名だ。本名はモンゴメリー・ヴィッカー。アトランタにいたこともある。連邦刑務所で服役した。四人めはカル――たぶんカルヴィンだ――ローンボー。綴りを言うよ」そして言った。「この男はスワンカートンの警察署長だ。五人めはミス・キャロル・サッカティ、ネセサリーと同じ街の出身」

「このろくでなし」キャロルが言った。

「何だって――いまのは何だ？　そばに女がいるのか、声が聞こえたぞ」

「キャロル・サッカティ本人だよ」

「おい、おまえ、よっぽどあちこちでへまをやらかしてるな」スモールデインが言う。

「もうすんだことさ」

「名前はそれだけか？」

「それだけだ」

「四十八時間で終わる。うちのニューオーリンズの支社までテレックスで送って、誰かにそっちまで届けさせてもいいし、俺からおまえに電話してもいい」

「まず電話をくれ、それから決めよう」

「そっちで何に首を突っこんでるんだ、ルー？　政治がらみか？」

「一部はね」

「老いぼれの助けがほしけりゃ、知らせてくれよ。退屈してるんだ」

「そうする」

「また連絡する」

「じゃあ」そう言って、電話を切った。

キャロル・サッカティはベッドの上にあぐらをかき、煙草を吸っていた。こちらに微笑んでみせたが、笑っているのは口もとと真っ白な歯だけだった。「ファックしても、なんの《ファッキング》値打ちもないってわけ？」

「聞いたことのある言い回しだ」

「珍しくもないわよ。さっきのは誰？」

「古い友達だ」

「それでわたしたちを調べ上げてるの？」

「君が言いたいのは、なぜわたしを調べてるの、ってことだろう。ほかの連中はどうでもいいはずだ」

彼女が肩をすくめ、そのせいで乳房が絶妙な感じに揺れた。「あなた自身がそうだって言ってるのと同じね」

「そのとおり」

「オーカットを信用していないの？」

「信用してるさ、彼がこっちを信用してる程度には。彼は僕の名前をイエローページで見つけたわけじゃない」

「わたしのことがどんなふうに言われるのか、興味があるわ。政府が誰かを雇おうとするときの報告書に、何が書いてあるか見たことはある？」

「まあ少しは」

「とにかく何でも書きこむのよ。うわさに憶測に嘘《うそ》、当てずっぽうに脈絡のない直感——手に入るものなら何でも。そういうものがぜんぶ小さな緑の罫線《けいせん》の入った紙にきれいにタイプされてるの、タイピングはいつもそれほど要領がいいわけじゃないけど。見よう見まねで打ったような感じのこともあるわ」

「どこでそんなものを見たんだ？」

「以前、ある友達が政府の仕事に就こうとしててね。連邦政府のほう。大統領付きの役職。ＦＢＩがそのひとのことを調べて、そのＦＢＩのひとが誰かに渡して、それがわたしのところへ回ってきたわけ。そのコピーが」

「どうして連邦政府の書類だとわかったんだ？」

「覚えてないわ。彼が教えてくれたのかも。でも何が書いてあったかは覚えてる。彼がその役職に就けたのが不思議なくらい。飲みすぎで遊びすぎ、借金もいっぱいあった」

「それは生の、未評価の報告書ってやつだ。ＦＢＩの専門分野でね。連中は何も判断を下さず、ただ掃除機みたいに何でも吸いこんで吐き出すのさ」

「わたしのもあるのかしら?」

「たぶんね」

「キャロル・ポーティア・サッカティ、二十六歳、一九四四年七月二十二日生まれ。サンフランシスコ出身のアーネスト・サッカティ中尉《ちゅうい》夫妻の娘。サッカティ中尉は一九四四年六月八日、オマハ・ビーチで戦死。母は一九四六年から五五年にかけて、カリフォルニア州モントレーで売春宿を経営。麻薬常用者だった。一九五五年七月四日、癌《がん》のためモントレー総合病院で死亡。キャロル・ポーティア・サッカティは私立学校で教育を受けた。学費を出したのは叔母のセイル・サッカティ、故サッカティ中尉の妹。叔母は一九六一年九月に死亡。その姪《めい》のキャロル・ポーティア・サッカティは、働きながら大学を卒業したあと、最初はコールガール、つぎに十代の売春婦専門のモーテルのオーナーをやって、いまのヴィクター・オーカット・アソシエイツに入社。

それでわたしみたいな悪女のできあがり。どう、気に入った？」

「こっちから訊いたわけじゃないぞ」

「そうね。あなたはそういうのとはちがう。何も訊かなかった。どうして？」

「気にしてないからだ」

「わたしが娼婦《しょうふ》だったことを？　その理由のほう？」

「どっちもだ。君は大学へ行きたかった。だが地道に働きたくもなかった」

「そうするべきだったと思うの？」

「べつに何も。君は娼館に売られた白人娘のような経験はしてないだろう。興味があるとしたら、君が何を専攻したのかぐらいだ」

「家政学よ」キャロルは言って立ち上がり、服を身に着けはじめた。

私はその様子を眺めた。「ヴィクターの経歴は、本人が言ってるとおりだってわかるわよ」

「だろうな」

「だったら、どうしてわざわざ？」

「電話一本ですむからさ」

「そのトップコートはどうして？」

「何だって？」

「あなたは裸だったけど、電話で話す前に、わざわざトップコートを着たでしょう」

「裸で電話には出ない」

「わたしはよく出るけど」

「以前は出ていた」

「でも、もうしないわけ？」

「ああ」

彼女がしげしげとこちらを見た。「やっぱりあなた、少し変わってるわ」

「少しね」

「どこに置いておくのがいい？　ドレッサーの上？」

「何を？」

「あなたの二万ドルよ、わたしが今朝、銀行から引き出してきたの。ところで、オーカットが正午に会いたがってるわ」

「わかった」

「それで、お金はどこに置くの？」

「ドレッサーの上だよ。伝統というのは守らないと」

# 24

私の妻を犯し、殺したと見られる二人組、マットとジェフはボンで逮捕された。一九五八年一月、私はセクション2が言うところの、「世界に打って出て民主国家の敵と渡り合うための訓練プログラム」を終えたところだった。地図は正確に読めるし、拳銃《けんじゅう》は誰もが認める高い精度で撃てるし、いざとなればナイフも使える。それだけでなく、かなりの技量で家屋やアパートメントに侵入することも、近所のごろつきから丸腰のまま身を守ることも、暗号のひとつや二つ解読することもできた。私のいた五七年の五人のクラスにはほかにもいくつかの課程があり、教官たちはたいてい講義の前に、「これは君らの命を救うかもしれない」と能書きを言った。もっともテストはなく、審査会で評価されるだけなので、かつてキャンプ・フッドで歩兵の基礎訓練を受けたときと同じように、講義にはろくに耳を傾けなかった。

課程の途中で、評価を記した紙を受け取った。少々活を入れてやろうという意図からか、「不注意」「やる気がない」と書かれていた。どんな意味だか知らないが、気にもとめなかった。組織はすでに私を四年間大学へ通わせるのに二万六千ドル近くかけ、加えて私の語学の才を買っていた。メリーランドでの六ヵ月の課程の成績を買っていたわけではない。それだけでいえば、私の卒業時の評価はクラスで最低だったはずだ。

ボンにいる二人組のことを伝えてきたのは、やはりカーミングラーだった。その日は緑がかった灰色のツイードを着ているせいで赤毛の髪が強調され、あらためてこの男は世界一、人目につく諜報《ちょうほう》部員じゃないかと思った。「君が伝えていた人相書きに一致する」カーミングラーは言った。

「人相書きってほどじゃありません。片方の背が低くて、片方はそれより高いというだけで」

「ほかにも当てはまる点は二、三ある。この二人は東ドイツの出身だ。大佐が活動していたところだ」

「何をしてたんです？」

向こうはその質問を無視し、いつもどおりたじろいだ様子も見せなかった。カーミングラーは私を評価する審査会の一員だったが、その評価には「頭は切れるが、惜しむらくは軽薄な姿勢が悪運の予兆となる」と書いてあった。「悪運の予兆となる」など書くような人間はカーミングラーしかいない。ほんとうはまっとうな英国連隊の少佐にでもなって、第一次世界大戦の特殊作戦に加わっているべき人間なのだ。本人もそのほうがずっと幸せだったろう。

「もうひとつは、この二人組がボンで、大佐とごく緊密に動いていた人間を取り除いたことだ」

「取り除いた？」

「排除した」

「殺したんですね？」

「そうだ、言わせるな」

「誰だったのかは訊きません」

「それでいい」

「私にその二人の首実検をさせようと？」

「そうだ」

「わかりました。出発はいつです？」

「明日だ」

私たちはボルティモアから、当時はまだアイドルワイルドという名だった空港まで飛び、そこからプロペラ機に延々と乗って、カナダのガンダー、スコットランド、ロンドン、最後にケルンへと移動した。カーミングラーはその間じゅう本や書類を読むか、何か頭をすっきりさせることをしていた。私は窓の外を眺め、出されたものを飲み、眠った。二人ともほとんど話さなかった。

ケルン＝ボン空港で、黒のオペル・カピテーンに乗ったドライバーに出迎えられた。ライン川がしょっちゅうつくり出す、じっとりと不快な一月の一日だった。オペルはヒーターが利いておらず、やっと目的地に着いたときには体が冷えきって苛立《いらだ》っていた。

そこは煉瓦《れんが》造りの古い倉庫で、ケルン郊外のまばらにしか家のない住宅地に建っていたせいだろう、大戦中の爆撃からどうにか逃れていた。それでも完全に免れられたわけではなく、砲弾の破片が煉瓦に食いこんだ箇所に、ピンク色のかさぶたのような傷痕《きずあと》が残っていた。

「アメリカの施設ですか？」私は訊いた。

「実際はイギリスのものだ」カーミングラーが言った。

短いコンクリートの階段を上り、ドアを抜け、すり減った緑色のリノリウムに覆《おお》われた廊下を進んでいった。両側の壁は薄汚れたタン色に塗られ、空襲があった場合にどうするかを示すドイツ語のチラシがまだところどころ画鋲《がびょう》で留めてあった。カーミングラーは以前も来たことがあると見え、管理職専用の洗面所へ行こうとでもいうように廊下をずんずん歩いていく。そして半分が木製、半分がすりガラスのドアの前で足を止めてノックをし、どちら様ですか、どうぞといった声がかかりもしないうちに開けた。彼がドアを支え、私はどこかの〈高官殿《ヘア・ディレクトア》〉の執務室だったはずの場所へ足を踏み入れた。床はカーペット敷きで、ほぼ正方形の部屋の一角に大きなオーク材の机があった。長テーブルもあって、周囲に九脚か十脚の椅子《いす》が置かれ、重役会や幹部会にでも使えそうだった。タン色の壁は数枚のライン川の写真で飾られ、一九四五年六月から誰にもめくられていないカレンダーもあった。イギリスには自分たちがほんとうに戦争に勝ったのを思い出すのにこのカレンダーが必要なのだろうかと思った。

私たちが入っていくと、デスクの後ろから男がひとり立ち上がった。「やあ、カーミングラー」握手もなく、カーミングラーが「ダイ、スピークだ」と言った。紹介としては史上最短記録だったのではないか。

「やつらはどこに？」カーミングラーが訊いた。

「地下だ」スピークはイギリス人だった。

「そちらの成果は上がったか？」

スピークがうなずいた。「多少は。だがどっちからもさんざんでたらめを聞かされた。英語は見事なもので、アメリカ人と言っても通りそうだな。二人とも戦争中に捕虜になってミシシッピで過ごした。ひとりのほうは少し南部《なんぶ》訛《なま》りがあると言ってもいいほどだ」

カーミングラーがこちらを見たが、私はかぶりを振った。「やつらは一言もしゃべらなかった」

「ほかには?」カーミングラーが訊いた。

スピークが思い出そうとするように、何もない机に目を落とした。「これはほぼ確認がとれていることだが、やつらは四九年ごろからチームを組んで、東ドイツの外で仕事をしていた。五三年にわれわれがハンブルクで使っていた男を消したことも、それ以外の人間の長いリストもぜんぶ認めている」

「ほかに認めたことは?」とカーミングラー。

「そうだな、ボンの件の否認はまず成り立たない。そちらの連中が現行犯で——というか、犯行直後に捕まえたからな。哀れなバサートンのやつが死んだあとに」

「政治的動機の線は?」カーミングラーが訊いたが、彼が普段よりも子音を短く発音し、母音を長く伸ばしてしゃべっているのに気づいた。イギリス人の前ではいつもそうするのだ。

「いや。君らと同じで、そうは思っていない。やつらはプロだ、まぎれもなく。だが動機はまったく金だけで、政治とはちがう」

「戦争前のことは？」

「二人とも、もとはベルリンのこそ泥だったと言っている。確かかもしれない。訛りも言葉遣いもそれ風だ。アメリカから送還されて除隊したあと、いつのまにか流されてこの稼業《かぎょう》に就いたらしい。暗殺を商売にするようになったいきさつはいささかあいまいだが」

「あのネクタイがあるのに、まだアメリカへ行っていたのを認めないのか？」カーミングラーが言った。

「ネクタイとは？」私は訊いた。

「ひとりがヘクト・カンパニーのラベルがついたネクタイをしていた。ヘクトというのはワシントンのデパートだ。調べたところ、一年以上前に売っていたものじゃなかった」

「そのネクタイをしていたやつは、フランクフルトのバーで酔ったアメリカ人の旅行者と交換したと言っている」スピークが言う。

「金は誰から？」

「そちらの組織にした話と同じだ。ベルリンにいる、ウィリーとだけ呼ばれている男だ。一人ずつ二千マルクと経費を受け取った」

「そちらはもう、できるかぎり聞き出せたと思うか？」

スピークはうなずいた。「だと思う。三週間ずっと、昼も夜も締め上げてきた」

「薬は？」

「そちらの連中がやった。こっちは――その――別の方法を使ったが、少ししたら喜んで話し出した」

「ミセス・ダイのことは？」

「妙なことに話さない。政治的な暗殺ならいくらでも平気で白状するのに、強姦《ごうかん》殺人に関与したことはまったく、頑として認めないようだ」彼は私をちらりと見た。「申し訳ない」

「問題ないです」

「君らのほうは終わったわけだな？」カーミングラーが訊いた。

「ああ。そう考えていい」

「ダイに当人たちを見せないとならない」

「もちろん」

オフィスを出て廊下を進んでいくともうひとつドアがあり、開けると外に階段があった。階段を下りた先に、壁が煉瓦、床がセメントの地下室が現れた。倉庫の縦横全体の広さで、その一角に三・六×三・六メートル程度の小部屋があった。この建物のほかの部屋と比べてずっと新しく、コンクリートブロック造りで、金属製の扉には小さな、ごつい鉄の網で覆われた窓がついていた。扉の外に、木製の肘掛《ひじか》け椅子に座った二人の男がいた。どちらもコートとセーター姿で、前に電気ストーブがあり、頭上に吊《つ》るしてある裸電球のダブルソケットから電源を引いていた。

「外に出せ」スピークが声をかけると、男のひとりがうなずいて立ち上がった。大きな鍵束《かぎたば》を取り出し、そのうちの二つで扉のロックを外して、重い鉄の棒を後ろにずらすと、ギギッと大きな音が響いた。私は一瞬、上海《シャンハイ》のブリッジハウスに戻っていた。あのときと同じ音だったし、監房のなかの囚人の不安が想像できた。もう二度といい知らせは来ないことはわかっているはずだ。

監房の警備係は二人とも立ち上がっていた。どちらもリボルバーを持っていた。見たところ、三八口径だった。ひとりが扉の真ん前に立ち、もうひとりが扉を開ける。ダークスーツとセーターを着た男二人が出てきた。ネクタイはなく、おそらくベルトもしていなかった。靴は紐《ひも》が抜かれていて、履いたまま歩くには引きずらなくてはならなかった。ひとりは背が高く、ひとりは低かった。

スピークが英語で指示をした。「ここに立て」と言って、煉瓦の壁を身振りで示す。二人はその前まで行き、壁を向いて立った。「こっちを向け」スピークが言った。二人が体を回す。私はその前まで歩いていき、じっと見た。

マットと呼ばれる背の高いほうは、身長百八十センチほど。なで肩で、長い腕の先の手の甲は毛深かった。茶色がかった髪に薄い青色の目で、少し左へ傾いた鼻の左右にある眉《まゆ》はごく普通だった。口は小さく、ほとんどすぼまったようで、大きなあごと太い首に似合っていない。ひげも剃《そ》る必要があった。

背の低いほうのジェフは、ほとんど白といってもいい明るいブロンドの長髪が、いささか豚を思わせる卑《いや》しい青い目の上にたえず落ちかかっていた。ジャガイモのような鼻と頬骨の上の赤い斑《まだら》、見えるか見えないほどの薄い眉、そして定規で描いたような驚くほど一直線の口もと。あごは尖《とが》っていて、小柄な体はおそらく全身が骨だけで、手もやせていた。

「どうだ？」カーミングラーが訊いた。私のすぐ脇《わき》に立っていた。

「あのときはマスクをかぶってました。ハロウィンのマスクを。ゴム製のやつを」

「身長や体格は？」

「同じです」

「でかいほうは、手が毛深い」

「手が毛深い人間は大勢いる」

「どちらも見分けがつかないか？」

「ズボンを下ろせ」私は背の高いほうに言った。

そいつがスピークを見て、顔をしかめてみせたので、私はもう一度ドイツ語で、さっさとしろと命じた。スピークも同じことを言った。男は何かぶつくさつぶやいてから、ジッパーを開けてズボンを下げた。靴のまわりに落ちかかったそれは、暗い水たまりのように見えた。

「パンツもだ」私は言った。

相手はつかのま気色ばんだ。「これに何の意味があるんだ？」

「おまえのコックが見たい」

そいつは少し顔を赤くして、いま唯一《ゆいいつ》、友人役を務めてくれるはずのスピークに、また訴えるような目を向けた。

「下ろすんだ」スピークが言った。

背の高い男は、今度ははっきり赤面しながら、パンツを下ろした。青と白の縞柄《しまがら》だったが、こういうものを穿《は》いている男は多い。そいつのペニスを見た。割礼をしておらず、寒さと不安と羞恥《しゅうち》のためにしなびて垂れ下がっていた。私が片膝《かたひざ》を突いてもっとよく見ようとすると、やつは飛び上がった。私は立ち上がって、相手を見すえた。

「私を覚えてるな？　あの土曜日の夜、おまえが私の前で妻を犯し、撃ち殺したのを？」

　やつは嘘が上手《うま》かったが、完全ではなかった。私が土曜日と言ったとき、その左まぶたがピクリとした。あの晩は金曜日だったのだ。だが、わずかな動きでしかなかった。「あんたのことは知らない」やつは言った。「会ったこともない」

　私はカーミングラーとスピークのほうを向いた。「この二人はもう用はすんだんですね？」

　カーミングラーは「すんだ」と言った。そしてスピークのほうを向くと、彼も肩をすくめた。

「そこにある拳銃を使っていいですか？」

　スピークがうなずき、警備係のひとりが私に自分の銃を手渡した。三八口径スミス・アンド・ウェッソンだった。私は二人組に向きなおり、背の低いほうに銃口を向けた。「私を覚えているだろう？」

「知らない」そいつは言って、青い目で私の目を見すえた。

「私がそこにいる友達を覚えているのは、そいつのコックの先に青い染《し》みがあるからだ」

背の高いほうが首を前に突き出し、青い染みを探した。「そんなものはない」と言った。

「だとしたら治ったんだな」

「俺はもとから――」そこで口をつぐんだ。

「おまえらを殺す。二人とも」私は言った。

背の高いほうは信じたにちがいない。固唾《かたず》を飲むと、唇を動かし始めた。何をしているかわかったので、私は待った。そいつはつばをたっぷり溜《た》めるとこちらへ吐きかけ、それが私のトップコートの襟に落ちた。男は歯をむき出してうなった。「あの女は汚い雌犬だ！」ドイツ語でそう叫んだ。それから英語に切り替えてわめいた。「最悪の淫売《いんばい》だ！」

その瞬間、殺そうとした。殺すつもりだった。指が引き金を引きはじめたとき、あの場面がよみがえった。こいつがベヴァリーの上にのしかかって、ズボンとパンツを足首まで下げ、唸《うな》っては腰を突き出すのを。ベヴァリーの顔を、彼女の姿を、彼女の目がどうなったかを思い出した。また殺そうとしたが、つぎの瞬間、背を向けた。

「ああ、くそっ」と言って拳銃をスピークに押しつけ、誰からも顔を見られないうちに階段へと急いだ。

私たちは翌日、飛行機でニューヨークへ戻った。

# 25

スワンカートン・ファースト・ナショナル銀行の行員たちはこのうえなく親切だった。「当座預金口座を開きたい」と言えばすばらしい笑みが返ってきたし、その日の朝キャロル・サッカティが届けてきた現金二万ドルを保管する貸金庫を借りたいという要望は満面の笑顔で迎えられた。オーカットが用意したセントルイス銀行からの信用状を見せたときの副店長の顔は輝くばかりだった。私の知るかぎり銀行員たちの愛想がこれほどよくなるのは、ほかには給料日までにあと数百ドルの余裕があると言う人間に対してぐらいだ。

これで金持ちになった、と思った。八歳のときにグリプスホルム号でクラップスの賭場《とば》を共同で開いて以来、ここまでの大金を持ったことはなかった。サンフランシスコには一万九千五百ドルがある。スワンカートンの貸金庫には二万ドル、経費用の当座預金には五千ドル、そしてラムゼイ・リンチから二万五千ドルの入金が約束されている。さらに八百十六ドル五十九セントの現金も。引退という考えが頭をよぎりかけた十一時ごろ、ホーマー・ネセサリーがロビーから電話をかけてきて、これからそっちの部屋へ行くと言ってよこした。

「酒はあるか?」入ってくるなり言った。

「まだスコッチが残ってる」

「それでいい」

私は二杯作り、一杯を手渡した。「氷はないが」

「慣れてる」

「どうだった?」

「ことのてんまつか、理由か?」

「両方だ」

ネセサリーはいつもどおり、早口で簡潔明瞭《めいりょう》に、今度もぜんぶ現在時制で伝えた。

「ゆうべ十二時十分前ごろにおまえと別れてから、向かいのイージー・アリバイとかいうバーへ行ってだな。知ってるだろう?」

「外から見た。市議がオーナーだ」

「なるほどな。酒を頼んでカウンターに座って、このバーテンはどこまでおしゃべりだろうかと思ってると、私服の二人組が入ってきてバッジを見せて、本署へ来いと言ってパトカーに乗せられる。なかなかいいぞ、ああ、本署の建物のことだが。そこで指紋を採って、写真も撮ってから静かな小部屋へ連れていかれて、ちょっとばかり質問をされる」

「何を訊《き》かれた？」

「俺たちが探ってるのが誰かとかいったことだ。だから、誰のなんにもつかんじゃいないと言うと、また訊かれる。しばらくすると向こうも訊くのに飽きて、俺をちょいと小突き回すが、大して強くはなくて、あんまり気が入ってない感じだ。それからひとりがパイント瓶を出してきて、飲めと言ってよこす。くそったれめ、殴られるよりはましかと思って飲んでみる。安物のバーボンだ。まあべつに、一パイント飲んでも動き回れるんだが、するとやつらが俺を取り押さえて、酩酊《めいてい》と秩序紊乱《びんらん》と逮捕への抵抗で引っぱる。で、留置場に放りこまれる。それほど悪かない——いるのは酔っ払い三人だけだ。あそこに四、五十人も詰めこんで、それがみんなアル中の発作を起こしてるところを見せてやりたいよ」

「いつ釈放された？」

「一時間ぐらい前か。模範囚ってやつのひとりが寄ってきて、おまえはよっぽどいいコネがあるんだな、やつらが記録を書き換えてるぞと言った。模範囚は何でも知ってるのさ。少ししたら、ぜんぶ返してよこした、金までな。それで俺をパトカーで送り届けてさよならってわけだ」

「謝罪はあったか？」

「いいや」

「あるはずだったんだが」

「おまえが話をつけたのか？」

「リンチとだ。署長はご機嫌ななめだった」

ネセサリーは思案げにうなずいた。「警官のひとりが何か言ってたな、〝こういうことは起こるもんだ〟とか、俺を〝だんな〟とまで言ってた。あれは連中にしちゃ最大限、謝罪に近い何かだったんだろう」

「二度と起こってもらいたくない」私は言った。

「取引をしたんだな？」

「ああ」

「向こうは納得したか？」

「オーカットも私が何をしてるか知っていて、まだ向こうに寝返らずに自分の側についてると信じるほどの間抜けだ、ということを話したら、やっとな」

ネセサリーがまたうなずいた。「そうか、それであいつらも、自分たちは頭がいいって気になってるだろう」酒を一気に流しこみ、残りが少しなのを見て、最後まで飲み干した。「ひとつだけ問題なのは、おまえが本当のことを言ってるのかもしれんってことだ」

「かもしれないな」私は言った。

ネセサリーが茶色と青の目をこちらに向けたが、そこには無関心な表情しかなかった。「ひとつ言っていいか？　おまえはきっと、自分でもどっちの側にいるかよくわからなくなることがあるんじゃないか」

「そういうときもある」

「今度もか？」

「そうは思ってない」

ネセサリーはまたこちらを、今度は注意深く見てから、立ち上がって水割りを作りにいった。そして戻ってくると、またじっくり私を見た。

「やつらはさんざん脅してきたんじゃないか、もし裏切ったらどうなるかとか、脅し文句を並べて」

「そんなことも言っていた。別れぎわに」

「ふうむ。じゃ、俺もそこのところでひとつ忠告しておく。ほんとうにまずい結末になりたくなかったら、どっちにもいい顔をしすぎないほうがいいぞ」

「あんたは忠実なんだな？」

「オーカットにか？」

「ああ」

ネセサリーは自分の酒を見つめ、少し面食らったような顔をしていた。しばらくして言った。「金を受け取ってるからな」

それ以上は訊かずにおいた。

ネセサリーの部屋へ行って、彼がひげを剃ってシャワーを浴び、着替えるのを待ったあと、正午に全員がリッケンバッカー・スイートに集まった。するとオーカットが昼食の支度をしていた。火のついた固形燃料《スターノ》の缶にかけた保温鍋《ほおんなべ》が二つ、ぐつぐつ煮立っている。中身を鍋のなかに空けたのか、ワインの空き瓶が何本か並んでいた。オーカットは保温鍋の片方をのぞきこみながら、長い木の匙《さじ》でかき混ぜていた。フリルのついたエプロン姿だ。

「この暑さだと外に出る気にもなれない」彼は言い、こちらの視線をたどってエプロンに目を落とした。「可笑《おか》しいだろう？ でもキャロルが探して見つかったのがこれだけでね。本人がそう言ってるだけかもしれないけど」

「ほんとにそれしかなかったのよ。街じゅう探し歩くのもいやだし」

「いい匂《にお》いだ」ネセサリーが言う。「何の料理だ？」

「鶏《とり》のレバー、オーカット風よ」キャロルは肘掛け椅子に座って、今朝とはちがうワンピースを着ていた。

　ホテルが（おそらく不承不承）窓ぎわに備えつけた、クロスで覆われたテーブルの上に、皿やフォーク類やグラスが並べてあった。浅い銀のトレーにグリーンと黒のオリーブが盛ってあったので、一個つまんだ。山盛りのグリーンサラダも目に留まった。

「何か酒はあるか？」ネセサリーが訊く。

「セルフサービスでやってもらわなきゃ、ホーマー」オーカットは言いながらも、二つの保温鍋のあいだをすべるように動き、こっちをかき回したりあっちをつついたりしていた。

「たまには氷の用意はないのか？」ボトルを見つけたあとで、ネセサリーがキャロルに訊いた。

「あそこのバケットよ」

オーカットが木の匙で料理の味見をした。「よし。キャロル、君とミスター・ダイは皿をこっちまで持ってきたら、まだ熱々のうちによそってあげられるよ。どうせホーマーは食べられれば何でもいい」

言われたとおり皿を持っていった。オーカットがキャロルに、つぎに私によそってくれた。二百グラムの鶏レバーのソテーらしきものを匙ですくって皿に載せ、二つめの保温器へ移る。「こっちはまあ、パエリアみたいなものなんだけど、普通のよりサフランを少しばかり多めにして、ニンニクもほんの一かけ多く使ってる。ニンニクは好きだろうね？」

「大好きだ」私は言った。

オーカットが匙を振ってみせた。「ワインがそこにあるから、セルフサービスでどうぞ」

自分でワインを注ぎ、みんなが部屋のあちこちに落ち着いたところで、鶏のレバーを口に入れてみた。じつに美味《うま》く、いままで食べたなかでも最高だったかもしれないが、パエリアのほうはニンニクが利きすぎていた。みんな口々にオーカットの腕前を褒め、彼はずっとほくほく顔だった。そうして五分ほどもたってから、やっとエプロンを外すのを思い出した。

「まったく、僕が料理好きでよかったと思うよ。この街はまともなレストランは一軒きりで、しかも六時にならないと開かない。それと南部にはほかにもどうしても理解できないことがある。デリカテッセンがないんだ。まともなデリカテッセンさえあったらまったく平気なんだけど、このあたりにはないし、南部だとほかのどこにもないんだよ、ニューオーリンズやアトランタまで行かないと。モンゴメリーにもあると聞いてるけど」

「マイアミにはすごく美味い店があるぞ」ネセサリーが鶏のレバーを頬張りながら言った。「ユダヤ人《カイク》が多いから当たり前か」

「おいおい、ホーマー」オーカットが言う。「マイアミは南部に入らないよ」

　しばらく無言で食べていたが、やがてオーカットがふうっと息をついて立ち上がると、自分の皿を布で覆われたテーブルに置き、ダブルのジャケットの襟をなでつけた。上下とも白のシアサッカー地のスーツを、濃紺のシャツに白のニットタイ、重ね合わせの高いヒールがついた黒と白のウィングチップで引き締めている。よほどファッションをまじめに受け止めている男なのだと感じ入った。

　彼がこちらを向いた。「じゃあビジネスの話をしよう。今朝あんたの部屋であったことから」

脚色や不要な注釈を入れずに、細かな点まで話した。オーカットは二、三適切な質問を挟んだだけで、熱心に聞いていた。私が話し終わると、彼は言った。「向こうはほんとうに信じたと思うかい？」

「完全とはいえない。こちらが一人めの生贄《いけにえ》をくれてやったら、信用の度合いは上がるだろう。それからやつらがよこすニセの情報を君に伝えて、君がそれを信じて動き出すように見せかければ」

オーカットは部屋を歩き回りながら、人差し指で下唇をとんとんとやっていた。そうすると考えがまとまりやすいらしい。「おっと、ところで、あんたの依頼であれこれ調べてる人間がいるそうだね」

「古い友達だ。ラムゼイ・リンチと警察署長の調査もやってもらっている」

「それはいい」とオーカット。「そうしてくれたほうが助かる。もし僕らの照会が満足いくものだったら、あんたが僕らの側を選んでくれるだろうからね」

「たしかにそうだ。私が単に疑り深いだけだったということになる」

「そうなってほしいと思うよ、ほんとに。さてと、たっぷり時間をかけてリストを検討させてもらった。誰を生贄にすれば、あんたがリンチの仲間たちからの覚えがよくなるのか。真実味が出るかと思って、男ひとり、女ひとりにした。どっちもどっちの、あんたの言うように破滅させるに値する人間だよ、ミスター・ダイ」

「女は歓迎だな、何かほんとうに臭いことをしでかしたんだったら」ネセサリーが言って、誰かからの反論を期待するように部屋を見回した。反論はなかった。

「女のほうから説明しよう」オーカットが言った。「短縮版で紹介するよ」コートの内ポケットから四×五インチのカードを何枚か出し、ぺらぺらめくっていく。

　そして言った。名前はミセス・フランシーン・ソブール、モーリス・ソブールの未亡人。夫は六年前、七十八歳のとき心臓発作で死んだのだが、新婚六ヵ月の花嫁のあくことを知らない欲求のせいだったという声もある。ソブール夫人は結婚したとき四十二歳だったが、その二ヵ月後に遺言を書き換えさせて大勢いる先妻の息子や娘、孫、慈善団体から相続権を奪い、新妻が約百万ドルの全財産を受け継ぐようにした。ソブール氏に心臓の病気を示す病歴はなかったにもかかわらず、検死解剖は行われなかった。「夫人が郡検死官に現金五千ドルを払って解剖をさせなかったという宣誓供述書がある」

「検死官はいまどこに?」私は訊いた。

「死んだ。ただし供述書には検死官の妻と息子二人の証言と認証がある。三人ともソブール夫人との取引の場に同席してたと言ってる」

「家族はいまどこにいるんだ？」ネセサリーが言う。

「フロリダだったと思う」

「供述書を取り寄せるのにいくらかかる？」とネセサリー。

「それも五千だ」

「ぱっとしないな」ネセサリーが言う。「検死官が普通に解剖をすりゃよかったんだ。それで何か、たとえばヒ素とかが見つかったら、一生食いっぱぐれなかったろうに」

「実際は三ヵ月だけだったよ」オーカットが言う。「その検死官の乗った車がある夜、橋の上でコントロールを失って、ガードレールを突き破った。雲も霧もまったくない、晴れた夜にね」

ネセサリーがあやしいと言いたげな唸り声を出す。

ソブール夫人には、亡《な》き夫と結婚する前にも、ジーン・デュプリーという夫がいた。旧家ではあっても資産のない、スワンカートンの一族の末裔《まつえい》だ。デュプリーは非常に名の知られたカトリック信徒で、街の市民社会組織のメンバーでもあった。

「どうして死んだんだ？」ネセサリーが訊いた。

「過度の飲酒による死亡」オーカットが言う。

デュプリーの未亡人、あらためソブールの未亡人は、何かしらに首を突っこむのも大好きで、いまは街の連合基金会の共同議長を務めている。スワンカートン女性有権者連盟の議長やら会長も歴任し、〈南部連合の娘たち〉の地方支部でも活動していた。いろんな社交クラブにも所属し、一九六八年にはマイアミで開かれた共和党大会の代議員を務めたほか、あれやこれやのカトリックの慈善活動や資金調達活動でも名前を売っていた。

「二番めの夫が死んだあとは」オーカットが言う。「モーリス・ソブール不動産会社の社長に収まった。一年前には〈スワンカートン市政を浄化する会〉の幹事に選出されてる。これがもちろん、名目上ヴィクター・オーカット・アソシエイツを抱えている組織というわけだ」

「この女の何をつかんだんだ、ヴィクター？」ネセサリーが訊く。

「いまその話をしようとしてたんだよ。三年前にソブール夫人はスワンカートンから何キロも離れた土地で、高級注文住宅の大規模開発を始めた。そのベンチャーにあり金残らず注ぎこんだうえに、借金もした。費用がかさみにかさみ、例によって予想外の遅延があり、区画整理の問題も持ち上がり、資金が底を突いてしまった」

「それで、どこの誰から金をちょろまかした？」ネセサリーが訊いた。

「ホーマー、すぐに人の先回りをするその癖は、なんとかならないかな」パーティーで飛ばした冗談のオチをお調子者に台なしにされた人間の鋭い口調で、オーカットが言った。ネセサリーは気にするふうもなかった。

オーカットが身を乗り出したとき、その濃い青色の目がきらりと光ったようだった。

「いや実際、すごく美味《おい》しいことになってる」この男は生まれついてのゴシップ好きだと思った。そういう人間もいる。「ミセス・ソブールは資金繰りに窮した。信用の源も干上がってしまった。そんなときカトリックの修道女会が――慈善の姉妹会だか慈悲の姉妹会だか慰めの姉妹会だか、そんなような名前だよ、ここのどこかに書いてある――ミセス・ソブールに五十万ドルほど託して、フロリダの土地に投資してくれるよう頼んだ。ソブールはその土地のオプションを手付金の五万ドルだけ払って手に入れ、残りの四十五万で借金を返した。オプションが切れるのは三ヵ月後だ」

ネセサリーは椅子に深くもたれ、天井に向かってにんまりとした。「そうなりゃ、不動産業者協会だかなんだか知らないが、そういう団体からも追い出されるな」

「オプションを守れなければ、そうなる」私は言った。「守れそうか?」

「おそらく」とオーカット。「ただし僕らが何もしなければ、だ」

「スワンカートンのカトリックの人口は?」私は言った。

「四十六パーセント」とオーカット。

「まあ、見出しとしては悪くないわね」キャロルが言った。「〝改革運動の団体幹事が貧者の姉妹会から横領〟」

「必要な書類はそろってるか？」私が訊くと、オーカットはうなずいた。「なら、それでいこう。この女が一人めの生贄だ。旧家で、有力なカトリックで、改革運動と結びついてて、それなのに修道女会の献金箱に手を突っこんでたのがばれた。まあカトリックの連中なら、その後釜《あとがま》の誰かに同情から票を入れるだろう——頑固だから、ともいえるか。プロテスタントたちも票を入れるかもしれない——その未亡人の後釜がまた修道女に同じことをするのを期待して。なにしろ南部では知ってのとおり、修道女は司祭と寝てできた子を放浪のジプシーに売りとばすしかやることがない」

「そんなこと初めて聞いたな！」オーカットが言う。

「よくある話ね」とキャロル。

「リンチも気に入るだろう」とネセサリー。「リンチもその仲間もさぞご機嫌だろうよ。つぎはどいつだ、ヴィクター？」

つぎの生贄の羊は、四人の子の父親で、ファースト・メソジスト教会の執事で、金持ちの薬剤師で、〈スワンカートン市政を浄化する会〉から立っている市議候補だった。フランク・ムートンといって、自分の名を冠した薬局チェーンを六店舗持っていた。「処方箋《しょほうせん》なしでバルビツール剤を販売」オーカットがメモした数字を読み上げた。

「大した数じゃないな」ネセサリーが言った。

「卸売りロットの数だぞ、ホーマー」オーカットが言う。「いっぺんに五万も、地元の売人たちに卸した。そうやって一軒の薬局を六軒にまで増やしたんだ」

「どれくらい前の話だ？」私は訊いた。

「時効で刑務所行きにならずにすむぐらいには昔だが、完璧《かんぺき》な大スキャンダルになるぐらいは新しい」

「時効の期間は？」

「この州では五年だね」

「連邦では？」

「連邦はわざわざ首を突っこまないだろう」

「これもいい見出しだわ」とキャロル・サッカティ。「〝著名な教会執事、麻薬の売人と断定さる〟」

「まあ、少なくとも教会の新旧については公平ってことかな」オーカットは言った。

「そいつが主に売ってたブツは？」ネセサリーが訊いた。

オーカットがメモを見た。「興奮剤と鎮静剤がだいたい半々。六年前にフェノバルビタールナトリウムを二十万カプセル以上、セコバルビタールナトリウムを十万カプセル売ってる。興奮剤のほうだと、硫酸アンフェタミンが十二万五千カプセル、硫酸デキストロアンフェタミンが十六万カプセル。〝ベニー〟とか〝デキシー〟とか呼ばれてるものだろう。その一年の純益は十万ドル近くになったはずだ」

「情報源はどこまで信用できる?」私は訊いた。

「絶対確実、といっていい」

「証拠も固めてあるのか?」

オーカットはうなずいた。「法律家の確約と受け取ってくれていいよ、ミスター・ダイ。絶対に堅い」

「よし。まず女のほうからリンチにくれてやろう。一週間か十日したら、薬の売人のほうを渡す」

「そのあいだのプランは?」とオーカット。

「街を見て回ろうと思う」

「ガイドつきツアーはどうだ?」ネセサリーが言う。

「それはありがたい」

ネセサリーは腕の時計を見た。「今日の午後からは？」

「いいだろう」

オーカットが立ち上がると窓のほうへ行き、少したたずんでいた。やがて振り向いた顔に、思案げな表情が浮かんでいた。「ちょっと思ったんだが」

「なに？」キャロル・サッカティが訊く。

彼はズボンのポケットに両手を入れ、天井を見上げると、高くなった靴のヒールを支点に体を前後に揺らした。「いや、ムートン執事はどうせ、ろくな市議にはならなかっただろうと思ってね」

# 26

スワンカートンは角張った洋梨《ようなし》のような形をしていた。ふくらんだ下側の部分が高級なメキシコ湾岸のビーチに沿って広がり、北へ行くにしたがって無理やりのように細く絞られ、閑静な中所得層の住宅地になる。そこには樹齢四、五十年のニレやシダレヤナギが連なり、まだ駐車が問題化するほどでない通りの上に涼しい日陰を作っている。暖かい夕方になると、小ぎれいな家の持ち主たちが帰ってきてバミューダパンツに着替えてからジントニックを手にたたずみ、不気味に這《は》い回るスプリンクラーが濃い緑の芝生を濡《ぬ》らすのを眺めながら、こんなに見かけは素敵な家なのだから、売却して郊外に引っ越すならいまじゃないだろうかと考えている。

洋梨をさらに北上して、細い首のところのすぐ下まで来たところで、小ぎれいな家と緑の芝生が姿を消し、見すぼらしい木造の家並みに変わった。以前はあざやかな緑や青、黄色だったのかもしれないが、いまではくすんだ灰色で、年寄りの兵隊のように見苦しかった。住民は貧しい白人たちだった。工場か農園勤めの夫、がっちりと骨ばったその妻、ぼさぼさ頭の子どもたち。どの家も実際に古いわけではない。大半は第二次大戦の直後に復員兵向けに建てられたもので、それがどんどんモントレー・ビスタやらヴァールモール・ガーデン、レイクビュー・エーカーといった名前の開発地に変わっていった。安く建てられた家が、頭金なしの四パーセントという復員軍人局《VA》ローンで安く売られた。

しかし大戦直後から住みついていた退役軍人たちは、すでにどこかへ引っ越して久しかった。芝生は茶色に変わって並木はところどころ枯れ、豪華な名前のついたコンクリート道路は崩れかけている。ほぼどこのブロックにも、シリンダーブロックの壊れた四九年式フォードやメインベアリングが固まった五一年式ポンティアックの形をとった、絶望に捧《ささ》げる錆《さび》だらけの祠《ほこら》が一つか二つ、三つはあった。誰もその祠があるのを認めないのは、そうすると自分の持ち物だと認めることになり、レッカー車で撤去するのに十五ドル取られるからだ。

ここの家の持ち主や賃借人も仕事が終われば帰ってくるが、何の服にも着替えない。昼間のシフトで働いたあとはただ家の日陰の、ドラッグストアで一脚一ドル九十八セントで買ってきたプラスティックのローンチェアに座り、ジャックス・ビールを飲みながら子どもたちに怒鳴っている。

合成屋根の灰色の家並みはずっと何ブロックも続き、やがて線路に突き当たった。ワシントンからはるかヒューストンまで延びるこの線路は、スワンカートンを洋梨のちょうど中間あたりできれいに二分割し、この街を色分けする境界の役割も果たしている。線路の北側は黒。南側は白だ。

北のほうへ延びる線路を越えると、また小ぎれいな家とエメラルド色の芝生と移動式スプリンクラーの飛び地があった。その景色は十二ブロックも続いた。ここの家の主《あるじ》たちは黒人だ。仕事が終わって帰宅したあと、バミューダパンツに着替え、マティーニを片手にたたずみながら、妻のためにカマロを買おうか、それとも新型のジャベリンにしようかと考えている。彼らは黒人地区のなかの富裕層で、職業は政治家、医者や歯医者、葬儀屋、学校の教師、弁護士、熟練労働者、レストランのオーナー、保険外交員、政策管理者、大きな空軍の補給基地で働く連邦公務員などだった。

このよく手入れされた家並みを過ぎ、さらに洋梨の首の上まで行くと、広がっているのは本来の黒人街だった。薄っぺらな安ぴか住宅の集合だが、二世帯住宅が多く、側面はパーマストン壁か模造煉瓦《れんが》に覆《おお》われ、たがいに常軌を逸するような近さで密集している。そして街はずれの、郊外化現象が始まるすぐ手前にバラック街《シャックタウン》があった。

見た目には完全にまとまった、木造の掘っ立て小屋や廃棄されたバス、二十年間ずっと動かされていない古いトレーラーハウスばかりの場所。シャックタウンでは悪い歯並びに突き出た腹、ぎらついた目ばかりが目立った。ここの住民は何もかもあきらめてはいたが、以前には人種的アイデンティティの意識に慰めを求めるという最後の贅《ぜい》沢《たく》があった。いまはそれもなくなり、住民にはどんな色のちがいも目に入らないようだった。

洋梨の軸の部分は〝街路《ストリップ》〟と呼ばれていて、廃品置き場やモーテルやガソリンスタンド、ナイトクラブや安ホテルやキャバレーが帯状に二本、五キロほども平行に延びていた。そんななかに点々とあるのがチェーンのファストフード店で、ハイウェイ沿いにあるガラスとどぎつい色彩の店舗がフライドチキンやタコスやハンバーガーを提供していた。みんなどこでも同じ味だが、疲れた旅行者にとっては、この少し先に文明があるという前触れにもなる。

街路《ストリップ》は市境の向こうの郊外をきれいに二分し、シャックタウンをぐるりと回りこんで、市内に入るとマッカーサー・ドライブと呼ばれるようになる。机の表面のように平らな、六から八車線、十車線にも広がった道路が、シカゴやセントルイス、メンフィス方面からメキシコ湾を目指し、くねくねとうねりながら下っていく。住民からは街路《ストリップ》とも呼ばれるが、ただＵＳ97と呼ばれるほうが多い。これはいってみればスワンカートンの歴史上流れたことのなかった川で、有蓋《ゆうがい》貨車なみに大きな連結されたセミトレーラーのいつ果てるともない隊列の通り道だ。みんな十速のローギアで坂を上り、下りになると時速百二十キロから百三十キロで煙突からディーゼルの黒煙を吹き上げながら轟音《ごうおん》とともに突き進み、運転手は頼りないブレーキが保《も》ってくれるように祈りつづける。トラック運転手たちは北部と西部の各都市を結ぶハイウェイを夜となく昼となく走り回り、一日で鉄道一週間ぶんより多くの貨物を扱っている。そしてピッツバーグやミネアポリス、オマハ、シカゴ、デトロイト、クリーブランドから、スワンカートンでは収穫できないものや作れないもの、つまり織物その他以外のすべてを運んでくるのだ。

「スワンカートンの弱みは、港がないってところだ」二時間に及ぶ視察ツアーの終わりに、ガイドに社会評論家、経済アナリストまで務めたホーマー・ネセサリーが言った。「素敵なビーチやいろんなホテルはあっても、川がない、だから港もない。コンクリートの桟橋が一キロか二キロ延びてるからタンカーは停泊できるが、街がそこまで発展しなかったのはそれが理由だ。港がないんだ」

また一ブロックほど黙って車を走らせたあと、ネセサリーが言った。「じゃ、これからまた別の、スワンカートンのまちがった面を見せてやろう。いや、正しい面か。おまえがどう見るか次第だ」

彼が向かった先はダウンタウンといっていい街の古い地区で、東西に何本も走る通りには、ジェファーソン、カルフーン、ワシントン、リー、ジャクソン、ステュアート、クレイ、フォレスト、ハンプトン、ロングストリート、ピケット、アーリーなど有名人の名前がついていた。南北に走る通りには数字の番号が振られている。ネセサリーが借りてきたエアコンつきの青のインパラで三丁目をずっと走っていき、商店街と金融街の端あたりまで来た。クレイ通りの駐車場に車を停める。「ここから一ブロックほどだ」

そのブロックを歩いていくうちに、私はスーツが厚すぎるせいで汗だくになった。テキサス・チリ・パーラー、ビッグ・ビリーズ・イン、エメット・ビリヤード・パーラーと〝どこかの男〟が出入りしそうなところを通り過ぎ、テレビの修理屋の前を過ぎ、〈本、映画〉という白黒の看板がある狭い店先まで来た。

「ここの店主には話をつけてある」ネセサリーが言って、店に入った。

置いてある本はほとんどペーパーバックで、ノーマン・ノルウェイとかジェニファー・ジャクソンとかポーラ・ペイルとかの頭韻を踏んだ名前の作家ばかりだった。カバーはいい出来ではなくても、メッセージは伝わってきた。見とれるようなプロポーションの娘二人がブーツと鞭《むち》以外はほぼ何も身に着けずに歩き回っている。ときには男二人に女一人か、女二人に男一人がいて、背景にはシーツの乱れた大型ベッドがある。ペーパーバックの書名は作家の名前と同じ程度に想像力に富んでいた。『赤い欲望』に『長すぎる鞭』に『こわれたタチ《ダイク》』に『堕《お》ちた悪魔』。ペーパーバックが小さな店内の四分の三ほどを占め、残りは筋肉隆々の男や裸の女、あるいはその両方が掲載された雑誌が並んでいた。

「よう、クローナー」とネセサリーが、レジの機械が載った背の高いカウンターの向こうにいる男に声をかけた。

「覚えてたか」クローナーは言って、まずネセサリーの右肩の向こう、ついで左肩の向こうに視線をやった。

「覚えてたともさ」とネセサリー。

クローナーが腕時計をちらと見た。「十五分ほどで来るはずだ」と言い、ネセサリーの肩越しにまた視線を走らせた。私もそちらに目をやると、奥の天井の角に大きな曲面の鏡が二つあり、クローナーの位置から店全体が見渡せるようになっていた。

クローナーが私の視線を捉《とら》えて言った。「あの変態どもが何をすると思う？　週に二百か三百ドル分は盗《と》っていくんだ。ときどき思うんだが、あいつらは万引きするとよけいにビンビンくるんじゃないか、言ってる意味がわかるか？」

わかると私が答えると、ネセサリーが言った。「こっちはルー。俺の友達だ」

クローナーが私にうなずいてみせ、また鏡に目をやった。店には客が三人いて、身なりのいい五十がらみの男が二人、雑誌を立ち読みしているが、そのうちの一冊は『ボンデージ』と読めた。もう一冊のほうは見えない。三人めの客は十八歳ぐらいで、髪を肩まで伸ばし、顔にはピンクと白のニキビが散っていた。ペーパーバックの一節に合わせて唇を動かしている。

「で、商売の調子は？」ネセサリーが訊いて、カウンターに寄りかかった。

「何と比べてだ？」クローナーが苦々しい口調で言った。顔色は炊《た》きすぎた米の色のようで、黒っぽい目はふくらんだレーズンを思わせた。背は私より高く、百九十五センチはあるだろうか。細いひじが高いカウンターの上に苦もなく乗っている。口の左側の端からしゃべっているように見えるのは、右側がよく動かないせいらしい。少なくとも口のそちら側は上にも下にも動いていないが、黒い眉毛《まゆげ》は動いた。口が不自由なのを埋め合わせるように、眉毛はたえず飛び跳ねている。首は長い、というより異様に長く、シャツの襟は六センチほどもあり、胸ポケットの場所にモノグラムが入っていた。つまりこの稼業《かぎょう》は、自分用のシャツを誂《あつら》えられるほど実入りがいいのだろうか。

「このクローナーは、リンチが街へ来るまでは、ナンバーズ賭《と》博《ばく》を一日二千ドルも売り上げてたんだ」ネセサリーが言った。「いまはエロ本を売ってポルノ映画をレンタルしてる。手数料が高すぎると思わなければ、まだナンバーズの券を売ってられただろうな」

「いくらなんだ？」私は訊いた。

「あと何分かしたらわかる」クローナーは口の端からそう言うと、眉を二、三度素早く上下させてから、二枚の鏡に目を走らせた。

「向かいのあのクリーニング屋のやつが、いま券を売ってる」ネセサリーが言う。

「ぼろい商売だ。まあしばらく見ててみろ」

　そのジフィー・クリーニングという名の小さな店は、普通のクリーニング店より繁《はん》盛《じょう》しているようだった。二、三分おきに男か女が、ときには一度に二人か三人連れで入っていく。そしてたいてい一、二分すると出てくる。

「どうだ、あの画《え》におかしいところはあるか？」ネセサリーが訊いた。

「とくにないな」私は言った。「誰も服を持って出入りしてない以外は」

「出入りしてるのは金と券だ」ネセサリーが言う。「あいつは一日にたぶん二千か三千ドルを売り上げる。で、あと五分ほどしたら、手数料を払う」

五分待った。制服の警官がぶらぶら歩いてきて、クリーニング店に入った。そして私の腕時計によれば、四十五秒で出てきた。

「あいつは毎日だいたいこの時間に、自分用の五ドルを取りにくる」クローナーが言った。「非番の日曜以外にはな。月曜も非番だが、それでも来る。俺のころは一日に二回払わせた。インフレがどうのとか言ってな」

「手取りが週に三十ドルか」私は言った。

「三十どころじゃない」とクローナー。「六ブロック行ったところにも別の店がある。ああやって週に最低六十から七十はせしめてるんだ。非課税でな」

「そら、見てみろ」ネセサリーが言う。「また来るぞ」

クリーニングの品の持ち込みでも受け取りでもない客がまた何人か、店に入っては出ていった。側面にスワンカートン警察の表示のあるフォードのパトカーが、ジフィー・クリーニングの前に二重駐車し、制服の二人組の片割れが入ってまた出てきた。預けていたスーツを取りに寄ったふうでもない。そのあとパトカーは、店に用のあった警官がドライバーに何かを渡すまで動かずにいた。

「あいつらは毎週の取り分を折半してる」クローナーが言った。「三百ドルだ。俺のころは二百だった」

それから三十分ほどして、ほかにも興味深いことがあった。クローナーの店にまた二人の客がやってきて、二人の中年男はそれぞれ雑誌を二冊ずつ買って帰っていった。長髪でニキビのあるティーンエイジャーは何も買わなかった。向かいのクリーニング店は相変わらず堅実な商売をしていた。

クリーニング店の前に、今度はマークのない緑色のマーキュリーが二重駐車した。ひとりで運転していた男が店に入っていき、一分もしないうちに出てくると、走り去った。

「あいつは本署のお偉方のために毎月千七百ドルを取りにきてる」クローナーが言う。

「名前はトビー・マークスといって、街全体を仕切ってる取り立て屋さ」

「ぜんぶ合わせて、月あたり三千ほどか」私は言った。

「そのくらいだ」クローナーが言う。「あの向かいのクリーニング屋は警察関係だけで月に十日か十一日ぶんの上がりが吹っ飛ぶことになる。それでもうやってられずに廃業したところで、そりゃあ残念だってだけで、またほかの誰かがあとを継いで金を払う。利益が保証されるのはクソ警官どもだけだってことだ」

「どうしてパトロール警官にまで金を？」私は訊いた。「ダウンタウンじゅう見て回ってるにしても、誰かを逮捕したりはしないだろう」

クローナーはこちらに向けて、ただ眉を動かすだけで憐《あわ》れむような表情を作ってみせた。「なんでパトロール警官に金を払うのか、だって？　そりゃ、あいつが店先に三時間も立ってさえいりゃ、クリーニング屋が音を上げるからだよ。お巡《まわ》りがずっと張りついてるようなところへ、誰がナンバーズを買いにきたがるんだ？」

「この街にああいったところはいくつある？」ネセサリーが訊いたが、主に私のためだろうと思った。

クローナーが骨ばった肩をすくめた。「さあな。二百か、もっとあるかもしれない。黒人街では数えきれないくらいだろう。前に計算したときは、警察への払いは月五十万くらいだったかな」

「そりゃすごい」ネセサリーが言った。「大したもんだ」

「あんたはなぜもう売らなくなったんだ？」私は訊いた。

クローナーが二つの曲面の鏡に素早く目をくれた。「そこのあんたの相棒も言ってるように、手数料が高すぎると思って、パトロール警官に払うのをやめたんだ。そしたらあの野郎、毎日四時間、二週間続けてここの外に立ってやがった。おかげで破産さ。それで俺と金のやり取りをしてた連中が怒って、俺から権利を取り上げて、向かいのあいつにくれてやったわけだ」

「もうこりたか?」ネセサリーが訊く。

「まあな」

「世話になった、クローナー。二、三日したら、ちょっとした手土産でも持ってまた寄るよ」

クローナーはむっつりとうなずいた。「何か読みたいものでもあるか?」そう言って、本や雑誌が並んだラックを手で示してみせる。「ただでかまわない」

ネセサリーはきっぱり首を横に振った。「うちの女房は、俺がその手のものを読むのをいやがるんだよ。俺が家にいりゃあ、こういうのも何かしら役に立つんだろうが。おまえはどうだ?」と私に振ってきた。

「まあいいかな」

クローナーがまた、さっきと同じようにむっつりうなずいた。「まあ、しょうがないか。どうせただのクズだしな。けど、どんな連中がこれを買っていくか、見たら驚くぞ。俺もときどき、この街は変態だらけなんじゃないかと思いたくなる」

ネセサリーは駐車場から車を出したあと、五丁目から左折してフォレストに入った。

「いま手持ちはどれだけある？」

「八百ぐらいか」

「それだけありゃ入れるな」

「どこへ？」

「じきにわかる」六丁目を右折し、何ブロックか進んだ。「すぐ左側に見えるのが新しい市庁舎と、俺がゆうべ泊まった警察本部だ」

そこは新築の十五階建てほどの建物で、駐車場も合わせるとほぼ一ブロックを占めていた。プレキャストコンクリート造りで、色つきガラスの窓は見た目は黒に近く、外壁から少し奥に引っこんでいる。この黒い窓がいかめしく近寄りがたい雰囲気を醸《かも》し出しているが、実際にわざとそう見せているのだろう。

「刑事裁判所もあそこにある。市と郡の拘置所は裏手だ」

本部のある六丁目の通りの向かいには、善悪両方の理由から警察本署の周辺にたむろする人間たちが入りびたる安レストランや玉突き場やバーが並んでいた。弁護士事務所のビルや、二十四時間保釈保証サービスの宣伝文句が金箔《きんぱく》で書かれた窓がいくつも見えた。このブロックだけで質屋も三軒あった。

ネセサリーが別の駐車場に車を入れ、二人で六丁目の通りを歩いていくと、三階建ての煉瓦造りのビルがあった。一階がベンチ&ガヴェルというバーになっていて、その横の入り口からなかに入った。階段を上り、保釈保証人や弁護士ひとりの小さな事務所が並んだ廊下を歩いていく。ときおり電話が鳴った。電動タイプライターの音も絶え間なく聞こえる。ネセサリーが何も書かれていないドアを押し開けた。なかには机と椅子《いす》が置かれた普通の応接室があった。机の向こうにいた若い制服の警官がネセサリーにうなずいてみせ、私をじっと見た。

「また運試しに来たのかい？」ネセサリーに声をかける。

「そんなところだ」ネセサリーが言った。

「そっちのひとは？」警官が私のほうをあごで示す。

「問題ない」ネセサリーが返した。

警官が机の下に手を伸ばし、ブザーの音が響いた。つぎのドアを抜けて入った部屋からは、三つの窓から六丁目の通りの向かいにある警察本署がよく見えた。部屋にはポーカーテーブルが二つ置かれ、それぞれの周囲に椅子が六脚ある。少なくともギャンブラーの三人は青色の制服姿で、警部補か警部の記章をつけていた。奥のほうのテーブルに椅子が二脚空いていたので、ネセサリーと私は隣どうしに座った。私の左手には小さなチップの束を前にした警部補がいた。その男が私にうなずいてみせ、私もうなずき返した。

まだ若くて三十歳ほどの、緑色の目と茶色の縮れた髪をした男が、ネセサリーに笑いかけた。「どうも、大将、このあいだの貸しを取り返しに？」

「二百ドルぶんもらおう」ネセサリーは言って、テーブルの向こう側に二十ドル札十枚を押し出した。緑色の目の男が私を見て言った。「そちらのひとは、いくらで？」

「二百ドル」私は言って、五十ドル札四枚を渡した。二人で一時間ほどドローポーカーをやり、私は五十ドル近く勝って、ネセサリーは百ドル負けた。警部補は大負け組だった。同じ一時間で、慎重な顔つきのやせて無口な、「イン、アウト、コール、二十アップ、チェック」くらいしか話さない二人組に千ドル近く負けていた。自分の前からチップがなくなるたび、警部補は縮れた髪の男を見る。すると男が二、三百ドルぶんのチップを押してよこす。だがとにかく下手で、強迫観念にかられたように賭《か》けるし、ブラフも見え見えだった。そして午後四時になると、時計を見て四十ドル分のチップを現金に替え、また私にうなずいてみせると、立ち上がって出ていった。隣のテーブルにいた警部二人も、替えた現金を手に去っていった。

縮れ毛の男がため息をついた。「あいつはめったに勝たないから助かる」と誰にともなくそう言った。

「またただ乗りか?」ネセサリーが言った。

「勝ったら勝ったで、負けたらツケで、絶対に払いやしない」ネセサリーを見た。

「ゆうべはちょっと面倒があったらしいな」

「ほんの誤解ってやつだ」ネセサリーは応じた。

「なるほど」緑の目と縮れ毛をした男は言った。「俺もそう聞いたよ。ただの誤解だって」

「ディール」慎重な顔つきの男の片割れが言った。私たちはそのまま五時までゲームを続けた。私は百二十五ドル負け、ネセサリーは百ドルほど勝った。彼がチップを押しやると、縮れ毛の男が何も言わずに現金に替えた。私は残りのチップ数枚を渡して十ドル受け取った。

「またどうぞ」男が言った。「もう要領はわかっただろ」

「どうも」私は言った。「また来よう」

待合室の机では、別の若い警官が勤務中だった。私たちが出ていくのを目で追っていたが、何も言わなかった。階段を下りていく途中で、ネセサリーが言った。「いまのがリンチが開いてる六つの賭場《とば》のひとつだ。毎朝九時に開いて、明け方の五時までやってる。本署のお偉方はただで遊んでるが、みんな下手くそで、ほとんど勝てない」

六丁目の通りへ出ると、ネセサリーが足を止めて言った。「一杯どうだ？」

「いいな」

ベンチ&ガヴェルの涼しく湿った店内に入ってブースに座り、ジントニックを二つ注文した。ネセサリーは長々と酒をあおってから言った。「どうだった、今日のツアーは？」

「勉強になったよ」

「何かアイデアは湧《わ》いたか？」

「少しね」

「今日のはほんの上っ面《つら》をなでたぐらいだからな」

「下のほうはどんなふうに見える？」

「見えるものはあんまりない。臭《にお》いだな」

「ひどいか？」

「腐臭ってやつだ」

「かき混ぜれば混ぜるほど、ぷんぷん臭ってくるんだろうな」

ネセサリーはグラスを飲み干し、手を振って二杯目を頼んだ。「おまえが自分でかき混ぜようってのか？」

私はうなずいた。「底まで届く匙《さじ》が見つかったらな」

# 27

一週間後、夕刊紙『ニューズ・カリオペ』が八段抜きの大々的な見出しとともに、そのスクープを報じた。名誉毀《き》損《そん》法《ほう》に触れない程度のパイカ活字を使い、著名な不動産業者であり〈スワンカートン市政を浄化する会〉の幹事でもあるフランシーン・ソブール夫人が、カトリックの修道女たちから五十万ドル近い大金を横領し、財政的苦境から脱するためにその資金を利用したことを告発したのだ。

証拠として同紙は、この取引に関わるさまざまな伝票類や文書類のコピーの写真を掲載した。さらに第一面には編集発行人であるチャニング・ダーシー・フェトウィック三世の署名入り社説までが載り、ソブール夫人に対して「これらの有害かつ衝撃的な疑惑についての説明が行われ、カトリックもプロテスタントも等しく関係者全員が満足できるまで」、〈市政を浄化する会〉から退任するよう呼びかけた。ユダヤ教を信じる人たちへの言及を怠ったのは、意図せざる見落としだったにちがいない。

この記事はワシントンと東南アジアのニュースを第四面と五面へ追いやった。改革派の市長候補で、縁なし眼鏡の取り澄ました弁護士は「深く心を痛めている」と言った。私がリンチのヴィクトリア朝風の家で一度会った現市長のピエール・〝ピート〟・ロビノーは、「ショッキングだが、驚きはない」と述べた。フェトウィックの新聞には、ロビノーが小さな口を大きく開き、目玉を半分飛び出させそうにしている写真が載った。ソブール夫人の法律事務所が発した声明は、名誉毀損で訴えるとあいまいな脅し文句を使いながら、その一方でソブール夫人からの「現時点でのコメントはない」と伝えていた。

テレビ局ももちろん取り上げ、ソブール夫人の抵当に入っている高級住宅地の写真を放映した。黒髪の彼女が笑顔で手を振っている、まだ魅力的だったころの古い映像も流した。慰めの姉妹会の修道女数人へのインタビューもあり、みんなソブール夫人のために祈っていると答えた。

その夜九時、ロビノー市長はテレビ局三局でそれぞれ三十分の放送枠を買い、その時間を利用して〈スワンカートン市政を浄化する会〉は「スワンカートンを損なう勢力」であると攻撃した。ロビノーはあまり演説上手ではないし、人気でトップ10に入る番組を二つも潰したのだから、おそらく自分に入る票を数千は失っただろう。

ソブール夫人の情報をラムゼイ・リンチに伝えるには一週間かかった。一度にひとつずつ、ばらばらに渡していったのだ。わざわざ別の機械でコピーしたりもしたし、私が自分で封筒の裏になぐり書きしたものをコピーしたものも、リンチが自ら確認できるような口頭のものもあった。オーカットと私は何時間もかけて、リンチにどの書類や証拠の断片をどの日に、またどういう形で与えていくかを決めた。キャロル・サッカティからは、ほとんど読めないような字で書いたほうがいいと教わった。

リンチにしてみれば、ジグソーパズルのピースを一度に一個ずつ渡されるようなものだった。漠然とした大枠のイメージは持っていたが、こちらが最後の決定的な書類の一片を渡すまでは、面白い構図の絵だと興味はひかれても、インパクトは十分でなかった。だが最後のピースですべての焦点が合ったとき、リンチは言った。「いや、なんだこれは、信じられん、これがあの女のやったことなのか！」

「なかなか巧妙だ」

「ああ、いや、とんでもなく完璧《かんぺき》じゃないか。要するにあの女は、あと三ヵ月あれば全額返せて、誰も知りようがなかったってことだ」

「そのとおり」

リンチがこちらを注意深く見た。「どうやって探り出した？」

「たっぷり話を聞いた。一度聞いたことは忘れない」

「よっぽど夜中にあちこち調べて回ったんだな」

かぶりを振る。「朝早いうちにだ。雄鶏《おんどり》が鳴く前に」

リンチはにやりと笑い、四重だか五重だかのあごを上下に振った。「まったくいい時間だ」書類やなぐり書きされたメモ類のコピーの束を人差し指で軽くたたく。「私がこいつをどう使うつもりかわかるかね？」

「さあ？」

「ぜんぶきれいにタイプしてから一枚残らずコピーして、ピンク色のリボンで束ねて『カリオペ』のフェトウィックに送りつけてやるのさ。〝ご参考までに〟とメモを添えてな」

「新聞に載せるだろう」

「表沙汰になるまで伏せてもおかしくないぞ」リンチが半信半疑の顔で言った。「やつは〈市政を浄化する会〉の重鎮だからな」

「だからこそ載せないわけにいかない」私は言った。「フェトウィックの商売は新聞を売ることでもある。それこそ『ニューズ・カリオペ』は、当の修道女たち以上に怒り、傷つけられたと言いつのるだろう」『カリオペ』のある記者が二ヵ月近く前に、ソブール夫人の情報の大半を調べ上げ、フェトウィックが金庫にしまいこんでいたことは話さずにおいた。

私はシカモア・ホテルの自分の部屋で、リンチと二人きりだった。ほかはまるで無関心な市長の相続人ブー・ロビノーがいるだけで、雑誌の『エバーグリーン』を読んでいるか、少なくとも写真を眺めるかしていた。

「ブー」リンチが声をかけた。「鞄《かばん》を持ってきてくれるか」

ブーは立ち上がり、雑誌から目を離さずにブリーフケースを手に取ると、リンチのところまで持っていって渡し、一言も発さずに自分の椅子へ戻っていった。何ひとつ興味がないという様子だった。

「あんたにちょっと持ってきたものがある」リンチが言って、ブリーフケースの錠を外した。

「金か何かだろうか？」

「その何かだ。一週間遅くなって悪かったが、取引の品を確かめておきたかったもんでね」

リンチがブリーフケースから取り出したものを、コーヒーテーブルの上に積み重ねはじめた。やがて真新しい五十ドル札の束が、十個積み上がっていた。

「二万五千だ」リンチが言った。「自分で数えるか？」

私はかぶりを振った。「その金には触りたくもない」

「どうかしたのか？　現金と言っただろう」

「いまから言うことをやってもらおう。この金をブリーフケースに戻して、ブーに渡してこう言うんだ、向かいのファースト・ナショナルへ行ってあそこの支店長、あのやたら愛想のいい男にこれを渡して、十ドル札、二十ドル札、五十ドル札に替えさせろと。そうしてもらえるかな、リンチ？」

リンチはくつくつ笑った。「いやはや、きっとニセ札だと思ってるんだな」

「ちがう。これは新札だから、続き番号になっていると思っただけだ」

リンチはいかめしい、気を悪くしたような顔をつくろうとしたが、目の輝きがそれを裏切っていた。「あんたのそのハートには、クリスチャン的信頼ってものはあまりないみたいだな、ブラザー・ダイ」

「かけらもないさ、ブラザー・リンチ」

ブー・ロビノーが新札を古い札に取り替えに通りの向こうまで行っているあいだ、二人で酒を飲んだ。「ほかの何が掘り出せそうだ？」リンチは言った。

「いまあんたが言ったとおり、ほかの何かだ」

「勝るとも劣らないやつか」

「それ以上だと思う」

「まだはっきりとは言えないんだな？」

「ああ」

「それで、あんたからお友達のオーカットに知らせてもらうものも手に入ると思う」

「いつ？」

「早くほしいのか？」

「あいつのために働いていることになってるからな」

「たしかにそうだが、いつもあんたが、本当は誰のために働いてるのかよくわからなくなるよ」

「自分でもだ」

「あんたの手にあまることがなけりゃいいが」

「そんなものはない」

「オーカットから圧力はかかってるのか？」

「たえず訊《き》いてくる」

「つぎに訊いてきたら、二日後だと伝えてくれ」

「いい材料でないと困る」

人生にもおのれの居場所にしごく満足だというように、リンチは快適そうな笑みを浮かべた。「万事うまくいくとも」

古い札になった二万五千ドルを自分の貸金庫に入れたあと、ただの面白半分だと自分に言いわけをしながら、航空会社に電話をかけ、スワンカートン発サンフランシスコ行きの便は何時か、そこから乗り継げる北極回りのジュネーブ行きの便はあるかと訊いた。申し訳ありませんと返ってくると、どうもすまない、ニューヨークからの便を手配するよと言ってごまかした。

いまでも何とも言えない。もし乗り継ぎができたとしたら、いったいどうしていたのか。少しのあいだ、私は行ってしまおうとしていた。スワンカートンをあとにして、西へ向かいかけた。飛行機が最終手段となった場合、行くとしたら西しかない。もちろんそれは、まったく突然に襲ってきた。百パーセントではなくても、ほぼその気になっていた。体は普段どおりに機能していた。食べて風呂《ふろ》に入って話をしてセックスをする、それでも頭はあたりをさまよい、錠に差しこまれた鍵《かぎ》が回る音を、看守が閂《かんぬき》を奥にずらすガチャンという音を待ち受けていた。鏡の前まで行って、その青白すぎる顔の男をつくづくと眺めた。ほんの四、五週間前まで魚と米しか食べず、毎日殺したシラミの数を数えるしか楽しみのなかった男を。見知らぬ顔ではなくても、もうあまり親しくもない、また新たに知り合うには手間のかかりすぎる相手の顔だった。こちらが手を振ると、もちろん向こうも振り返した。それは挨拶《あいさつ》というより、漠然とした合図のようで、ただおたがいがそこにいることを認めるという以上のものではなかった。

陰鬱《いんうつ》な人間は、陰鬱な天気を好む。霧の日や雨やみぞれを好む。そういったものなら理解し、対処することができる。だが明るく晴れた、鳥のさえずる日になると、ウォッカを五分の二も空けて戸棚から睡眠薬を出したり、ビルの窓の縁に這い出したり、そこそこ長いホースをガレージまで持っていって車の排気管にテープで留めたりするのだ。私は窓辺まで行って、サングラスとミニのサマードレスの女たちを見下ろし、雨が降り出してくれないかと思った。稲光や雷鳴を、せめて太陽が雲に隠れるのを待った。だが五分たっても何も起こらなかったので、電話まで行ってキャロル・サッカティを呼び出した。

「一杯おごるよ」彼女が出ると、そう言った。

「お客が来てたと思ったけど」

「もう帰った」

「あなたはオーカットに会うことになってるわ」

「昼食時は勘弁してほしいな」

「いいえ。フェトウィック三世とドクター・ワーナー・コルファックスが一緒」

「コルファックス・クリニックのか？」

「そのひと。昼食のあとで、あなたが報告をすることになってる」

「いつごろだ？」

「二時間後ね」

「よかった。飲み物と昼食をおごろう」

「どこで？」

「僕の部屋で」

「ホーマーも誘う？　必要《ネセサリー》でないとか言わないでよ」

「まあ、やめとこう」

「二人きりでちょっと内緒話ってこと？　お昼どきのお楽しみもおまけにつけて？」

「それも思い浮かんだな」

「わたしもよ」

「十五分後でいいか？」

「二十分にしてちょうだい。わたしのランチも頼んでおいて」

「何がいい？」

「タルタルステーキに、ケーパーをたっぷり」

「生卵は？」

「二個ね」

「刻んだ玉ねぎは？」

「たっぷりと」

「そうか、タルタルステーキにはいいところがひとつあるな」

「なに？」

「もし別のことで忙しくなっても、冷める心配をせずにすむだろう」

　食前酒を、つぎにワインを飲んで、レアのチョップドステーキを食べ、これまで未踏だったセックスの国の街々を昼間から旅して回って大いに満足したあと、キャロル・サッカティと私はコーヒーを飲みながら、リッケンバッカー・スイートでスワンカートンの重鎮たちを前に私が主役を演じるときが来るのを待っていた。

「実はあなた好みじゃないんでしょう？」キャロルが言った。

「何が？　セックスかい？」

「ちがうわよ」

「じゃあ何だ？」

「このスワンカートンの狐《きつね》と狸《たぬき》の化かし合いよ」

「うまい言い回しだ」

「ぴったりでしょ」

「たしかに」

「でもあなたは馴《な》染《じ》めないのよね？」

「考えたことはないな」

「あなたは嘘《うそ》がうまいけれど、それほど上手じゃない」

「わかったよ、たしかに考えた。君に電話する前に五分ばかり」

「それで、どうしようと決めたの？」

「なんだって何か決めなきゃならない？　ただ考えてただけだ」

「誰かにはめられようとしていたら、わたしなら考える。必死にね」

「召集令状は念入りに読んださ」

「それでサインしたのね、タフでいますって？」

「そんなようなもんだ」

「どうして？」

「そこまではよく考えなかった。明日は明日の風が、だ」

彼女は煙草《たばこ》を灰皿に押しつけ、火が消えたあとも押し潰《つぶ》していた。「あなたはずうっと長く落っこちてる途中。どこまで落ちていくのか、わたしにはわからない」

「自分でもそう思う」

「そんなに長く落ちていたら、わたしなら何か捕まえてくれるものを探すわ」

「ただ跳ね返るだけかも」

「いいえ」かぶりを振って言う。「あなたは跳ね返らない。ぶつかって砕けるだけ、何万、何億、何兆っていうかけらに」

「えらくたくさんだな」

「子どものころよくそんなふうに言ってたわ」

「どうしていきなり気にするんだ？」

彼女がじっとこちらを見すえた。「まったくあなたって、ときどきろくでもないことを訊いてくるのね」

「ああ」私は言った。「そうなんだろうな」

## 28

チャニング・ダーシー・フェトウィック三世は骨ばった脚を組み、咳払《せきばら》いをすると、老人特有の甲高いテノールで言った。「リンチのやつは実際、どういう反応をしたのだろうか?」

私はメキシコ湾が一望できる窓から振り向いて、言った。「ミセス・ソブールは金勘定の天才だと思ったようです」

フェトウィックはもう八十近い歳《とし》だったろう。リッケンバッカー・スイートのコーヒーテーブルの周りに並んだ三脚の椅子のうちのひとつに座っていた。ほかの二脚にいるのはオーカットとコルファックス医師で、オーカットは床に足が着くよう端に腰かけていた。フェトウィックの声は、老人の甲高いテノールからソプラノへと変化しながらも、言葉は一語一語ひとりでに、新しく作られて出てくるようで、区切り方もまったく均一だった。発声器に油を差す必要のあるおしゃべりロボットのような、不思議な話し方だ。耳には補聴器、目には分厚い遠近両用眼鏡をかけ、手の甲は茶色の肝斑《かんぱん》で覆《おお》われている。着ているものは黒に近いダークスーツで、もしいまでも作っているとしたら、生地はブロードクロスかもしれない。襟が高く、歴史の本に出てくるハーバート・フーバーが着ているようなタイプだった。筋張った首はその襟には小さすぎ、体重が大きく落ちたせいか、肉がたるんだ灰色のひだのように垂れ下がっていた。

「リンチはわしがその記事を公表すると思っているのだな？」フェトウィックが言った。

「ええ、おそらく。今日にもそちらへ送りつけてくるでしょう」

「すばらしい。わしは今朝のうちに署名入りの社説を書いた。あんたも読んでみれば納得すると思うが、非常に力強い内容だ」フェトウィックは短縮形を使って話すことがないようだった。「では、つぎは薬屋の件にとりかかろう」

「ドクター・コルファックスがフランク・ムートンに関する情報を提供してくれました」オーカットが言った。「私と同様にドクターにとっても、疑いようもなく明白なものです。私としては、ソブール夫人関連の資料と同じように、ミスター・ダイからその情報をリンチに知らせるのがよいかと」

「ムートンはうちの教会の執事だ」フェトウィックは誰にともなく言った。「残念に思っている」

ドクター・ワーナー・コルファックスが、オーカットの左側にある椅子の上で体を起こした。医者はこうあるべきだと私が思うとおりの風采《ふうさい》だった。高価なツイードのスーツは無頓着《むとんちゃく》にしわが寄り、ネクタイも色が合わず、シャツはまあまあきれいだが首もとがいささか窮屈すぎ、腹まわりはぴったりしていた。靴も高価なものだが手入れが行き届かず、実用本位の鉄縁《てつぶち》の眼鏡の奥で、青色の目が陽気に光っている。ブラシのような口ひげは、まあまあきれいに整えてあるものの、歳のせいでごま塩に変わっていた。大きいが少し神経質そうな口に、強靭《きょうじん》なあご。薄くなった灰色の髪を後ろになでつけて地肌の部分を隠しているのは、人並みに害のない見栄《みえ》があるのだとかえって安心できる。善良な白髪頭のコルファックス先生、だ。

「あの下司《げす》野郎が街じゅうの婆《ばあ》さんどもに薬をばらまこうとどうでもいいが」善良な白髪頭の医師が、粗いすりガラスのようなざらついた声で言った。「さすがにヤク中相手に卸売りまで始めたときは、やっと少しばかり話をした」

「十パーセントの分け前にあずかるためだろう」フェトウィックが言った。

医師はさらに目を輝かせた。愛すべき年寄りのイメージからほど遠いのはその声だけだった。「証明してみろ」暖かい笑顔と、イタチのような唸《うな》り声で言った。

　老フェトウィックが首を回して、医師を見た。ゆっくりした注意深い、きしみ音が聞こえてきそうな動きだった。「ワーナー、もしその機会があるなら、それは君が思うほど難しいことではないかもしれんぞ。たとえ君が薬屋の違法行為に関わっているとは証明できなくとも、それ以外の不埒《ふらち》な冒険の数々がいずれまちがいなく世間の執《しつ》拗《よう》な詮索《せんさく》に耐えきれなくなる」フェトウィックのしゃべり方は実際、句点や読点なども含めてこんなふうだった。

「都合の悪い秘密を俺にぶつけてくるなよ、チャニング」医師が言う。「そういうものの隠し場所はぜんぶ知ってる――おまえのもな」

「ミスター・オーカット、幸いにもドクター・コルファックスとわしは、ある時点で俗にいう膠着状態《メキシカン・スタンドオフ》に達してね。どちらも相手を破滅させられる、そのことがわかって味方どうしになったのだ。しかしもうお気づきだろうが、わしらのあいだには深い敵意の川が流れている。まったくありていに言うなら、おたがい軽蔑《けいべつ》し合っているのだ」

「じつに素敵なことだと思いますよ」オーカットが微笑《ほほえ》んでみせた。衷心からの思いであることを示そうとする、あのつくり物の笑顔だった。

「そう」フェトウィックはゆっくりと、かすかな疑いをこめて言った。「素敵なことだ。さて、話を薬屋のムートンに戻そう。悲しいことに、彼は市議会に空きができたときに〈スワンカートン市政を浄化する会〉から立つ予定の候補でもある。何かあればさらし者になるのは確かだ。だがもし当選すれば、きわめて操縦しやすい議員になるだろう。わしらはその確かな利点を犠牲にして、ミスター・ダイがリンチのやつの信頼を得られるように図る。そして彼が、われわれにとって有益な、逆にリンチとその一派には害を及ぼすような情報を発見してくれるという、好ましいが不確かな望みにかけようとしている。そう考えていいのだろうか?」分厚い眼鏡越しに、オーカットをのぞきこんだ。

「まさにそのとおりです」オーカットは言った。

「まったく」コルファックス医師が言う。「あと何回、この種のクソをほじくり返さなきゃならんのだ?」

「必要なら何回でもだ、ワーナー」とフェトウィック。

「どうなんだ、ダイ?」医師が言った。「リンチの仲間から何か聞き出せると思うか? やつが前科持ちだとかいうたわ言には引っかかるなよ。そんなことは街じゅうが知っているし、みんなやつにセカンドチャンスをやろうとかいう軟弱なお涙ちょうだいの空気に浸《つ》かっている」

「何か出てくるでしょう」私は言った。「その利用価値までは保証できませんが。それでも何かあるはずです」

「有権者たちの胃袋が引っくり返るようなものがな」フェトウィックが言う。「ミスター・ダイ、もうあんたも気がついているだろうが、スワンカートンの市民はみな鉄の胃袋を持っている。あの連中が何かを本気で憂《うれ》えることはない」

「たしかに」私は言った。

「ムートンの件はダイにまかせて、自分の仕事に専念してもらえばいい」コルファックス医師は言った。「そのために金を払ってるんだ」

「いかがです、ミスター・フェトウィック？」オーカットが言う。

フェトウィックはため息をついた。「うちの教会の執事ではあっても、わしはムートンを気にかけたこともなかった。知ってのとおり、ファースト・メソジストだ。これで彼は牢屋《ろうや》に入るのだろうか？」

「そうはならないかと」オーカットが言った。「出訴期限が切れているので」

「出訴期限法か。あれは州の法律だ」コルファックス医師が言う。「連邦法はどうなんだ？　税務の連中はどう動く？」

「もちろん向こう次第でしょう」とオーカット。「ムートンがちゃんと所得税を払っていたということもありえますし」

「ありうるもんか」医師が唸り声で言った。

「実のところ、わしらの懸念《けねん》はそこにはない」フェトウィックがまたほうっと、体を震わせるほど深いため息をついた。「わしらの懸念は、あの男を破滅させるということと、それによって〈市政を浄化する会〉の意義にさらに大きな影が落ちるということだ。ずいぶん大きな代償に思えるが、それでスワンカートンに秩序らしきものが戻るのなら、わしとしても同意するほかはない」

「考えがあります」私は言った。「あなたの異論への答えになるかもしれません、ミスター・フェトウィック」

「では言ってみたまえ、君、ぜひ聞きたい」

「私はこのままムートンの情報をリンチに渡します。しかしやつはその情報をムートンを潰すためには使わない。かわりにそれをタネにムートンを強請《ゆす》って、〈市政を浄化する会〉の情報を得ようとする。こちら側にも同じだけの強みはあるので、ムートンを脅してリンチを欺《あざむ》く情報を流させられる。もちろんその情報は私たちから彼に伝えます」

コルファックス医師が大きな白い拳《こぶし》で膝《ひざ》を叩《たた》いた。「うむ、それはいい！　最高に卑劣だ！」

フェトウィックはゆっくりと、慎重にうなずいた。「見るべき点はある、たしかに。だがリンチは誘惑に耐えられるだろうか？　つまりだな、人間というものは、別の誰かを破滅させられる力を持ち、そうすることで自分が相当の利益を得られるとしたら、破壊への誘惑はしばしば抗しがたくなり、多くの場合、圧倒されてしまうのだ」

「そのあたりはおまえもよく知ってることだな、チャニング」コルファックス医師が言う。

「知ってるとも、ワーナー」とフェトウィック。「だからこうして話したのだ」

「それにも答えられるかもしれません」私は言った。「私はリンチにこう提案します。リンチが手に入れたムートンの情報は、二つの形で活用できるだろう、と。ひとつは〈市政を浄化する会〉の内部情報を引き出すのに使えるし、実際にムートンからの情報なら、私が持ってきたもの以上に信用するでしょう。しかし二つめは、リンチがその情報を利用して、ムートンが土《ど》壇場《たんば》で〈市政を浄化する会〉に反旗をひるがえすように仕向けることです。そうなれば、ミスター・フェトウィック、あなたはそれに対抗して、ムートンの違法薬物販売の件を一面トップで暴露すればいい」

「いやまったく、ダイ、いままでいったい何をやってきたのか知らんが、今日はまちがいなくひと稼ぎしたぞ！」善良な白髪頭の医師にどら声でそう誉《ほ》められ、私は、何か吐き気止めを持っていませんかとたずねそうになった。

「見事に悪魔的だ、ミスター・ダイ」フェトウィックが言う。「理に適《かな》った推論でもある。わし自身も思いついてしかるべきだった。まずムートンを使ってリンチを欺く。ムートンが土壇場の反撃で〈市政を浄化する会〉を攻撃し、リンチの側に寝返れば、こちら側はやつが麻薬の売人であることを暴露する。そうなればやつの攻撃の妥当性は崩れ、同時にリンチとその一派も、うまくいっても騙《だま》されやすい愚か者として、悪くすればムートンのぐるとしてさらされることになる。そうとも。気に入った。だがこれはたぶん、白状しなければならんが、その完全無欠の冷酷さゆえにだ。あんたはそこまで冷酷な人間なのか、ミスター・ダイ？」

「どうでしょう」私は言った。

フェトウィックが椅子から立ち上がった。ゆっくりした、銀の持ち手のついた杖《つえ》の助けを借りての動作だった。「おい、ワーナー、わしの仕事場までロールスで送ってくれ。今日はもうたっぷり悪事を働いた」

コルファックス医師がこちらへ歩み寄ってきて、手を差し出した。私はその手を握った。ほかにどうしようもなかった。何も思いつかなかった。「あんたの知恵者ぶりには感服したぞ、ダイ、大した才覚だ」

「どうも」

「そのうち私の診療所のほうまで来ることがあったら、寄ってくれ。一杯やろう」

「いいですね」

「では、ミスター・ダイ」フェトウィックが言った。「お目にかかれてじつに心強かった――たぶんわしは、自分の同族はもうとっくに死に絶えたと思っていたのだろう。これは褒め言葉として受け取ってくれたまえ。実際、そのつもりで言っている」

「わかりました」私は言った。どこか誰もいないビーチで、波の音を数える以外何もせずに寝そべっていたい、そう思った。

二人が出ていくなり、オーカットがくるりと振り向いて人差し指を突きつけた。

「あんたはまったく最高だ！　一ひねりも二ひねりもある！　今度はリンチが今日話したことをぜんぶ話してくれ」

ぜんぶ話し終わると、オーカットは満足そうにうなずいた。「僕らのスポンサー二人に会ってみた感想は？」

「リンチのほうがましに思える」

わかるというようにオーカットはうなずいた。「あの爺《じい》さんはまったくとんでもなくないか？ 文字どおり、あの体のなかから悪魔が出てきそうな臭いがしたぞ」

「友達の医者のほうも、大した息の合いっぷりだ」

「ああ、あいつもすごいな！」とオーカット。「本物の悪玉だ。なのにどっちもあんたを大好きときてる」

「だからいやになる」

オーカットは鷹揚《おうよう》に手を振ってみせた。「あの二人はチェスの駒《こま》だと思えばいい。僕はそうしてるよ」

「やってみよう」私は言った。

「さて。ネセサリーの部屋に電話して、例の男を連れてくるよう言ってくれ」

「例の男？」

「写真家だよ。本当は映画のカメラマンだ。ホーマーが何やらものすごく面白くなりそうなことを企《たく》んでる」

「何だ？」

「スワンカートン警察の実態を暴露するのさ。これももちろん、あんたからリンチに知らせてもらわないとならない」

「もちろんだ」

「ネセサリーに電話で、キャロルも一緒に来るように言ってくれ。いつもけっこういい意見を出してくれる」

「モノは毛皮《ファー》だ。警察《ファー》の仕事だ」ネセサリーは言った。

「どのくらいの額になる？」オーカットが訊く。

「七万五千か、九万ぐらいまで持ち出すかもな。ただし故買屋に流したら、よくて三万。まあ、二万五千くらいか」

カメラマンの名はアーチ・ソダーベルといい、二十五歳くらいで、見事な黒ひげを生やし、ゴロワーズを吸い、そのへんにあるものを何でも身に着ける男だった。その日は茶色のチノパンに白のスニーカー、青いシャンブレーのシャツに、黒っぽいレンズの眼鏡をかけていた。

「準備はいいかな、ミスター・ソダーベル？」オーカットが訊いた。

「オーケイです」ソダーベルが言う。

「何時ごろだ、ホーマー？」とオーカット。

「やつらは明日の午前三時三十分ごろにやるつもりだ。俺たちは三時には着いて準備をする」

「必要な手はずはぜんぶついてるのか？」

「えらく心配性だな、ヴィクター」とネセサリー。「どこかの後家の婆《ばあ》さんみたいだぞ」

「心配するのも仕事のうちだよ、ホーマー。細部へのあくなきこだわりと言う人間もいるし、それこそが天才の所以《ゆえん》だと言う人間もいる」

「わかったわかった。おまえは天才だ」

「ミスター・ダイにも同行してもらいたい」

「なぜだ？」ネセサリーが言う。「ダイが来るぶんにはかまわんが。二人ですむ仕事だし、いざとなったら超特急でずらからなきゃならない」

「リンチにも関係してくることだからさ」とオーカット。

ネセサリーがなるほどとうなずいた。「ダイがやつにタレこむってことだな？」

「そんなところかな」

「なるほど。わかった」ネセサリーがこちらを向く。「ずっと起きていたくないんなら、二時ごろ電話で起こしてやろうか」

「そうしてくれ」私は言った。「リンチには外の公衆電話から知らせる」

「もう遅すぎるってころにな」とネセサリー。

「そのとおりだ。もう遅すぎるころに」

# 29

私が新しいスコッチを用意したのを嗅《か》ぎつけ、いつものように飲みたくなったのだろう、ホーマー・ネセサリーが一緒に部屋までついてきた。私はルームサービスで氷と自分用のコーヒーを頼んだが、ネセサリーは氷が来るのも待たずに自分で水割りを作った。

「ソダーベルはどこで見つけた？」私は訊いた。

「クリーブランドだ」ネセサリーが言った。「一年ベトナムで従軍して、除隊したあとに民間のフリーランスとしてベトナムへ戻った。ドイツ人のプロデューサーがドキュメンタリーを撮るのを手伝ったんだが、そのフィルムはベルリンで賞を獲《と》ったらしい」

「それがクリーブランドで何をしてたんだ？」

「仕事を探してた」

「今日の夜、何に関わるか知ってるのか？」

「おいおい、これが最初ってわけじゃないぞ。この一ヵ月はニューオーリンズからここまでなんべんも往復してる。フェトウィックの爺さんから許可をもらって、スワンカートンのドキュメンタリーを作らせてるんだ。なかなかいいのを撮ってるぞ」

「たとえば？」

「そうだな、正午に小学校の横に停めた配達トラックにカメラを仕掛けて、ガキどもが昼メシ代をナンバーズに賭《か》けてるところをクローズアップで撮ってる。悪くないだろ？」

「ああ、それはすごいな」

「それから、俺たちも行ったあのエロ本屋の屋根の上にカメラを据えて、警官と客の金のやり取りを撮って、クリーニングの品も持たない客が向かいの店に出たり入ったりするのも撮ってる。ブリーフケースにカメラをしこんで、高級な売春宿まで行って、有名な市民が出入りするところも撮る。それからでかい箱にカメラを入れて、プレゼントか何かみたいに包装して車の前の席に置いて、道路に出てからわざと一時停止違反とスピード違反で捕まる。一日に六回も捕まって、そのつど警官に五ドル札を一枚渡して見逃してもらうところをフィルムに収める。パトカーのナンバーまで読めるくらいにな。それから黒人街まで行って、街の角で薬の売人が客の相手をしてるあいだ、警官がただにやついて突っ立ってる姿もぜんぶ撮影する」

「あんたはそういうフィルムを見たのか？」私は訊いた。

ネセサリーがかぶりを振った。「ソダーベルはぜんぶニューオーリンズに置いてある。万一のために、残らず複製を作ってるんだ。ああ、そういや、ものすごいやつをひとつ撮ったぞ——音声つきでな」

「何だ？」

「いやな、フェトウィックは街じゅうにやたらたくさんの地所を持ってるんだが、そのなかに小さな店の入った建物があって、それもいずれ取り壊すつもりでいる。アーリー通りの三階建てのビルだ。上の二フロアが空き家で、一階には食料雑貨屋が入ってる。よくある夫婦経営の店だが、もうじき賃貸の契約が切れる。それで俺は夫婦と取引をする」

「取引とは？」

「その店の親爺《おやじ》はリンチのところの手下にみかじめ料を払ってる。大した額じゃない。週に二十五か三十ドルってところだ。それで親爺にこう持ちかける。俺がまとまった金を渡すから、今度その連中が来ても何も払うな、ソダーベルがその場面を撮影して録音する、とな。

親爺は痛い目にあわされるんじゃないかと怖がったが、心配ないと俺たちは言う。乱暴なことになったら止めに入ると。ソダーベルは奥の部屋で準備万端、マイクも隠してセットし、俺たちは座って待つ」

「あんたも一緒にいたのか？」

「交通警官に止められたとき以外、ずっと一緒だ。親爺に払うなと言ったら、案の定やってきたよ。たちの悪いチンピラ二人が。なあ父ちゃんとか呼んで、週ごとの場所代を出せと言うんだが、やっぱり親爺は出さないと答える。するとやつらは笑って洗剤《リソール》の容器を開けて、そのへんの野菜にだぼだぼ振りかける。ソダーベルがそれをぜんぶ撮る。それでも親爺が払わないと言うと、あのスプレー缶みたいなやつに入ったシェービングクリームを出して、肉のケースのなか全体に吹きちらかす。まだ乱暴まではいかないが、ソダーベルはずっとフィルムに収めてる」

「会話もだな」私は言った。

「そうそう。そのあとでやつらが親爺に手荒なまねをしだす。二、三発顔を張って、腕をちょっと曲げると、親爺がわめき出す。ソダーベルは助けにいきたがるが、俺は黙って撮ってろと言う。とうとうチンピラひとりの力が強すぎるかして、親爺はぼうっとするか気を失う。やつらはレジを開けて、三十ドルだか何かしら取って出ていく。ソダーベルがぜんぶそれを撮影する」

「店の主人はどうなった？」

「コルファックスの病院へ送り届けて、治療費もぜんぶこっちが出す。それからまとまった金を渡して、脳震盪《のうしんとう》が治ったらすぐにフロリダへ行かせる」

「元気になったのか？」

「ああ、元気になった。もしチンピラどもが親爺を殺そうとするとか、ほんとにやばいことになったら、俺も踏みこんでた。だがやつらはちょっとヤキを入れただけだったし、俺がへたに手を出してたら、ソダーベルは一番いいところを撮りそこなってた」

「あんたはほんとうに心ってものがないな、ホーマー」

「じゃあ、おまえだったらどうした？」

「どうだろう。たぶん助けにいくより、フィルムを優先してたかな」

　ネセサリーが青と茶色の目で、じっと私を見た。感心した目つきではなかった。

「あのな、ダイ、おまえはどこかおかしいところがある。たぶん頭のなかのどこかだ。おまえを見てると、むかし知ってたタフな年寄り警官たちを思い出すよ。タフはタフだが、いろんなことが新米のころみたいに感じられないとか言ってくよくよし出すんだ。なかには気に病みすぎたあげく、自分がやるべきだと思うことを探すようになって、そのせいで命を落としたりするし、死ななけりゃ説教臭くなる。俺にはおまえが、誰にでも何にでも、何かしら深く感じてるってふうには見えん。普通の人間ならああするこうするとかいう世迷《よま》い言《ごと》を真に受けて、そうしなきゃとか思ってるんだろう。そろそろちゃんと向き合ったほうがいいぞ。おまえは普通じゃない。昔はそうだったのかもしれんが、もういまはちがう。だからそれに慣れなきゃならない」

「メモにとっておいたほうがよさそうだ」

ネセサリーがかぶりを振った。「あんまり期待はしてないさ、ダイ。おまえはどこかの誰かのルールどおりに動いて、いつも負けて、なんでだろうと首を傾《かし》げてるやつだ」

「あんたは誰のルールで動いてるんだ？」

「俺のだよ。ほかの誰のでもない、俺自身のルールだ」

「それで負けたことはないのか？」

ネセサリーは酒を飲み干した。「そりゃもちろん負ける。だが負けても、少なくともなんで負けたかはわかってる」

ネセサリーが出ていってから十五分後、電話が鳴った。ニューヨークのゴーマン・スモールデインからだった。

「五日遅れだよ」私は言った。

「おまえの新しい友達はみんななかなかのもんだな」

「たしかに」

「いい話と悪い話、どっちも聞きたいんだろ？」

「悪いほうだけでも」

「ざっくりでいくぞ」

「いいよ」

「サッカティという女は、売春で二度逮捕されてる。どっちも起訴はなかった」

「ほかには？」

「大学一年のとき、ファイ・ベータ・カッパに入会してた」

「それはいい話なのか、悪い話なのかな？」

「無用な意見を言う気はない」

「ありがたい」

「ヴィクター・オーカットは、学歴以外の記録はなし。とても本当とは思えん、まさしく天才だ」

「信じられないなら、本人に訊いてみれば」

「実際にそうなんだな？」

「だろうね」

「ホーマー・ネセサリー。いや、じつにいい名前だ、気に入った。この男は二十六歳で二級刑事だったときに、自分の属する警察署を引っくり返した。たったひとりでな。署長以下全員を捕まえて、事実やいろんな数字や書類や写真を手に入れ、証拠と証言にものを言わせて、職場の仲間三十一人を州刑務所へ送りこんだ。署長の刑期は五年だ。市は大いに感謝感激して、まだ二十七歳のネセサリーを新しい警察署長に任命した。それから十五年、ネセサリーは――何というか――繁盛《はんじょう》していた。以前の連中がやってたことを残らずやって、自分なりの新しいアレンジも加えた」

「それで首になったのか？」

「尻尾《しっぽ》をつかませなかった。うわさや疑いはさんざんあったが、四年前に自分から辞めて、〝民間企業〟と称するところに入った。それがヴィクター・オーカット・アソシエイツだ。辞めてからそこの警察はまた上を下への大騒動になったが、ネセサリーはまったく無傷だった」

「本人がそうさせたんだ」私は言った。「つぎはラムゼイ・リンチ、出生名はモンゴメリー・ヴィッカー。十六のころから揉《も》め事ばかり起こしていた。ニューアーク生まれで、十八のときに家族のたっての要望でラムゼイ・リンチに改名した。この一家はわりとお堅い、まあまあいい意味での名家だった。リンチは犯罪集団の下《した》っ端《ぱ》仕事をやってたが、麻薬捜査である幹部の罪をかぶって、アトランタで十八ヵ月服役した。そうやって恩を売ったおかげでニューオーリンズのナンバー2かナンバー3に収まり、スワンカートンを開拓して、いまはそこでナンバー1になってる。家族のなかでこの男が生きてることをまだ認めてるのは、香港《ホンコン》在住のジェラルド・ヴィッカーだけだ。仲のいい兄弟ってことになってる」

「実際にそうだ」私は言った。

「で、これがデザートだ。そっちの警察署長のカルヴィン・ローンボー。スワンカートン出身、十九で陸軍入隊、三年間の兵役。最後は憲兵隊の中尉《ちゅうい》だった。ドイツで従軍したが、向こうでの記録はない。バッファローで警察に入り、ある疑いをかけられて辞職した」

「何の疑いを？」

「盗品故買の嫌疑だ」

「立証されたのか？」

「しようと思えばできたが、しなかった。この男はほかにも、警察が忘れたいと思うことをしでかしてたんだ」

「どんな？」

「児童の性的虐待《ぎゃくたい》が二件」

「それで放免されたのか？」

「当時バッファローじゃ警官がらみの厄介事が山ほどあってな」とスモールデイン。

「これ以上はもうたくさんだってことさ」

「それから？」

「ローンボーはバーミングハムの警察に入ったが、ちょうどその直後にあの街で暴動が起きた。それで何度か表彰されたあと、また急にある疑いで辞職した。今度のは限りなく黒に近い灰色だった」

「児童虐待か？」

「当たり。今度は三件だ。ちなみに、この男は既婚者で、子どもも二人いる」

「それで故郷に帰ってきた」

「また当たりだ。そうして、彗星《すいせい》のようにとしか言いようのない出世ぶりで、四年前にスワンカートンの警察署長に任命された。おまえの友達のリンチの要請にちがいない」

「どんな性癖なんだ？　男の子か、女の子か？」

「両方だ」

「具体的な証拠は？」

「ない。ぜんぶ人聞きだが、信頼はできる」

「あんたのサービスは優秀だね、ゴーム。請求書を送ってくれ」

「おまえは金を払うまでそこにいるつもりなのか？」

「どうしてだ？」

「いろいろうわさを聞いた」

「どんなうわさを？」

「スワンカートンが荒っぽいことになるかもしれないって話だ」

「かもしれない」

「手伝いがほしいんじゃないか」

「誰の？」

「俺のだ」

「ＰＲ活動じゃないんだよ、ゴーム。百万ドルの予算もないし、気の利《き》いたプレスリリースにもボーナスは出ない。僕には民主主義陣営の連中の心をつかもうなんて気もない。勝ちたいのかどうかもよくわからない」

「金をとる気はないぞ」

「そういうことじゃなく」

「じゃあ何だ？」

「あんたがこの件でどんな役にはまるかがわからない」

「一緒に考えりゃいいだろう」

「そう簡単には――」

「明日の午後三時にそっちへ行く。空港の出迎えは要らない」そして電話を切った。

その日の午前二時にホーマー・ネセサリーが電話をよこし、起きてるかと訊いた。

「いま起きた」

「ソダーベルはもう来てる。あと三十分で出るぞ」

「そっちはどこだ？」

「俺の部屋だ」

二十分後、ネセサリーの部屋で二人と合流した。ソダーベルはズームレンズらしきものを装着したボレックス・プロ16ミリのカメラをいじっていた。

「結局、ライトは持っていかずにすむ」ネセサリーが言った。

「なぜ？」

「ソダーベルは赤外線フィルムを使ってる。ライトは要らないってことだ」

「これは赤外線じゃないですよ」ソダーベルが言った。「コダックの２４８５って超高感度の、ＡＳＡ１２０００のやつです」

「それで間に合うのか？」ネセサリーが訊《き》く。「赤外線が一番いいって話だが」

「赤外線もいいですけど」ソダーベルが言っているのは、おそらく事実だという気がした。「でも特殊な現像処理をやるのなら、こっちのフィルムのほうがいいです」

「しつこいようだが、やっぱり赤外線のほうがいいと聞いた」とネセサリー。

そのときのソダーベルの表情は、熱心すぎる素人《しろうと》を相手にしたときにいつも見せる顔だったにちがいない。「たしかにすごくいいですよ、ホーマー、でも今回のこの仕事には、こっちのフィルムのほうがちょっとだけ合ってると思うんです」

「まあ、おまえさんは専門家だからな」ネセサリーは明らかに納得していない口調だった。「だが忘れるなよ、何かまずいことになっても、やつらは戻ってきて撮り直しのためのポーズをとっちゃくれん」

ソダーベルは我慢強い男だった。プロの写真家はみんなそうなのだろうか。フランス製の煙草に火をつけ、ぴりっとくる煙を部屋じゅうに吹き出した。「心配するのはやめましょう、ホーマー。まずいことになるのは捕まったときだけだし、もしそうなったら、心配どころじゃなくなるんだから」

スワンカートンでは午前二時半になってもバーが営業中で、夜間シフトの商売は繁盛しているようだった。私たちはネセサリーが借りてきたインパラでスノウ通りを進み、左折して四丁目の通りに入ると六ブロック進み、そこで右折してフォレストに入った。さらに四ブロックほど走ったところで、ネセサリーが適当な駐車場を見つけた。

「ここからは歩きだ」

そこはスワンカートンの問屋街だった。通りに沿って長く低い煉瓦《れんが》造りの建物が続き、大半が正面か側面に積み降ろし用のプラットフォームを備えていた。銀や赤や青色のセミトレーラーの列が尻《しり》をプラットフォームに向けて荷降ろしを待っているが、運転手が技術を発揮したおかげでたがいに十五センチ以下の間隔で駐《と》まっているところもあった。

ガルフステーツ販売会社という看板のある建物とメリマン酒店（卸売り専門）のあいだに、幅十五メートルほどの敷地があり、その奥まったところに細長い木造の三階建ての家が建っていた。家に続くひび割れた歩道を歩いていき、四段上って板の割れた小さなポーチで待っているうちに、ネセサリーがドアの錠を開けた。家のなかはがらんとして、もう何年もドアを開けていなかったような臭《にお》いがした。

勘と手探りで、ネセサリーのあとから長い廊下を歩いていく。ぶつかるような家具は何もなかった。

「右に曲がって、奥の階段を上がる」ネセサリーが言った。

私が手を伸ばすと、ソダーベルに触れた。「だいじょうぶ？」彼が言う。

「だいじょうぶだ」

「階段を上がったら、また右に曲がります」ソダーベルが言った。

ゆっくりと、手すりを頼りに、両足を階段の踏み板ひとつひとつに乗せながらついていった。

「ここの左だ」上のほうのどこかでネセサリーが言った。そこは家の裏手に続く別の廊下だった。ネセサリーがドアを開けると、部屋の窓から入るわずかな光で、彼とソダーベルの輪郭がぼんやりと浮かび上がった。二人のあとから部屋へ入った。

「こっちの時計で三時四分」ネセサリーが言った。「そっちだと？」

私は腕時計の蛍光文字盤を見た。「そのくらいだ。三時五分かもしれない」

「どんなあんばいだ？」ネセサリーがソダーベルに訊いた。カメラマンは窓ぎわまで行って、外をのぞいた。「路地のあの明かりでなんとかなるでしょう」私も窓ぎわへ移動して、外を見た。この木造の家は思ったより奥行きがあった。勝手口は路地と同じ高さにあり、いま立っている窓からは路地の真向かいにある毛皮卸売店ボルバーグ・アンド・サンの裏口が見えた。毛皮店の建物の裏に窓はなかったが、頑丈そうな鉄の扉と、かなり大きなトラックが通れる波形鋼板の引き上げドアがあった。

「絶好の位置だろ？」ネセサリーが言った。

「持ち主は誰だ？」私は訊いた。

「ボルバーグってやつだ」

「こっちの家のだ」

「ここもフェトウィックの所有だよ、この街のだいたいの物件がそうだ。あいつは固定資産税を払うだけで、ここが値上がりするのを待ってる。たしかもう二千ドルぐらいまで行ってたと思う」

「家と土地でか？」

「間口だけだ。課税台帳に載ってるのはたぶん五千ドルぐらいで、それには家と土地も含まれてる」

「あそこの明かりでなんとかなるはずだ」ソダーベルがまた、独り言のように言った。毛皮店の鉄の扉の上にあるアーチ形の照明はおよそ百ワットで、電球に金網の覆いがかぶさっていた。

「やつらがあれを壊したら？」ネセサリーが訊いた。

「そしたら運の尽きってことで」とソダーベル。「窓を破りましょう。この隙間《すきま》から撮るのじゃ画《え》が汚すぎる」

「ただ開けりゃいいだろう？」

「やってみましたけど。釘《くぎ》で打ちつけてあるので」

「ちょっと待て」ネセサリーが言った。ポケットからマスキングテープを出すと、窓にテープを蜘蛛《くも》の巣のような複雑な模様に貼《は》りつけていった。そして靴を脱ぎ、ヒールを窓にぶつけた。ガラスが割れると、それから何分かかけてテープにくっついたガラスの破片を取り除いていき、もう撮れるだけの穴になったとソダーベルが言うまで続けた。

また五分待ち、三時二十分になった。車のライトが奥の右の端から路地へ入ってきた。

「用意はいいか？」ネセサリーがソダーベルに訊いた。

「いつでも」とソダーベル。

車はゆっくりと路地を進んでくる。両サイドのスポットライトの点滅する光が建物の裏手を照らし出す。そのひとつが私たちのいる家を通り過ぎたが、一階より上には届かなかった。「だから二階にしたんだ」ネセサリーがつぶやいた。「あいつらは上なんか見ない。いくら顔が真っ赤になるまで言い聞かせたって、誰も上を見やしないんだ」

車は毛皮店の鉄の扉にスポットライトの光を当て、ずっと照らし出していた。ソダーベルのかまえたカメラがかすかに音をたてている。車は白と黒に塗られ、両側にスワンカートン警察署《SPD》の文字と、公式のものとおぼしき立派な盾形のマークがあり、上のほうの黒い部分には白い文字で大きくＳＰＤと書かれていた。パトカーは速度をゆるめ、ほとんど停まりそうになり、またスピードを上げて通り過ぎた。スポットライトが消えた。

「おい、ナンバーだ、ナンバーを撮れ」ネセサリーがソダーベルにささやく。

カメラの回る音がずっと続き、やがてやんだ。「撮りました」

「さっきのは見張りのチームだ」ネセサリーが言った。「いまからこのブロックを回るんだろう」

四、五分待つと、路地の右端からまたヘッドライトの光が二本近づいてきた。腕時計を見た。ほぼ午前三時三十分きっかりだった。車は毛皮店の鉄の扉を少し行き過ぎ、そこでライトを消した。確かではないが、乗っているのは二人だと思った。暗い青か黒の車で、マークは何もなかった。

「毛皮泥棒だ」とネセサリー。

車のなかの二人に、降りようとする気配はなかった。さらに一分後、また別の車のヘッドライトが右端から路地に入ってきた。やがてその車のライトが消えると、ドライバーはかわりに黄色い駐車灯の光を使った。立て続けに四度、つけたり消したりする。そして毛皮店の裏口に停まった。その二台目の車は、別の白黒のパトカーだった。ソダーベルのカメラがまだしばらく音をたてていた。

男二人がパトカーから降りると、鉄の扉の上から覆《おお》いのついた電球が落とす光の円のなかに立った。

ソダーベルがその男たちに向けて、指示をつぶやいていた。「動けよ、クソ野郎。今度はこっちを向け、ちょっとだけ上を見て……もっと上だ、このボケ……おっ、いいぞ……すごくいい……バッジも何もかもバッチリだ」

パトカーから降りてきた二人は、スワンカートン警察のグレイとブルーの夏服姿だった。扉のそばに立っていると、マークのない車のなかで待っていた黒っぽい服装の二人組が合流した。そのひとりが小さなバッグを持っている。警官二人が路地の両端を見渡せる位置についた。バッグを持ってきた男がそれを片割れに渡し、扉のほうに屈《かが》みこんだ。首を二度か三度後ろに振るたびに、もうひとりが何かを渡す。

「警報装置を切ってるんだ」とネセサリーが言い、盗みの手口について私とソダーベルに解説した。二、三分すると、暗い色の服の男が鉄の扉を開けた。泥棒の片割れがマークのない車に戻ってバッグをしまい、トランクを開けた。

泥棒の二人が、警官のひとりと一緒に、建物のなかへ入っていった。ソダーベルは残った警官が歩き回り、光の円のなかを出たり入ったりするのを何枚か撮った。それから五分ほどしたころ、泥棒二人と警官がそれぞれ腕いっぱいに毛皮を抱えて出てきた。そしてマークのない車の開いたトランクに毛皮を放りこんでいく。そのあとやつらは三回も往復して同じことを繰り返した。ソダーベルはそのすべてを撮影し、路地裏のドラマを演じる無声映画のスターたちに聞こえない指示をつぶやいていた。

泥棒たちが最後に倉庫に入っているあいだに、見張り役の警官がふと、パトカーの運転席側へ回った。左手をなかに差し入れ、右手でも何かをしていたが、それが何かはわからなかった。車のスポットライトがいきなり点灯したからだ。ソダーベルは目がくらみ、カメラをじかにスポットライトへ向けたまま、窓の前で立ちすくんだ。その姿勢でいた彼の胸のどこかに銃弾が当たった、のだと思う。その衝撃で彼は窓から後ろへ、激しくよろめきながら、何歩かあとずさった。そしてカメラをつかんだまま、どさっとくずおれた。その後のわずかな静けさのなかに、カメラの回る音が響いていた。

警官はよほど焦《あせ》っていたのか、ウィンドウの隙間からまた二発撃った。スポットライトが消え、路地にいる四人が早口にしゃべる声が聞こえた。私は窓の横の壁にぴったり身をつけていた。ネセサリーはすでにソダーベルの上に屈みこんでいた。急いで立ち上がったとき、両手に持ったカメラが見えた。

「ここからずらかろう」彼の声は張りつめ、低い早口だった。

「ソダーベルをどうする、引きずっていくか？」

「置いていくしかない。行くぞ」

路地でエンジンのかかる音が聞こえた。車のトランクの蓋《ふた》がばたんと閉まり、車二台のドアがつぎつぎ閉まる音が響いた。タイヤが甲高い軋《きし》り音をあげ、長く続いた気がしたが、実際は一秒もなかったかもしれない。窃盗団の逃走か、と思った。意味のない、まるで場ちがいな思考だった。

「彼を置いていけない」と言った。そう言うのが義務のような気がした。

「あいつは死んだ、ちくしょう」ネセサリーが言って、ドアへ向かった。あとに続く以外に何も浮かばなかった。長い廊下に通じる階段を、上ってきたときよりずっと速く駆け下りた。ネセサリーが左ではなく右へ曲がったのを感じたか、勘でそれとわかった。

「どこへ行くんだ？」と小声で言った。われながら少し必死な響きがあったと思う。

「路地のほうの入り口だ。もう正面は手が回ってる」

それを裏づけるように、古い家の正面側のドアに大きくて重いものがぶつかる音がした。サイズ十一の靴を履いた扁平足《へんぺいそく》の足と同じ大きさと重さの何かだ。またどかっという音がしたとき、ネセサリーがカメラを私の手に押しこみ、裏口ドアの錠とボルトをいじりはじめた。三回目の音とともに正面ドアの板が割れる音が響いた。ネセサリーが最後の錠を外し、裏口ドアを大きく開く。二人ともそのドアを抜け、四段下まで駆け下りた。最後の段でつんのめって危うく転びかかり、カメラを落としそうになった。かろうじて体勢を立て直し、ネセサリーを追いかける。彼は角を右に折れて、まだ開いている毛皮店の扉の上の電球が落とす光の円の先へ、路地に駐まったままのパトカーへ向かっていた。

　ネセサリーがパトカーの左側のドアを開け、なかに手を突っこんでキーを抜き出し、暗闇《くらやみ》に向けてできるかぎり遠くまで放り投げた。もう一度手を差し入れて何かいじった。運転席側のスポットライトがまた、皓々《こうこう》と光を放った。見上げると、割れた二階の窓の穴の向こうに警官たちの真っ白な顔が見えた。みんな眩《まぶ》しさに目をつぶっている。そのとき、ソダーベルを殺した警官がなぜあれほど簡単に撃てたのかわかった。これなら外しようがない。

　ネセサリーがだっと路地を駆け出した。カメラを両腕に抱えたまま、私もあとを追った。路地の端まで来たとき、ネセサリーが足を止め、角を曲がった先をのぞきこんだ。私よりずっと激しく盛大に、肺を満たそうと荒い息をついている。それがなんだか小気味よかった。

「行こう」聞き取れるかどうかのしゃがれ声でネセサリーが言い、がらんとした通りを駆け抜け、路地をさらに一ブロック進んだ。もう小走りともいえないほどの速さになっていた。路地から出て右に曲がり、借りた車まで歩いてたどり着いた。ネセサリーがトランクを開け、私はなかにカメラを入れた。

静かに車を出すと、時速四十キロでフォレストを走らせた。すれちがったパトカーが猛烈な勢いで反対方向へ飛ばしていく。サイレンは切っているが、赤と白のドーム型ランプが怒ったように回転していた。

ネセサリーがハンドルに手のひらを叩《たた》きつけた。「こんなはずがない、何だってこうなる？」

「ソダーベルも思っただろうな。そのひまがあったとしたら」

ネセサリーがちらと私を見て、かぶりを振った。少し苛立《いらだ》ったしぐさだった。「そんな話をしてるんじゃない。スポットライトをつけた警官のことだ。くそっ、自分の目から五センチでも上を見上げるやつなんて、俺は知らない」

「いま知っただろう」、「何だって一度目はある」と言ってもよかったが、何も言わずにおいた。ただ座って、まだ見えないものを探していた。

しばらくすると、ネセサリーが言った。「あれはまぐれ当たりだった。あいつは運がよかっただけだ」反論することもできたが、やはりせずにおいた。ただ座ったまま、ずっと外を見ていた。

「しかしソダーベルのやつ、おかしなもんだ」ネセサリーが続けた。「ベトナムを二回も切り抜けたのに、しまいにあんな裏路で撃たれるなんてな。なんだか考えさせられないか、なあ？」

「ああ。そういうもんだ」そのとき、探していたものが見つかった。「あそこにある」と私が言い、ネセサリーが明かりのついた公衆電話の横に車を停めた。私は降りて、十セント硬貨を入れ、ある番号をダイヤルした。長いあいだ鳴らしたあと、相手が不機嫌そうな声で応《こた》えた。

「ダイだ」私は言った。

「ああ……うん」リンチの眠たげな声が言った。

「ホーマー・ネセサリーが今夜、何かやろうと企んでた。ついさっきわかった」

「何だと？」リンチの声から眠気が失《う》せかけていた。

「警官が何人か毛皮泥棒に加わってたらしい。ホーマー・ネセサリーがそれを撮影した。警官が誰かを撃った。誰かはまだわからない」

「いつの話だ？」リンチの声は明瞭《めいりょう》になり、もうすっかり目が覚めたようだった。

「こっちも聞いたばかりだ」

「前もって知らなかったのか？」

「聞いたばかりだ」もう一度言った。「ローンボーを起こしたほうがいいと思う」

「くそっ」リンチは毒づき、じゃあと言って電話を切った。

車に戻ると、ネセサリーが訊いてきた。「何と言ってた？」

「くそっ、だと」

ネセサリーが軽く喉《のど》の奥で笑った。「そりゃ責められんな。まったく責めようとは思わん」

# 30

ホテルに戻った私とネセサリーは、リッケンバッカー・スイートでヴィクター・オーカットと一緒に、夜明け前の長い時間を過ごした。こちらがソダーベルが死んだてんまつを話すあいだ、オーカットは静かに話を聞いていた。話が終わると、「まあ、そういうこともあるだろう」とだけ言い、その後彼のことには、カメラだけ持ち帰ってきたかどうかを確かめたとき以外、二度と触れることはなかった。

私は五分ほどかけて、このフィルムをどうするべきかという考えをオーカットに話した。彼は注意深く聞いていたが、「うん。それはいい」と言い、それから二十分もとうとうと独演を続けて私の提案をどう実行に移すかを指示した。「理解したかい？」と訊いてくる。

「君に賛成する、という意味か？」

「それは重要じゃない。あんたがちゃんと役割を果たすには、理解することが必要だっていうだけだ」

「こっちのアイデアだし、失敗しないぐらいには理解してる」

「でも、僕のやり方に賛成というわけじゃないんだろう?」

「そちらも言ったように、それは重要じゃない」

オーカットはネセサリーのほうを向いた。「ホーマーは?」

「ああ、俺はぜんぶバッチリ理解したさ、それにとにかく気に入った。あんまり気に入りすぎて、祝いに一杯やりたいくらいだ」

キャロル・サッカティは私たちが部屋に来たときから離れて電話をしていたが、やっと受話器を置いてこちらへ来た。「氷はないわよ」とネセサリーに言う。「あなたの乗る飛行機はあと十五分で搭乗準備に入る。ニューオーリンズのラボにはもうソダーベルが前に撮影したもののラフカットがあるわ。ゆうべ、というか今日の朝に撮ったぶんの現像が終わり次第、プリントにしてラフカットとつなげるって」

「氷はいらん」ネセサリーは言って、ドア近くのテーブルに置いてあったボトルを見つけ、自分で注いだ。「ラボには、新しいフィルムは特殊な処理が必要になると言ったか?」

「向こうはぜんぶ心得てるわ」とキャロル。「ソダーベルがすっかり指示してた。今日の午後一時には、完成したラフカットが届くでしょう。あなたは二時半には飛行機で戻ってこられる。三時までにダイにラフカットを渡せるはず」

「どういう飛行機なんだ？」細かいことにうるさいネセサリーが訊いた。

「リアジェットよ」

ネセサリーは酒を飲み干した。「三時ごろ会おう」と言って出ていった。

私は立ち上がった。「少し寝なきゃならない」

「ミスター・ダイ」オーカットも言いながら立ち上がった。「くどくど言うのはいやだけど、状況が許すかぎり、ぜひとも僕の指示どおりにやってもらいたい」

「一筆書いたほうがいいか、オーカット？」意図していたよりつっけんどんな物言いになった。

「そういう言い方はあまり好きじゃないな」

「こっちも好きじゃないが、朝の五時にはもうこのくらいの我慢しか残ってない。おまけにひどい夜だった。誰かが死ぬといつもこうなる。イライラするんだ。無愛想にもなる」

「あんたのせいじゃなかったんだろう？」

「そんなわけがあるか。こっちは金をもらって仕事をこなすだけだし、その途中に誰か死んだところで、まあ、君も言うように、そういうことは起こるもんだ。だから心配しなくていい。君に言われたとおりにやるし、それでうまくいくかもしれない。もしいかなかったら、いつだって緊急時対応プランのR23に頼ればいいんだ」

「またからかってるな」オーカットが言う。「とてもうれしいよ。あんたの機嫌がましになったっていうことだから」

「ああ、くそっ」私は言って部屋から出ると、ドアを勢いよく閉めた。

六時ごろにやっと寝つくことができ、ラムゼイ・リンチも七時半まで電話をかけるのを遠慮したらしかった。電話に出たとき、相手の声に陽気な太っちょらしい響きはなかった。

「すぐにこっちへ来たほうがいいぞ」

「いま忙しい」

「こっちは本気だ」

「こちらも本気だし、まだ忙しいんだ」

「誰かを迎えにやってもいい」

「誰をだ？　ゆうべ姿を撮られた夜番のやつら二人か？」

「それも手だな。あいつらはもうぜんぶ知っているし、もしあんたが関わってるらしいと私が言ったら、勝手にあんたを捕まえにいくだろう」

「そうしたら、もう二度とあれを見られなくなるぞ」

「あんたが持ってるのか？」

「手に入れられる」

「いつだ？」

「午後の三時くらいだな」

「あれをどうする気だ？」

「あんたが内々に試写をしたいのじゃないか、あれが電波に乗ってスワンカートンじゅうのお茶の間に流れる前に」

「始末できる当てはあるのか？」

「たぶん。少し値は張るだろうが」

　リンチはしばらく黙りこみ、私は相手の荒い息の音を聞いていた。「ここまで持ってきてくれるか」ほとんど丁重な依頼に聞こえる程度に言葉をつくろった。

「三時か、三時三十分ごろになる。16ミリの映写機も要るだろう」

「用意しておく」

「ほかにも持ってきてもらうものがある」
「何だ？」
「そちらの警察署長だ」

その日午後三時十分、ゴーマン・スモールデインが空港に降り立つはずの時間に、私は新しく借りたプリムス・ロードランナーでリンチのヴィクトリア朝風の家へ向かっていた。ボンネットの下のエンジンは熱く、助手席には16ミリフィルムの茶色の丸い缶が置かれ、その隣のドライバーは神経をぴりつかせていた。

道路《どうろ》脇《わき》に車を寄せ、バンパーを車回しの入り口から三十センチほど離して停め、万一急いで発進することになっても行く手がふさがらないようにした。フィルムの缶を脇に抱え、煉瓦敷きの歩道の上を、網戸のあるポーチまで歩いていく。アルミサイディングのセールスマンよろしく、うわべだけは自信たっぷりにドアを叩いた。

市長閣下の子息、ブー・ロビノーがドアを開け、「こんにちは」、「ダイニングにいますよ」と二言いうだけのあいだ、Ｉ・Ｆ・ストーンが隔週で出している雑誌『ウィークリー』から目を離した。先に立って案内しようともせず、後ろからついてきながら、軍産複合体の最新の動向を追うのに没頭している。そのうちブーに、顔の傷のいわれを訊いてみようと決めた。

ダイニングへ通じる引き戸を開けた。リンチが長いテーブルの右側に、ローンボーが左側にいた。テーブルの片方の端に16ミリの映写機が置いてある。もう一方の端にはポータブルのスクリーンがあった。

「よう、ルシファー」リンチが言った。また典型的カントリーボーイの陽気な太っちょに戻っていたが、その上塗りはいつもより少し厚い感じがした。察するに、向こうも緊張しているのだろう。こちらと同じように。ローンボーはただうなずいただけで、また爪《つめ》を嚙《か》む作業に戻った。

「どうも、お二人さん」と私は応じて、フィルムの入った缶を映写機の上に置いた。

リンチが大声でブーを呼んだ。ブーが入ってくると、手慣れた様子でフィルムを映写機に通し、一言だけ訊いた。「音つきですか？」

「一部はそうだ」私が言うと、うなずいて音量つまみを調整した。

「スタートするときは、このボタンをぱちっとやるだけ」ブーはリンチに言うと、すぐに引っこみ、引き戸の向こうに消えた。

「もう観《み》たのか？」ローンボーが私に訊いた。

「観ていたら何のちがいがある？」リンチが言う。「映画の批評でもさせようってのか?」

「ただ訊いただけだろうが」

「だったら訊くな。複製はこれだけじゃないんだろう?」

「そのとおりだ」私は言った。

「これも愚問だったな」とリンチ。「どうやってこいつを手に入れたのか訊くのも、無駄ってものだろうな?」

「無駄だ」

リンチはいかめしくうなずいた。「なら、さっさと観たほうがよさそうだ。明かりはどうしたほうがいい?」

私は部屋の明かりを消し、リンチが映写機に電源を入れた。彼の隣にある椅子《いす》を見つけ、腰かけてスクリーンを眺めた。たしかにネセサリーが言ったとおり、モノクロのシネマヴェリテだった。このラフカットだけでも、ソダーベルのセンスが感じ取れる。クリーニング屋から出てきた警官が鼻をほじるのを捉《とら》えた場面では、穴に入る人差し指にくっきりズームインしていた。彼から金を受け取って交通違反の切符を破り捨てた警官たちは、顔の毛穴や吹き出物の数まで数えられた。食料雑貨屋の店主をぶちのめしたチンピラ二人の声を聞き、やつらが冷蔵ケースの肉やハムやソーセージにシェービングクリームを吹きかけるのを見た。やつらの拳《こぶし》がぶつかるのを眺め、老人が悲鳴をあげるのを聞き、レジの後ろに倒れこむのを見た。リンチは上映のあいだ無言だったが、ローンボーは部下の警官の顔を見るたびに唸《うな》り声をあげ、毒づいていた。毛皮泥棒の登場する最後のエピソードは、私自身が現場にいたので、ソダーベルがカメラのレンズを通してどう捉えているのかを知りたくて、ひときわ関心をもって見た。あの路地を撮った導入のショットは、暗くて陰気で、人気《ひとけ》もなく、禁断の場所という印象すら与えた。一台目のパトカーがのろのろと進んできて、毛皮店の鉄の扉をスポットライトで照らした。カメラはパトカーを追い、ナンバーにズームインしてくっきりと数字を、またさっと扉に移ってその上のボルバーグ&サンと書かれた看板を映した。ソダーベルは窃盗の一部始終を押さえていた。警官たちが見張りに立っているそばで、泥棒が錠を外す。警官が毛皮を腕いっぱいに抱えて運び出し、車のトランクに放りこむ。最後に警官がパトカーへ移動して車内に手を伸ばす。そして目のくらむ光が一、二秒続いたかと思うと、フィルムがスプロケットとガイドのあいだをかたかたと通り過ぎる終わりの合図の音が響いた。リンチが手を伸ばして映写機の電源を切る。私はスイッチのところまで行って、部屋の明かりをつけた。

「これを撮ったやつ、カメラマンだが」リンチが言った。「ゆうべフォレストで撃たれて死んだ男だな?」

「そうだ」

「いいセンスをしてる」

「雰囲気を捉えるのが巧《うま》い」私は言った。

「私がまだ知らされてないエピソードもいくつかあったな」とリンチ。「四つほどか」

「五つだな。スワンカートン警察署の現状を表す迫真のドキュメンタリーだと思う」

「図に乗るなよ、ダイ」ローンボーが言った。「もう一度言うぞ。図に乗るな」

「もう二度言ったろう」リンチが制した。ポケットからセロファンで包んだ葉巻を取り出すと、いつものように火をつけるのに三分ほどかけた。火のぐあいに納得いくまで吸いこみ、ローンボーに向かって煙を吹きかける。「スワンカートンの一市民として、たったいま見たものにはショックを受けた。じつにショッキングだ。君の感想はどうだね、ローンボー署長?」

「腐ったまねをするやつは出てくるもんだ」ローンボーが言った。「今夜六時までにこいつらの尻尾をつかんでやる」

「これがテレビで流れてから、通信社の連中にもそう言うつもりか?」とリンチが言う。

「どういう意味だ、テレビで流れるってのは？　こんなときのためにこいつを抱きこんでるんじゃないのか？」親指をこちらにしゃくってみせる。「こいつは頭が切れるんだろう。どうやってほとぼりを冷ますか考えさせりゃいい」

「ソダーベルの遺体はどうなった？」私はローンボーに訊いた。

「死体公示所だ。検死解剖を待ってる」

「遺族のもとに送り返してもらいたい」

ローンボーがこちらに身を乗り出し、首筋に見慣れた赤みが差しはじめた。今回はわめきはしなかった。低い声でほとんど抑揚もなく、わめくよりはずっと効果的だった。「おまえにどうこうしろと言われるとヘドが出るぞ、おい。おまえにどんな友達がいようとかまやしない。二度目はないぞ」

私はローンボーをしばらく見つめ、にっこりと笑った。「彼の遺体を遺族のもとに送り返してもらいたい。クリーブランドにいると思う。あんたの部下をひとり付き添わせて。最低でも警部補クラスを」

ローンボーが弾《はじ》かれたように椅子から立ち上がり、テーブルの端を回りこんできた。ゴールラインは私のようだ。あと五十センチのところまで来たとき、リンチが怒鳴り声で命じた。「座れ、カル、それに黙ってろ！」

ローンボーはためらい、硬直したように止まると、回れ右して椅子に戻った。「図に乗るな」誰のほうも見ずに、つぶやくように言う。「二度目はない」

リンチの太った丸顔が煙に包まれ、いまは微笑《ほほえ》んでいた。「あの男の遺体はちゃんと扱われると思うぞ、ルシファー。私の見るかぎり問題はない。それより心配なのは、いま見たこのフィルムのことだ。フィルムも言葉と同じで嘘《うそ》をつく。つまりだ、フィルムはいつも全体を語ってるとはいえない。たとえば樽《たる》いっぱいのリンゴの写真を撮るとしよう、その樽のなかにリンゴが千個あって、そこから腐ったやつを六つか七つ選んで写真に撮って誰かに見せて、〝おい、リンゴってのはこういうもんだ〟と言ったらどうなる。つまりだ、そいつにはいいリンゴがどんな見た目をしてるのかわからないだろう？」

「ほほう、それは目から鱗《うろこ》だ」私は言った。「そんなふうには考えたこともなかった」

リンチの顔を覆っていた笑みが消え、しわの寄った渋面が取って代わった。「まあいい、提案があってここへ来たんだろう。取引をしに。聞こうじゃないか」

「あんたがいま見たのはただのラフカットだ。このあと編集をして、それらしい音楽をつけて、ナレーションの脚本を書いて、クロンカイトかブリンクリーみたいな人間に読ませる。もちろん、ここにいる署長のインタビューもなくちゃならない。もし署長が出ようとしないなら、出ない理由も含めてそのことをしばらくナレーションで説明する必要がある。それにいま見たのは、向こうがフィルムで持ってるものでしかない。ほかにも証拠はファイルキャビネット二つぶんは転がってるはずだ。スチール写真に宣誓証言、目撃者に被害者。どれもこれも映画を仕上げるためのちょっとした添え物になる——広がりと幅と深みを与えるわけだ、わかるだろう」

「いくらだ？」リンチが言った。

「これからその話をするところだ」

「えらくのんびりしたもんだな」とローンボー。

「そう、向こうがフィルムをぜんぶまとめてつなぎ合わせ、事実情報もつけ足して、誰か大物の声も入れて——グレゴリー・ペックなんかどうだろうな？」

「どうでもいい」リンチが言った。

「ただの思いつきだ。それをぜんぶ有能でセンスのいいプロの技術で編集して、〈スワンカートン警察——金で買える最高の警官たち〉とか目をひくタイトルをつけてやれば、三大ネットワークのどれかに流させられる——売りこむことだってできるだろう。するとこのスワンカートンにいる十何万人どころか、二、三千万人ほどの視聴者が観ることになる。どれほどこの街の宣伝になるか考えてみたらいい。つぎの日には

『ライフ』の特別チームや手強《てごわ》い記者どもや、そのほか犯罪や汚職の専門家が数十人単位でここまで押し寄せてくる。州警察も動くだろう。連中は動くしかないし、そうなるとワシントンの司法省の連中も腰を上げる。このフィルムのおかげで、スワンカートンが文字どおり地図に載ることになるわけだ」

リンチはずっと座ったまま、静かに葉巻をふかしていた。ローンボーは初めのうち、いかにも退屈だというふりをして聞いていたが、やがて興味を示し、どんどん引きこまれていった。私が話し終わるころには、また人差し指の爪を嚙んでいた。

リンチがため息をつき、葉巻を灰皿に押しつけて消した。半分しか吸っていなかった。「ルシファー、そこのカルはどうだか知らんが、私はもういちいち言葉にして聞かせてもらうには及ばん。田舎者のわりには、想像力はまあまあ働くほうでね。それであらためて聞くが、やつらはいくらほしがってる？」

「やつら？」

「そうだ、やつらだ。あの連中だ」

「やつらも、あの連中もいないさ、リンチ。金のかかる仲介人はいない。私が唯一《ゆいいつ》の供給元だ」

「あんたがか？」

「こいつはクソったれな嘘つき野郎だ」ローンボーが言う。

「いいから黙れ、カル、もうわかってることだ」またこちらを向いた。「あんたはわれわれの側で働いてるもんだと思ってたが」少し失望した、傷ついたような声を出そうとしたが、そんな効果はなかった。ただすねているように聞こえた。

「この街で、あんたにこのフィルムを見せたやつがほかにいるか？」

「するとあんたが、当の本人なんだな？」リンチが言う。

私はうなずいた。「そのとおり。私がそうだ」

「そうか、では大物のあんたに訊くが、そっちの付け値は？」

ごほんと一度、咳払《せきばら》いをして、その名を告げるときに声が割れないのを確かめた。両手をテーブルの上に出してはっきり見えるように、だが細かい震えがわからないように平らに置いた。空調が利いているのに腋《わき》の下ににじんでくる汗を無視する。そしてリンチを見たまま、首だけをローンボーのほうに傾けた。

「警察署長に辞任してもらいたい。今日のうちに」

ローンボーがテーブルを乗り越えて突っこんできた。磨きあげられた表面の上に膝《ひざ》を動かして必死に推進力を得ようとする。一秒しないうちに両手が私の首に回され、相手の口臭消しの匂《にお》いが鼻をつき、ひんむいた目玉の血管の数が数えられた。こちらは右手の掌底で相手のあごをきつく押し上げ、歯が閉じてガチッと鳴る音を聞いた。組み合わさったやつの両手を打って腕を突き上げ、つかまれていた首を自由にした。そしてまた相手の顔を、今度は左手の掌底で思いきり鼻の付け根を打ち、相手が上体を起こしたところで胸骨のすぐ下に右の拳を叩きこんだ。見かけよりやわな体で、拳が何センチもめりこんだようだった。相手はひうっと言って両手を胴に回し、強く押しつけた。もう鼻血が出ていて、あごを閉じたはずみに噛んだ舌からも出血していた。ローンボーは長いテーブルの上に膝をついた姿勢で、頭を下げて腹をつかんだまま、磨かれた表面のいたるところに血を垂らした。私は椅子に深くもたれ、また両手のひらをテーブルの上に乗せると、あまり興味もなく眺めた。手から震えが消えているのに気づいた。

リンチが「ブー！」と叫び、若者がドアの隙間から顔をのぞかせた。テーブルの上にひざまずいているローンボーを見たが、表情を変えるほど珍しいことでもないようだった。

「ローンボー署長に冷たい濡《ぬ》れタオルを持ってきてやれ。ちょっと事故があった」

テーブルに落ちた血が拭《ふ》き取られ、ローンボーはタオルを鼻に当てて椅子に戻った。リンチがこちらに愛想のいい笑みを向けて言った。「いや、ただの一日の午後にしてはずいぶん刺激が多いな、そうじゃないか、ルシファー？」

「まったくだ」私は言った。

「あれは本気なんだな？」

「百パーセントそうだ」

「じつにだいそれた注文だ。キャリアの頂点にある人物に、街のために辞職しろというのか。そんなことをするのは、よほどできた人間でなきゃ無理だろう。よほどできた人間でないと。君は自分がそこまでの人間だと思うかね、ローンボー署長？」

「辞めやしないぞ、リンチ。クソでも食らえ」

「聞いたかね、ルシファー？　署長はあんたの提案にあまり関心がないらしい」

「たしかに聞いた」

「この野郎があんたの弱みをつかんでると思ってるのか？」ローンボーがリンチに向けた言葉は、濡れタオルのせいでくぐもっていた。「俺はあんたが二十年食らいこむぐらいつかんでるぞ」

　リンチが軽く首を回し、もう一度ブーを呼んだ。若者が傷痕《きずあと》のある顔を引き戸からのぞかせる。「紙とカーボン紙と、ボールペンを持ってきてくれるか、ブー。ローンボー署長が書きたいことがあるそうだ」

戻ってきたブーが筆記具を差し出しても、ローンボーは無視した。ブーがリンチをちらと見た。「そこの、目の前に置いてやれ」リンチは言った。「いまは自分の鼻のことで頭がいっぱいらしい。そのうち手に取るだろう」

「まったくな、カル」リンチが言う。「こうまで露骨に脅威を感じた一日があっただろうかな。最初はこのルシファーが持ってきたフィルムで、それから君がえらく思い上がった態度で脅しにかかってきた。君がもし辞めるのなら、それがこの街にとって一番いい。そのことをとっくり考えたら、そこにあるペンを取って、きれいさっぱり辞表を書いて、原本にサインするんだ。三枚か四枚のカーボン複写のほうにも。一身上の理由とかそういうことを書くのもいいかもな。よくあるがいい手じゃないか、ルシファー？」

「たしかに」私は言った。

「ほかにカルに言っておきたいことは？」

「ない」

「みんな協力してくれてるぞ、カル？」

ローンボーの鼻血はもう止まっていて、彼は血のついたタオルをテーブルの上に落とした。「俺は断じて辞めやしない。オフィスに戻ったらまず金庫を開けて、しまってあるものを取り出す。それからＦＢＩに連絡をとる——そうだよ、ＦＢＩだ、リンチ——あいつらはおまえをぎゅうぎゅうに締め上げるぞ、ここがスワンカートンかシンシナティかわからなくなるぐらいに」紙とカーボン紙をつかみ上げ、テーブルの向こうのリンチに投げつけた。紙は宙に舞い、空調の風を受けて、ジグザグに動きながらテーブルまで戻ってきた。リンチは最後の一枚がテーブルの上に落ち着くまで待ってから、口を開いた。出てきたのは穏やかな問いかけだった。

「それは本当か？」

「ああそうとも、本当だよ。午後のあいだにだ、リンチ。今日の午後、いまから二時間以内だ」

リンチが椅子から立ち上がって、テーブルの上に屈みこんだ。慎重に紙とカーボン紙を分けてきれいに二つの束にまとめ、またローンボーに向けてテーブルの上にすべらせた。

「書きたまえ、カル、それが身のためだ」と柔らかな口調で言う。

ローンボーは椅子を後ろに押しやり、立ち上がった。「首にするならしろ、クソ野郎、だが俺を辞任させることはできん。絶対に。おまえはまたアトランタ行きだぞ、リンチ。またあそこへ戻るんだ、クソが臭《にお》うほど確実にな」そう言って出ていこうと背を向けた。

「ティミー・ソーントン坊や」リンチが言った。その低い、柔らかい声に、ローンボーは途中でぴたりと足を止めた。「ティミー・ソーントン坊やはあのとき五歳で、誰かに突っ込まれて直腸が裂けてた」

ゆっくりと振り向いたローンボーの顔は蒼白《そうはく》だった。両手がわなわな震え出し、それを誰か他人のもののように見つめると、椅子の背に乗せた。だがその慄《おのの》きはいま、腕のなかをゆっくりと上っていって、肩まで達した。目に見えるほど震えながら、そのことに気づいてもいないようだった。顔はもう白ではなく、ほとんど灰色で、目が瞬《まばた》きもせずにリンチを見つめていた。たったいま未来をのぞきこみ、あまり気に入らないものが見えたとでもいうように。

リンチはローンボーを見ようとしなかった。ただテーブルの表面をじっと見つめ、そしてまた話しはじめた。まだ低く柔らかな、自分に語りかけているような、そしてそうするのが心地よいとでもいうような声だった。「さて、今日の午後はここで、いろんな脅しのことを話してきたな、カル？　それでいま、もう二度と話す必要はないと思っていたことについて話そうと思う。尻《しり》の穴が裂けたティミー・ソーントンと、ベス・メアリー・フェイムズの話を。ベスはほんの六歳半で、ちっちゃなプッシーをさんざん嚙み裂かれて、十二針も縫わなきゃならなかった。それとバーバラ・ウィンウッドのことも言っておくべきかな。バーバラは前からも後ろからもやられて、相手に嚙みついたせいで上の歯をぜんぶ叩き折られた。それでこの三つは私がちゃんと証拠をつかんでるやつだ、カル。ほかにも二つあるが、そっちはまあ、まったくの憶測やうわさでしかない。だがいま言った三つは、そう、たしかに事実だし、裏づけてくれる黒人の証人もいる。だからおとなしく座って辞表を書くんだ。そうして今日の午後、この部屋での誰かの言動はぜんぶ忘れることにしよう」

　リンチが話すうちに、ローンボーがばらばらに崩れていくのがわかった。うつむいたまま、空気が抜けてしぼんでいくようで、また元の姿勢に戻れるのだろうかと思った。どんよりした目はリンチから離れず、太った男の口から出る言葉を見つめているように見えた。震えが止まらないまま、口が開き、腫《は》れた舌が唇のまわりでちろちろ動いているが、それにも気づかないようだった。灰色だった顔色は蒼白に戻り、頬骨の高いところに赤い斑《まだら》が二つ現れた。リンチが話をやめると、ローンボーは警戒するように、まちがった部屋にまぎれこんだのかというようにあたりを見回した。それから椅子を引き出し、老人のように注意深く腰を下ろすと、紙とカーボンに手を伸ばし、交互に挟んで機械のように書きはじめた。手がまだ震えていたので、大きな字で、ぺンを強く紙に押しつけるようにして書いていた。そして私の目の前で、自分の名をサインした。慎重に、ゆっくりと、サインをするのもこれが最後だとでもいうように。写しの五枚すべてに名前を書いた。そしてのろのろとペンを置き、書類をリンチのほうに押し出すと、立ち上がって部屋を出ていった。何も見えていないような動きで、二脚の椅子にぶつかり、引き戸も手探りしていた。

リンチはローンボーが出ていくのを見届けてから、こう言った。「やれやれ、古馴《ふるな》染《じ》みのカルにあんなまねはしたくなかった」紙片のあいだからカーボン紙を抜き取り、写しを一枚こちらによこす。「残りは市長と市議会に回しておこう。あんたは手強い交渉相手だな、ダイ。まったく手強い」

私は辞表の写しを折りたたみ、ポケットに収めた。「まだ話はすんでない」

リンチは椅子の上でゆっくり体を回し、私に向き合った。きっと不味《まず》いものを食わされると思っている顔だった。ごくりとつばを飲みこみ、咳払いをした。「まだ話はすんでない？」

「そうだ。まだ話がある」

「じゃあ、その話をすればいいんじゃないか？」ローンボー相手に使ったのと同じ、低い声音だった。気に入らない。そう思った。

「新しい警察署長を指名する」

「あんたが？」

「そうだ」

「あんたが新しい警察署長を指名する」リンチはゆっくりと、言葉を区切って、一語一語を味わうように言った。「あんたが」

「私がだ」

「ふうむ。それはまただいそれた話じゃないか」

「そうだ」

「取引全体の一環ってことだな？」

「その一環だ」

「そっちに候補がいるということか？」

「そのとおり」

「訊いてもいいか？」

「もちろん」

「誰だ？」

にやりと笑い、自信たっぷりの口調で言おうとした。うまくいったかはわからない。

「誰だって?」リンチが訊きなおした。

「ホーマー・ネセサリーだ」

# 31

シカモアの八一九号室へ戻ると、ドアの下に五通のメッセージがあった。どれもミスター・ゴーマン・スモールデインに電話しろという催促だった。ぜんぶゴミ箱に放りこむと、ベッドの上で体を伸ばし、天井を注意深く観察した。頭のなかにまだ、さっきまでの自分の声が響いていた。リンチとローンボー、それからオーカットとネセサリーとキャロル・サッカティを相手に一時間ずつ話すあいだ、私の声はクワックワッと機械的に鳴くおもちゃのアヒルなみに温かかった。三日後の金曜日の午後に、ホーマー・ネセサリーがスワンカートン市議会の臨時会議でネセサリー署長として宣誓を行うのだが、それだけ説明するのにずいぶん時間を食ってしまった。

「あんたは市長から明日、警察署長職への就任を要請する手書きの手紙を受け取る」とネセサリーに言った。

「どこまで頭を下げなきゃならなかった？」ネセサリーが訊《き》いた。

「後ろにそらしたぐらいだ」

「もっと正確なところを聞きたいな、ミスター・ダイ」オーカットが言う。

「俺にはわかるぞ」とネセサリー。「俺はリンチのお眼鏡に適《かな》ったってことだ」

「そういうことだ」私は言った。「時間外駐車のチケットは払わずにすませられるかもしれないが、まあそれぐらいか」

「かなり譲歩しなきゃならなかったんじゃないか？」オーカットが訊く。

「こっちが何を譲歩しようと、ホーマーは署長になってしまえば、鼻もひっかけないだろう」

「リンチももちろん承知してるんだね」とオーカット。

「もちろん。それでもやつは譲歩をほしがった。プライドの問題だ。面子《メンツ》だ。頃合いを見計らって、きっとホーマーに取引を持ちかけてくる。リンチの性格からして、たぶん宣誓就任式が終わって十五分後だろう」

「さて、つぎの一手がほんとに楽しみになってきたぞ」ネセサリーが言う。「リンチはほかに何か言ってるか？」

「あんたのことを？」

「そうそう」

「ひとつあった」

「何だ？」

「あんたの制服は自分で買ってもらわなきゃならないと言ってた」

その日というか夕方に、『ニューズ・カリオペ』がミセス・ソブールのすっぱ抜き記事を載せた。八段抜きの見出しにはこうあった——〈改革派リーダーが背信、修道女会が訴え〉。老フェトウィックの社説も、第一面に二段の箱組で掲載され、その上にはピエール・〝ピート〟・ロビノー市長の、目を飛び出させ口をあんぐり開けた写真が見えた。写真の小さくわざとらしいキャプションはこうだった「……驚きはない……」。フェトウィックの社説は仰々しく独善的だったが、ニュース記事のほうはよく書けていて、シンプルかつ辛辣《しんらつ》でさえあった。そして誰が見ても、ソブール夫人が有罪であることはまったく疑いようがなかった。

新聞を脇に放り投げ、ベッドに仰向けになり、また天井を見ながら、自分がいまどんな気分でいるのかに思いをはせた。俺はこれまで自分のやってきたことの結果をどう受け止めているのか。今日の午後、そこまで罪深くはない人間二人の、そしていうまでもなくその家族の人生を破滅させるのに手を貸したのだ。良心の呵責《かしゃく》はなかったが、誇らしさも達成感もなかった。もしそんな点数をいちいちつけている存在がいるとしたら、その記録のなかでは帳尻が合っているはずだ。そう考えて慰めを見出《みいだ》した。そしてさらにとりとめもなく、ヴィクター・オーカットはどう感じているのだろうかと考えた。ただおのれのやたら高い理想のためだけに、陰謀と強制の網を張りめぐらせる蜘蛛《くも》のような天才だという自覚はあるのだろうか。もし本人がそう思っているなら、その網に捕まるのが私のような情緒障害のあるわずかな人間で、自分もあきらかにそういうタイプをまわりに置くのが好きなのだとわかっているのか。オーカットがひとりだけで過ごす時間がほとんどないのには気づいていたが、誰かにヴィックと呼ばれたりはするのだろうか、たぶんそれはないと思ったものの、つぎに彼に会ったらそう呼んでみようと決めた。それからまたしばらく、同じようにやくたいもない考えにふけっていると、電話が鳴った。キャロル・サッカティが、どこかへ夕食に連れ出してくれる気はない？　と訊いてきた。

「古い友達に会わなきゃならないんだ」

「ニューヨークのひとね――ゴーマン・スモールデイン？」

「調べは周到だな」

「それでお金をもらってるから。スモールデインの部屋は七一九号室。今日の午後、もう四度もあなたに電話をかけようとした。フロントと交換台にいるわたしのスパイによるとね」

「ヴィックはどうしてる？」

「誰のこと？」

「オーカットだ」

「彼をヴィックと呼ぶひとはいないけど」

「だとは思ったが、確認のつもりでね」

「彼なら元気よ、もしまだ知りたいなら。彼とホーマーは今夜フェトウィックと、その部下の記者に会うことになってるわ。その記者がスワンカートンの新しい警察署長になる少々老《ふ》けた元天才少年のプロフィール記事を書くの。オーカットとフェトウィックが同席するのは、ネセサリーに本当のことを言いすぎないようにさせるため」

「君ら二人とも、ホーマーを過小評価しすぎだ」

「ヴィクターはしてるかもしれないけど。わたしはしてない。一秒でも彼を見くびったことはないわ」

「彼にはその一秒が必要なんだろう」

「そうかもね」

それからキャロルに、あとでまた電話して、寝酒は要らないか声をかけるよと言うと、十二時より遅くなるなら気にしないでという返事だった。そのとおりにすると答えて、電話を切った。しばらくキャロルのことを考え、そして決めたというか、感じたというか、とにかくこう結論を出した——これは少なくとも、少しは感情がからんでいるということだ。いっときでも深く関わり合う味方が必要なら、彼女と一緒にいるほうがいい。それは今日一日でいちばん心の温まる思いだった。

なぜここまで遅らせたのか自分でもよくわからないが、さすがにもう先延ばしにできなくなったので、受話器を取り上げ、スモールデインの部屋につないでくれと言った。彼が出ると、私は言った。「晩メシを食べて、ちょっとだけ酔っぱらおう」

「ちょっとだけ？　なんでだ？」スモールデインが言った。

「ちょっとの二日酔いですむからさ。もういつもみたいなひどいやつは無理だよ」

「おまえが下りてくるか、俺が上がっていこうか？」

「こっちから行く」

スモールデインに会うのは十数年ぶりで、何を目にすることになるのかわかっていたわけではない。けれども私のノックに応《こた》えてドアを開けたものは、想像を超えていた。歳《とし》をとるとたいていの人間は、体のよけいな一部、意地悪くいうなら贅肉《ぜいにく》が増えて、ごつごつした角が丸くなっていく。あるいは生きる活力をしぼり取られ、かさかさに乾いた殻しか残らない者もいる。加齢が化粧がわりになって威厳が生まれ、当人の若いころの間抜けぶりを知っている人間にも見分けがつかなくなる者もいる。年月にただ蹂躙《じゅうりん》される者もいるが、ゴーマン・スモールデインもそのひとりだった。四半世紀以上前にタンテ・カテリンの館《やかた》の前庭で初めて会ったとき、彼は肩幅の広い、腰回りの締まった男で、いまの私の一八四・五センチより五センチは背が高かった。あのころはふさふさした明るい金髪がいつも必要以上に伸びていて、淡い青色の目の上にたえず落ちかかっていた。そして、私が覚えているその口は、大きくて皮肉げにゆがみ、でもそこからは世界一伝染しやすい笑い声がこぼれ出てきたものだった。

　その髪がもうなくなり、耳の上にただ白い房が残っていた。頭は古いパテのような色で、立った姿勢が曲がっているために、私のほうが十センチ以上も高くなったように思えた。四十代、五十代のころは太っていたが、いまは贅肉も消えて、顔の上の皮膚はぴんと張っているが、首のあたりはだぶついている。体重はせいぜい五十五キロほどだろう。目だけは以前のままで、少し眼窩《がんか》の奥に引っこんだ気もするが、相変わらず明るい青色で、疑わしげな色があった。声も同じだった。

「うん、俺たちのうちのひとりは健康そうだな」スモールデインが言った。「まあ入れ」

私はなかに入り、彼が部屋を横切ってスコッチとアイスバケットまで行くのを見つめた。ゆっくりとした、まるで歩き方を思い出そうとでもするような足取りだった。こちらに背を向けたまま、酒を二杯作りながら言った。「こういう病人を見たことがあるだろう」

「いつわかったんだ？」

「二ヵ月前にな。医者が切ってみたら見つかった。グレープフルーツなみにでかかったらしい」

グラスを手に戻ってくると、私にひとつ手渡した。「ずっと酒と薬を飲んでる。薬にアヘンでも入ってるんだろうな、最近見る夢がやたら面白いんだ。本物の人形とヤったりしてな」

「だったら、元気かいとは言わないよ」

「一目瞭然《りょうぜん》だろう？　まさか自分が鷲《わし》に肝臓をつつかれる醜い爺《じい》さんになるとはな。あと二ヵ月ほどだと言われてる。ってことは一ヵ月だな」

「やっぱり病院は好きじゃない？」

「あんなところにいたら、体じゅうの穴って穴に管を突っこまれる。そうすりゃ三ヵ月は保《も》つかもしれんが、そんな情けないまねはごめんだ。そこまで命が大事なもんだとは思ってない」

そろそろと慎重に椅子に腰を下ろしたが、それでも顔をしかめた。

「悪いのか？」

「そりゃあ悪いに決まってる。悪くないなんて言わせようとするな」

「そんなつもりはないよ」

スモールデインは酒を長々とあおってから、私を見てにやりと笑った。ほとんど昔と変わらない、疑い深そうな笑みだった。「それで、スワンカートンでいったい何をやってる？」

「街をひとつ腐らせてる」

「いまさらそんな必要もなさそうな街だが、まあおまえがやるんなら、誰より適役に決まってる。なにせ育ちがすばらしいからな」

「そういえるかな」

「じゃあ、聞かせてくれ」

一部始終を話したのは、そうすることで問題の焦点がくっきりしてくるというのもあったが、スモールデインがきっと面白がるだろうと思ったからだ。彼にはもうほとんど楽しみは残っていなかった。

話し終えると、スモールデインはなるほどとうなずき、空のグラスを差し出してきた。「いいか？」

「もちろん」

新しい酒を渡すと、彼は言った。「なかなかの話だな。ただしひとつだけ抜けてることがある。なんでおまえはそんなことをやってる？」

「動機の欠如ってやつかい？」

「そうだ、それと結末もな」

「なんでやってるかというと、いまやるべきことだと思ったから」

「嘘っぱちだな、おまえだってわかってる」

「じゃあ金だ」

「なおのこと嘘っぱちだ」

「見えてきたよ、だんだん停留所が近づいて、あのスモールデイン理論が乗りこんでくるのが」

「うん、ひらめいた」

「ひらめかないあんたは見たことないよ」

「生き返るべし」彼は言った。「どうだ？」

「デルファイの巫女《みこ》とかに張り合えるんじゃないか」

「ちょっとした託宣か？」

「ちょっとしたね」

「鶏の内臓でも持ってきて供えてもらわなきゃな」

「忘れてた」

「じゃあ俺がくわしく説明して進ぜよう」

「承るよ」

「あの夜メリーランドで、二人の人間が死んだ。ひとりはベヴァリーで、もうひとりはおまえだ。ベヴァリーのほうがまだましだったかもしれない。あの夜、おまえは生きた死人《ゾンビ》になった。そうして完璧《かんぺき》なスパイ候補生になった。ああいう連中も、少なくとも俺の知るかぎり、たいがいゾンビだからだ」

「全員じゃない」ベヴァリーの父親を思い出して、私は言った。

「たとえば、葬式に来てたあの赤毛の男、おまえが紹介しなかったやつだ」

「カーミングラーか」

「あの男はゾンビだった。あのころ三十にもなってなかったはずだが、十五年前には死んでた」

「死んだっていうのは？　感情の糸が切れたとか？　活力がない？　計算高い？　冷酷？　無慈悲？　無感覚？　いくらでもある」

「もういい。おまえがもうあれこれ考えてきたのはわかる。言いたいのは、おまえは空き家みたいだってことだ。誰も住んでない家だ」

「ありがとう」

「生きた人間らしいおまえを二回だけ見た。ケイトと俺と一緒に上海にいたとき、それにベヴァリーと一緒だったときだ。おまえがケイトから引き離されたとき、あれが本当の始まりだった。ベヴァリーはおまえを押し止めて、たぶん捕まえもした。そして彼女が死んだとき、おまえも滅びた。負けたんだ、この言葉のほうがいいなら」

「それで？」

「ゾンビになったのさ。おまえとベヴァリーにはどんな計画があった？」

「僕はスパイになるはずだった。あの組織から奨学金を受けてたし」

「だがその前は、何をやろうとしてた？」

「教職だよ」

「なぜそうしなかった？」

「ベヴァリーが死んだあとで？　もう意味なんかなかった」

「だから言ったんだ、生き返れって。おまえはベヴァリーと一緒だった時間にはもう戻れない、だから思い出せるかぎり昔に戻ろうとしてる、あの上海に——娼婦《しょうふ》やポン引きや悪党に囲まれて、人生でほんとうに幸せだった時期に。さあどうだ、鋭い洞察だろ？」

「あんたはいい記者だった。いまもそう思ってるよ、ゴーム」

「それで、面白いのは——」スモールデインが言葉を切り、咳きこんだ。以前は咳きこんだりするのを見たことがなかったが、もし本人の姿が見えずに、夜中の三時にホテルの薄い壁越しに聞いたとしたら、もう死にかけているのだと思っただろう。そういう印象の咳だった。全身をよじって絞り出すような、小さく激しい爆発がずっと長く続くような咳。

彼は上体を伸ばし、ハンカチで唇をぬぐうと、それから首を振った。顔は危険なほど明るいピンク色に変わっていた。「肺癌《はいがん》じゃない。その親戚《しんせき》みたいなやつの副産物だ。講義はどこまで進んでたっけな？」

「面白いのは、ってところだ」

「面白い話だ。聞きたいか？」

「もちろん」

「おまえがここで何を、なぜやろうとしてるのか。面白いのは、それが効くかもしれないってことだ。ルシファー・ダイがまた生き返るかもしれん」

スモールデインの部屋で夕食を注文し、二人で食べながら話した。どちらも少しは酔ったが、それほどは酔わなかった。私はステーキを、彼は牡蠣《かき》のシチューを食べた。おたがいスコッチをたくさん飲んだ。

「この前の電話で、俺は嘘をついた」スモールデインは言った。

「嘘ってどんな？」

「おまえのこの取引に、退屈だから一枚かませろと言っただろう。あれは本気で言ったんじゃない。もうおまえの役に立てやしない。体はボロボロだし、痛みもどうしようもなくひどい。来週中に会いにいく男が四人、女がひとりいる。そのあとはニューヨークへ戻って、じっとそのときを待つ。もし飽きがきたら、先を早めるかもしれん」

「そんなに悪いのか？」

「保って一週間か、十日だろう。葬式は挙げない」

「わかった」

「金は必要じゃないか？」

「うん」

「とにかくおまえにも少し残すよ。金はたっぷり持ってる。おまえみたいなゾンビどもから巻き上げてな。あいつらは金を儲《もう》けようと二十年も三十年も必死にがんばって、あげくに自分が不死身じゃないってことがわかると、俺のところへやってきた」

「何のために？」

「不死のかけらを手に入れるためだ。死んでから十年たっても、誰かに名前を覚えていてもらえるように。俺はそいつらの財団を作って、ゴーストライターに伝記やらを二、三冊書かせて、どこかの大学に寄付して冠名のついた講座を持たせる。そうして請求書を送りつけたら、それは相手にとってこれまでで最高の金の使いみちになる」

私は中国語に切り替えた。「子曰《いわ》く、君子は世を没して名の称せられざるを疾《にく》む」

「論語だな」スモールデインが言う。

「第十五の十九。君子は世を去るまでに名を残さないことを恐れる」

「その君子を金持ちに言い換えると、俺の成功の秘訣《ひけつ》のひとつになる。それともうひとつだけ、俺がほんとうにやりたいことがあるんだが、ルシファー、なんとおまえがそのチャンスをくれたんだ」

「だったらうれしいよ」

「ずっと昔、映画を観《み》た」

「僕も観た。十代のころは映画ばかり観てた気がする。キャロルもそうだ」

「どこのキャロルだ？」

「サッカティ。あんたに調べてもらった娘だ」

「俺が観たのは、ネッド・スパークスが出てるやつだ。ネッド・スパークスは覚えてるか？」

「あいにくだけど」

「そうか、面長で悲しそうな、ブラッドハウンドみたいな顔の俳優で、深い声をしてて、葉巻を吸ってた。その映画のなかだと、ある女の子と黒人のママがレストランをやってて、黒人のママは秘伝のレシピで作った世界一のパンケーキを出してた。たしか秘密にしてたんだと思う。そんなとき、ネッド・スパークスが店に入ってきてパンケーキを注文する。それですごく感激して、たった一言、その親子がひと財産築ける申し出をするんだ」

「彼の取り分は？」

「そこは大事なところじゃない。一割としとこう」

「了解」

スモールデインはスコッチをまたひと口飲んだ。「とにかく、彼はたった一言でそれをやってのけた。どんな言葉だったか知りたいだろ？」

「何だい？」

「箱に詰めろ」

「パンケーキミックスを？」

「そうだ」

「そうやってコカ・コーラからも盗んだんだな。そいつはこう言ったんだ、〝瓶に詰めろ〟って」

「たしか、『ジェミマおばさん』とかも似たようなことがあったらしい」

「それでみんな金持ちになった？」

「そうだ」

「そして幸せに？」

「もちろん」

「それがあんたの望みなのか？　僕を金持ちに、幸せにするのが？」

「たった一言で、ネッド・スパークスみたいにな。ここで、このスワンカートンで」

「梅毒《シャンカー》タウンと呼ばれてるけど」

「無理もないな」

「それで、僕のための言葉があるのかい？」

スモールデインがうなずいた。「一言だ」

「何か書き留めるものを持ってきたほうがいいかな」

「ちゃんと覚えられる。たぶん」

「やってみよう」

「いいか？」

私はうなずいた。

彼が慎重に、区切るように言った。「乗っ取れ」

「街ごと？」

「街ごとだ」

「えっと、スモールデイン、それはすごいアイデアだよ、ほんとうに」

「俺もそう思う」

「僕にできると思うかい？」

「おまえがそこから抜け出すたったひとつの方法だ」

「わかったよ、やってみよう」スコッチがしこたま入れば、何だって可能になるのだ。

「おまえのおかげで、この年寄りが幸せな気分になれた。さあ、もう出ていけ、少し寝かせてくれ」

私は立ち上がり、ややおぼつかない足取りで、ドアへ向かった。スモールデインも少しふらつきながら、あとをついてくる。彼がタンテ・カテリンの館の小道をやってくるのを見た、あの最初の夜と同じように。私はドアの前で振り返った。

「ネッド・スパークスみたいにな」彼が言う。

「一言でね」

彼が体を起こしてまっすぐに、私より高くなるように立った。それはとても労力が必要なことで、そのためにひどい痛みが襲ってきた。そして突然、すっかり酔いが覚めたようだった。彼が手を差し出してきた。私はその手を取り、どれほどやせ細っているかに驚いた。

「これで本当のさよならだ、ぼうず。俺は朝のうちに発《た》つ。早い時間に」

「わかった」

「さっきくだらないごたくを言ったな。ゾンビがどうのって。あれは忘れてくれ」

私はうなずいた。

「それにさっきの一言も。あれも忘れろ。楽しめるかもしれんが、おまえには無理だ。おまえはそんなふうにはできてない」

「わかった」

彼は私の手を握りしめ、長いあいだ私を見つめた。その目はこゆるぎもせず、このときばかりはほとんど優しく見えた。私をじっくり見たあとで、彼はうなずいた。

「何のかんのいっても、おまえはまだ完全に死んじゃいない、そうだろ？」

「完全にはね」

彼はにんまりと笑い、私の手を離した。「うん、それなら、俺たちのうちひとりは生き残れるってことだ」

# 32

私はホーマー・ネセサリーの宣誓就任式に出るために新しいスーツを買った。シカモア・ホテルの向かいのビーンドーファーというデパートに吊《つ》るしてあった濃紺のポプリンで、一着六十ドル、プラス消費税もかかった。同じ生地でタンとグレイの二着もあわせて買った。

式が行われるのは市議会の議場で、警察本部と同じ新市庁舎の七階にあった。出席できるのは招待者に限られていたので、私はひとりで出かけた。リンチはオーカットもサッカティも頑として呼ぼうとしなかった。

市議会を構成する七人が、長円形のクルミ材の卓に着いていた。片側にリンチの一派、その向かいに反対派、そしてドア近くの端に目の飛び出した市長が座っている。リンチ自身は卓のいちばん端から二メートル足らずのところにある傍聴者用の椅子《いす》に座り、ロビノー市長に励ましの視線を向けられるよう控えていた。部屋の三辺にぐるりと沿って三段に並べられた椅子は、市議会の定例会議などでは立会人や記者、市の役人や職員、退屈な午後をつぶしたいだけの市民を座らせるのに使われていた。リンチの席は、もしもっとテーブルに近い位置にあれば、通常なら市政担当官のためにとっておかれる場所だったただろう。だがそんなものはスワンカートンにはなく、実際に私の見るかぎり、リンチがいれば必要なかった。

テレビが三社、ラジオも五社か六社ほど来ていた。新聞二紙も記者とカメラマンを送りこんでいた。警察の幹部も何人かいて、そのなかのひとりは数日前の午後に私とネセサリーの隣のテーブルでポーカーをしていた警部だった。

私が着いたときには、市議会議員の七人はすでに着席していた。忠実な反対派として通っている三人の議員は、中年で物腰が柔らかくにこやかな、趣味のいいスーツに縁なし眼鏡を好む男たちだった。リンチの一派に属する四人はみな体が太く二重あごで、葉巻が好きで、椅子の上で体をひねって友人知人に手を振っていた。そのなかの、大きなあごと愚かしい目をしたイージー・アリバイのオーナー、フレッド・メリウェザーはとくに見境がなく、私にまで手を振ってよこした。私も手を振り返した。議員のなかで見知った顔はメリウェザーだけだった。

あの最初の日にリンチの家で初めて会った男たちが全員、カル・ローンボーをのぞいてこの議場にいた。リンチの隣には、市の財務調査官で租税査定人のアンセル・カープが、相変わらずのアウトドア派らしい風貌《ふうぼう》で座っていた。リンチの向かいにいるのは商工会議所の事務局長のアレックス・クチュリエ。うれしげに満面の笑みを浮かべているが、それ以外の顔を見たことがないのであまり意味はない。

チャニング・ダーシー・フェトウィック三世が杖《つえ》に頼りながら静かに姿を現し、レンズの分厚い眼鏡ごしに部屋を見回した。私を見つけて寄ってくると、左側に座った。

「これはぜんぶあんたのアイデアなのだろう、ミスター・ダイ」とささやきかける。

ぜんぶがぜんぶというわけでは、と言う前に彼はつぶやいた。「じつにすばらしい。非の打ちどころがない」

ホーマー・ネセサリーは市長の真後ろにある一列目の席にいた。ふと、彼はこの新しい職のことを妻に電話で話したのだろうかと思った。

ピエール・〝ピート〟・ロビノー市長が小槌《こづち》を手に取り、どこか申し訳なさそうにテーブルをこんこんと叩《たた》いた。手を振ったりうわさ話に興じたりしていた議員たちがさっと静まった。わずかな聴衆から咳払《せきばら》いの音が響いた。市長が言った。「これよりスワンカートン市議会の臨時会議を開催します。また皆さんにお目にかかれてうれしいかぎりです。最初の議題は、カルヴィン・ローンボー警察署長の辞任について。全員にコピーを配りましたので、読み上げは省略ということで。何かご意見はあるでしょうか？」

市長は待ったが、誰も口を開かなかった。おおよそ一分ほどして、フレッド・メリウェザーが大げさに手を挙げて言った。「この件を受け入れることを提案します」その動議に賛成する声があがり、市長による採決の結果、カル・ローンボーは失職した。

「さて、二つめの議事に入る前に、どなたかの反対がなければ、少々個人的な発言をさせてほしいのですが」市長はそう言い、誰も反対しなかったので、言葉をついだ。

「ローンボー署長の辞職は、われわれ全員にとって青天の霹靂《へきれき》でした。私の場合、最初に浮かんだのはこの思いでした。彼の代わりが務まるような高い度量と、能力と、経験を備えた人物がいったいどこで見つけられるのだろうか、そしてもしそのような人物が見つかったとしても、いったいどうやってそれに見合う給料を払えばいいのだろうか？」そこで間をおき、期待どおりに笑いをとった。

「ですが、なんとそこに、天の配剤があったのです。まったくそうとしか言いようがない。ローンボー署長の辞任という悲報のあとに、吉報が舞いこんできた。私はさる人物が私用でこのスワンカートンに来ていることを知りました。全米トップクラスの法執行官と広く認められている人物が。しかもそればかりか、民間企業で華々しい成功を収めていながら、かつて愛した本職に復帰してもよいと考えていたのです」これには、ほかの者たちはともかく、記者団のなかから忍び笑いが起こった。

「それでもちろん、私は二の足を踏むようなまねはしませんでした。さっそくその人物に連絡をとり、会いにきてくれるようにお願いした。そして彼が来ると、私は自分のカードをテーブルにさらした。男どうし、腹を割って語り合ったのです。スワンカートンの法秩序の問題を話し合ううち、彼の言葉に好感触を得ました。この人物は警察の仕事を心得ている。当然でしょう、二十七歳でスワンカートンより大きな街の警察署長になったのですから。考えてもごらんなさい、二十七歳で。もちろんいまではいささか歳はとったものの、まだまだ働き盛りです。お金の話もしました。正直言いますと、われわれに出せる額を伝えたときは大変恥ずかしかった。きっと赤面していたでしょう。すると彼は、そちらの問題はよくわかっている、それでも自分は成績に応じた昇給を望んでいると。そこで私は勇を鼓して、あなたに警察署長の職に就いてほしいと申し出たのです。もちろん市議会の同意が得られればという条件つきで。またさらにその職の給料を、本来あるべき年俸一万五千ドルまで引き上げることを提案すると。そして皆さん、私はいま、このスワンカートン市議会の場で、正式にミスター・ホーマー・フェアバンクス・ネセサリーを新たな警察署長として推薦いたします。では、これより討議に入ります」

一番に手を挙げたのはフレッド・メリウェザーだった。「市長閣下、ミスター・ネセサリーに質問をしてもよろしいでしょうか？」

「そのために本人がここにいるんだよ、フレッド」ロビノーは言った。椅子の上で体を回し、ネセサリーを手招きする。「ミスター・ネセサリー、ここに、私のそばに座ったほうが楽ではないかな」

ネセサリーは立ち上がり、市長が示した椅子まで歩いていき、腰を下ろした。素人《しろうと》からの質問を受けようとする専門家らしい、熱意に満ちた、しかし余裕のある表情だった。ホーマー・ネセサリーが査問委員会の前に出るのは初めてではないようだ、と思った。

メリウェザーが椅子から身を乗り出した。「ミスター・ネセサリー、以前に警察の仕事を辞められたのは、なぜなのでしょう？」

「稼ぎを得るためです」

「それで、たっぷりと？」

「ええ。たっぷりと」

「今現在のあなたの給料の額を訊いてもよろしいでしょうか？」

「訊くのはかまわないが、答えられません。それは部外秘の情報だと思いますし、私は個人のプライバシーを強く尊重しています」

「ではこう言ってもいいでしょうか、あなたの現在の給料は、スワンカートンの警察署長として得られる額より高い――ずっと高いと？」

「ええ」

「つぎの質問には、私自身も関心がありますし、ここにいるほとんどの方がそうじゃないかと思います。あなたはいま、ほんとうにいい暮らしをしているのに、何のためにその半分はおろか三分の一も稼げない職に戻ろうとしているのか？」メリウェザーがテーブルを囲んだ同僚の市議たちを見回した。二、三人がうなずいた。「それがあなたに伺いたいことです」

ネセサリーが言いよどむことはなかった。「私が警察の仕事を知っているからであり、その仕事に長《た》けているからであり、好きだからです。警察は私の天職です。私は警官で、自慢するわけではないが、良い警官だという自負がある。いま警察官一般に払われている給料はひどいものだと思っているし、もし任命されてスワンカートンの警察署長になったら、私がまさにこの議場で、警察への報酬を上げるように主張するのをうんざりするほど見ることになるでしょう。しかもそれは一番の新米警官からトップにいたるまでであって、そのトップには警察署長も入っているのですから」そのちょっとした冗談は、小さな笑いを誘った。

さらにいくつか、おざなりな質問が続き、ネセサリーはそれに対して短い節や、さらに短い一文で答えていった。単語ひとつですむと思えば、一言で答えた。最後に質問したのはメリウェザーで、リンチから言われて訊いたのだろうという気がした。

「それで署長に任命されたら、ミスター・ネセサリー、あなたの下でこの警察はどのように変化するという見通しを持っておられますか？」

「何も」

「何もない？」

「そのとおり。どのような見通しを持っているかというなら、いかなる変化の見通しも持ってはいません。以前に何があったか自分で見ていないので、咎《とが》めることも大目に見ることもしない。署全体を徹底的に調査して、各人のことがわかってくれば、多少の変化はあるかもしれないが、いまの時点でそれがどんなものになるかを言う用意はありません。だがひとつだけ明確にしておくべきことがあります。もし変化が、とくに管理面での改革が必要だと思えば、それはやります。私はスワンカートン警察署を管理するつもりです。そのやり方を皆さんが望まなければ、ほかの人物を探したほうがいでしょう。望むのは誠実で効率的な警察です。遵法《じゅんぽう》精神のある市民は気に入ってくれるでしょう。そうでないのは悪党や泥棒だけだ」

　これまででネセサリーが発したいちばん長い答えだった。質疑応答が終わると、市議会は採決に入り、彼に署長を任じる決議をした。市長がネセサリーに宣誓をうながし、市の職員が聖書を持ってきた。ネセサリーが最後に「神に誓って」と言ったとき、さざなみのような拍手が起こり、市長が彼にあいさつを求めた。

　ネセサリーはテーブルの端のロビノーに近い位置に立ち、遠い反対側の端を見下ろした。権力の距離はさておき、物理的な距離はテーブルから数メートル置いた場所に座っている男、ラムゼイ・リンチを見つめた。そして咳払いをすると、市長と賓客たちに感謝の言葉を述べたあと、リンチをまっすぐ見すえたまま、キャロル・サッカティが代わりに書いた草稿に近い内容をしゃべり出した。「皆さんのご信頼とご信任に心から感謝します。警察署長となるからには、名前だけでない、実質を伴った署長となるつもりです。誰からの恩義も受けず、今後もそうなることはありません。そしてこれだけはお約束します――有能かつ誠実な、法秩序の保全と正義の維持のために献身する警察を。いかなる地位や権力にも、またそこから生じる影響力や圧力にも屈することはない。そしてまず最初の公務として、警察署長の補佐役を兼任する特別捜査官の任命を発表したいと思います。才能と献身と経験を備えた、誠実きわまりない人物です。ちょうどいまこの場にいるので紹介しましょう。ミスター・ルシファー・ダイです」テレビカメラがあちこちにパンして私を見つけると、私はわざと少しぎこちない様子で立ち上がり、満場の視線を浴びた。事情をよく知らない者たちから、会釈《えしやく》と励ましがわりの笑顔がちらほら向けられる。私は頭を下げてまた腰を下ろし、リンチに目をやった。リンチは私をじっと見ていた。その表情はなかなか読み取れなかったが、「新しい職場での健闘を祈る」と言っていないのは確かだった。

市長が休会の動議を求め、すぐに可決されると、議員全員がネセサリーを取り囲んでおめでとうと言葉をかけた。警察の幹部たちは部屋の隅に固まって、内輪の話をしながらネセサリーにちらちらと視線を投げていた。誰もどうすればいいのか、どこへ行けばいいのかよくわからないようだった。

フェトウィックがこちらに顔を向けて言った。「おめでとう、ミスター・ダイ」

「どうも」

「まったく興味深い策略だ。この先数週間で何が起こるか、満腔《まんこう》の期待をもって注視させてもらいたいと言わざるを得ない」

失望させないようにしたい、と私は応じた。二人とも席を立って、まだネセサリーを取り巻いている小さな人ごみのほうへ向かった。若い警官がひとり、急ぎ足で会議室に入ってきた。誰かに重要な何かを伝えたいというようにあたりを見回していたが、誰にするか決められないようだった。やっと市長のところへ行き、耳もとでささやいた。市長はその知らせに目をまた飛び出させ、口をあんぐりと開けた。そしてかぶりを振り、いつにもまして優柔不断な様子になった。人ごみをかき分け、ネセサリーの腕をつかむと、部屋の端へ引っぱっていった。私も二人のほうへ向かったが、リンチに先を越された。こういうところは抜け目がない。

「恐ろしい知らせです、ミスター・ネセサリー——いえ、ネセサリー署長。恐ろしい知らせです」市長はその制服警官を小さな人の輪のなかに引き入れた。「さっき言ったことをそのまま伝えるんだ」

「ローンボー署長です」それですべて説明できるというように、若造の警官は言った。そして誰かに、ローンボー署長がどうしたと訊《き》かれるまで待っていた。この若者が巡査部長に昇進することはないだろうなという感じだった。

「撃ったんです」若造が言った。

「誰を？」ネセサリーが訊いた。

「二人の子どもを」

「死んだのか？」

「イエッサー」

「いつだ？」

「奥さんもです」

「いつだ？」ネセサリーがまた訊く。

「三十分前か、一時間前か。そのくらいです」

ネセサリーがため息をついてから、若い警官に笑いかけた。「ゆっくり話せ」と奇妙に優しく励ますような声で言った。「君が話したいところから始めればいい」

若い警官は深く息を吸った。「署長が二人の子どもと奥さんを撃ってみんな死んで、署長も死にました、自分を三回撃って――」そこで口をつぐみ、言葉を探した。「股《また》のところを」

「何だと！」リンチが言ってネセサリーのほうを向いた。「そんなことがありうるのか？」と問いつめる。「あいつが自分を三発も撃つなんて？」

ネセサリーはこの一幕での役どころを演じつづけた。「どなただろうか、そちらは？」

ロビノー市長が焦《あせ》って割りこんでくると、記者たちがまわりを取り囲みはじめた。

何かあったのを、何かニュース種になるものを感じ取ったのだろう。「お二人は初対面かと思うが」市長が言った。「こちらのミスター・リンチは、われわれの――われわれの――」リンチを表す言葉やフレーズを探そうとして口ごもり、やっと「われわれの街のリーダーだ」に落ち着いた。

ネセサリーは市長にうなずいて、街のリーダーとは何かわかっていることを示した。

「ほう、それはけっこう」と言い、きびすを返して行こうとした。

「まだ私の質問に答えていないが」リンチがネセサリーの肩に太った手をかけた。スワンカートンの新警察署長はぴたりと足を止め、手を肩に置かれたまま振り向いたので、リンチはその手を離すか、ネセサリーに従って小走りに半回転するしかなくなった。リンチは手を下ろした。

「どんな質問だろうか？」完全に向きなおると、ネセサリーは訊いた。

「私はまゆつばに思う。自分を三発も撃つなんてことは」

「自殺ではないかもしれない、と？」ネセサリーは言って、まるで初めて見るようにリンチをまじまじと見た。テントのようなスーツにサイズの合わない白のワイシャツ、染《し》みのついたネクタイ、精いっぱいの笑みを浮かべた大きな丸顔、あまりたびたびはのぞかない歯。そのぜんぶをネセサリーは茶と青の目で観察し、かねてからの疑惑が裏づけられたというように、かすかにうなずいた。

「そのとおりだ」リンチは言って、相手を見返した。「自殺ではないのではないかと思う」

そのリンチの発言をごくごく真剣に考慮してでもいるように、ネセサリーはわずかに首を横に傾《かし》げ、またうなずいた。そして言った。「それであなたは、ご自分の考えを私がまともに取り合うなどとどうして思えるのだろうか？」

記者たちがメモを取れるようにはっきりとそう伝えてから、彼はくるりと背を向け、早足で市議会の議場を、相変わらず靴のヒールを床に強く打ちつけながら出ていった。新しく任命された警察署長の特別補佐官がそのあとを急いで追った。

# 第三部

# 33

私がいつものように手早く、だがいつもより静かに服を着ているあいだ、キャロルは眠っていた。静かに着られたのは、私の服がハンガーや椅子《いす》の背もたれにきちんと掛けられていて、靴下が片方ない、ネクタイが見当たらないとぶつぶつ言いながら探す必要がなかったからだ。きれいに掛けられた服が、十月の第一週までに私たちがどういう段階まで来たかを示していた。二人とももう床に服を脱ぎ捨て、キャロルが言うしわくちゃの情熱の山を作ったままにすることはなかった。かわりに手順を踏み、時間をかけ、たわいない話をしたり、ときにはスコッチの水割りを飲んだりしながら脱いでいった。情熱は予定どおりに、もしくは何分か早く訪れてくるけれど、もう急ぐ必要はないとわかっていたのだ。実際に、二人一緒にいることが楽しかった。この発見に二人のどちらがより驚いていたのか、いまでも何とも言えない。

ボタンダウンの襟もとのボタンを留めていると、キャロルがベッドで寝返りを打ち、目を開け、天井を見つめて言った。「あのドアから出ていったら、わたしはもう二度と戻らないわ、ヴィンセント。二度と」

「今日の午後、あるご婦人がここまであなたを訪ねてきましたよ、伯爵《はくしゃく》夫人」私は言った。「年配の女性でした。本人が言うには……あなたの母親だと」

「医学の学位は、神様を演じる資格にはならないわよ、ドクター」彼女は言い、誰にもまねできないほど美しいあくびをした。「うん、目が覚めたわ。コーヒーはどこ？」

「ロジャーがもういつノックをしてもおかしくないな、まだ二十分しか遅れていない」

「改善してるわね」

　三分後にノックがあり、ドアを開けると、打ちひしがれた顔のルームサービスのウエイターがいた。ロジャーはむっつり顔で微笑《ほほえ》むという器用なまねをしてみせた。

「今朝は時間どおりでしょう、ミスター・ダイ？」

「きっかりだよ」

「ご機嫌いかがです、ミズ・サッカティ？」

「ありがと、ロジャー」

「いい日和《ひより》になりそうで」と言って、コーヒーを注ぐ。「三十二度どころではないかと。三十三度くらいかも」

「十月でか」私は言った。

「快適な日和です」

勘定書にサインをし、いつものドル札をチップに添えた。ロジャーがそれを陰気な顔で見て言った。「でも雨になるかもしれません」

「ありがとう、ロジャー」私は言った。

「ひょっとすると嵐《あらし》かも」と言いながら、ドアへ向かった。「ハリケーンがどうのという話も出てますけど、天気予報は嘘《うそ》ばかりで」もう一度さっとキャロルを盗み見たが、興味深いものは見つからず、また何か天候や世界情勢のことをつぶやいてから出ていった。

キャロルにコーヒーを渡した。「いっぺんだけ、あいつの前を裸で歩き回ったほうがいいんじゃないか」

「ちがうわね。そうしたらもう、彼には期待できるものがなくなってしまう。たまに胸もとや太腿《ふともも》をのぞき見することで、ずっと刺激と興味をそそられつづけるの」

私はコーヒーを飲み干し、カップを置いた。「今朝は何になるんだったかな？　度忘れしてしまった」

「ダイ特別捜査官よ、九時から十時までは」

「ああ、あいつか。いつでも固く閉じた墓の扉の向こうに何があるのか知ろうとせずにはいられないやつだ」

「彼の報告書はなかなか振るってるわ」キャロルが言った。「ぜんぶこう始まってる。〝ホーマー・ネセサリー署長と忠実な補佐官のルシファー・ダイは、霧に閉ざされた夜気のなかを慎重に移動した〟午前十時半から十一時半までは、あなたは三重スパイのルシファー・ダイになる。リンチと、彼の家で面会。正午にはまた元の役割に戻る。オーカットの秘蔵っ子の忍び《スカルク》にね」

「スカルクって何だい？」

「オーカットが正午に、自分のスイートで会いたがっている相手」

「ほんとに打ち合わせが好きだな」

「聴衆が必要なのよ」

私はベッドの上に身を乗り出し、彼女にキスをした。「正午に会おう」

「もう終わった――ほんとうに終わったのよ。なのに」彼女は言った。「思ってもみなかったわ、またこのベニスに戻ってくるなんて」

「君の愛を求めたことは一度もないよ、マイラ」私は言った。「求めたのは君の敬意だけだ」別れぎわにかけるのには、あとを引かずにすむ言葉だった。

　ひと目見ただけで、相手が何者で、誰に送りこまれてきたのかはわかった。男は私の部屋の中央に立って、両手はこちらから見えるように出していたが、両足の指の付け根に重心を乗せ、自分の用件を伝える前に追い出されそうになった場合に備えていた。私は相手にうなずいてみせ、部屋の鍵《かぎ》をドレッサーの上に放り投げた。

「カーミングラーはどうしてる？」私は訊《き》いた。

「元気だ」

　私はバスルームのドアを指した。「これからあそこに入って、シャワーを浴びてひげを剃《そ》って、たぶん用も足す。十五分かかるだろう。そのあいだ、君はコーヒーでも頼んで、好きにしていい。私も今朝は一杯しか飲んでないから、もう少し飲みたい気分だ。いいか？」

「けっこう」

　バスルームから出ると、男はまだ部屋の中央に立っていたが、今度はカップとソーサーを手にしていた。私はドレッサーまで行き、自分でコーヒーを注いだ。そしてこの部屋でいちばん座り心地のいい椅子に座り、彼を見つめた。

「君のことを、ほかの連中や私が何と呼んでるか知ってるか？」私は訊いた。

「何と？」

「〝どこかの男〟だ」

どう呼ばれようとかまわないというように、相手はうなずいた。歳《とし》は若く、たぶん二十八か九くらいで、眠そうな表情にかすかな笑みを浮かべていた。私のことを少し古風な、時代遅れな人間とでも思っていそうな顔だ。まあ実際、そうなのかもしれない。

「二つ推測をしたい」私は言った。

「ああ」

「一ヵ月ばかり前、君は私がどれだけびくついてるかを確かめようと、チンピラ二人をここへ送りこんだ。それが推測のひとつ。もうひとつは君の名前がミュガーで、セクション2の若手の最有望株ということだ」

相手はドレッサーまで歩いていき、カップを置いた。動きに無駄がなく、コーヒーを注ぐ手つきも器用だった。ブラックで飲んでいる、と気づいた。振り返ってこちらを見つめ、間を置く。淡いブロンドの髪が水泳帽のようにぴったり頭に張りつき、くるりと巻いた毛が少しだけひたいの中ほどまで垂れ、そのせいでわずかに崩れた感じがあった。毎朝、鏡の前で、櫛《くし》とブラシを使って十五分はかけているにちがいない。

それ以外はいたって普通で、身長は百八十センチ、体重は七十二、三キロ、顔立ちも平凡だった。例外なのは暗い金褐色の目で、歳のわりにいささか自信たっぷりすぎると思えたが、ただの嫉妬《しっと》かもしれない。

「カーミングラーがあんたに、もう終わりにするよう言っている」この男がまともな一文を口にするのは初めてで、東海岸の、それもボストンの南からボルティモアの北までのどこかの訛《なま》りがあった。

「いいだろう」私は言い、相手の反応を愉快な気分で眺めた。向こうは少し虚をつかれたようだが、すぐに立ち直った。

「じゃあ、そうするんだな？」

「これから三番めに出る飛行機に乗ろう。もしカーミングラーが〝お願いする〟と言うなら、一番めの便に乗ってもいい」

「あんたが減らず口を利《き》くだろうとは聞かされていたよ」

「ほかには？」

「来週中にここから出ていくようにとのことだ。金曜日までに」

「で、君がそうさせるために来たと？」

「そのとおり。私がそうさせるために」

「彼は一ヵ月前にもそうさせようとしたが、君が中途半端《はんぱ》な脅しをかけたせいで、効果はなかった。なぜいまになって、またやろうとする？」

「一度目はただの警告だった。今度はわれわれも本気だ」

「カーミングラーには何の確信もなかった」

「この件にはある」

「いままで待ったのは、どんな理由からだ？」

「ジェラルド・ヴィッカーだ」

「懐《なつ》かしのジェラルドか」

「彼はシンプル上院議員とつながっている」

「大したニュースじゃないな」

「シンプルが来週の金曜日に演説をすれば、ニュース沙汰《ざた》になる」

「君はいじめっ子の素質があるな」

「事情を知っておきたいか？」

「いちおうのところは」

「いいだろう。ヴィッカーはシンプル上院議員に連絡をとって、李徳《リー・ティ》がらみの大失態とあんたの三ヵ月の刑務所暮らしのことをぜんぶ話した。上院議員はセクション2にも不満たらたらだが、いまはその理由には立ち入らない。あんたがぜひ聞きたいと言うのでなければ」

「言わないさ」

「それで議員はいま、上院の議場でスピーチをしようとしている。李徳の件や、セクション2が本来関係のない国内の政治を荒らし回っているといって。スケープゴートはあんただ。それだけでももちろんまずいが、シンプルは一流の雑誌社ともつながっていて、あんたとその仲間がこのスワンカートンでやっていることを暴露しようとしている」

「向こうには情報源が二つあるんだろうな。ジェラルド・ヴィッカーと、弟のラムゼイ・リンチだ」

「そのとおりだ」

「カーミングラーは予算の割当を気に病んでいる」

「それもあるが、とにかく表沙汰にされたくない」

「じゃあ彼には、まったく大変な問題だと思うと伝えてくれ」

「猶予《ゆうよ》は金曜日までだ」

「君の名はミュガーなんだな？」

「フランツ・ミュガーだ」

「私が金曜までに身を引かなければ、どうなるんだ、フランツ？」

「いずれにしろ身を引くことになる」

「脅しととっていいのか？」

「お好きなように。そちらが聞き入れようとしなければ、脅しになる」

「私の仲間のことは？」

「いささかうさん臭い連中だろう？」

「私にはそうでもないが、君と私とではつるむ仲間が同じなわけもないな。カーミングラーもそうだろう」

「あんたの仲間はどうでもいい」ミュガーが言った。「今度の騒ぎが持ち上がったときに、われわれと結びつくような何かが身内から出てきてほしくないというだけだ」

「私がその何かというわけか？」

「そのとおりだ」

「で、私がおとなしく退場しないと、君が一番いいと判断したとおりになるわけだな？」

「そのとおりだ」ミュガーはまた言った。

「脅しは嫌いだね。いやな気分になる」

「そう受け取ったほうがいい」

私は立ち上がり、電話まで歩いていって、受話器を取った。「ネセサリー署長の部屋につないでくれるか」

ミュガーがじっとこちらを見ていた。私は手振りで、電話のほうに来るよう合図した。「君にも聞こえるようにしようか」相手が近づいてきた。

ネセサリーが出ると、私は言った。「うちの新しい拘置所にはどのくらい空きがあったかな？」

「たっぷりあるぞ」ネセサリーが言う。

「フランツ・ミュガーと名乗る人物がこの街に来てる。例の〝どこかの男〟と同一人物らしい」

「そいつをぶちこんでほしいのか？」

「そうなるかな」

「法的手続きや何かは？」

「なしで」

「何かしらでしばらくそいつを入れとくことはできる。いまどこだ？」

「私の部屋にいる」

「俺が逮捕の警官をやるまで、そいつはじっとしてるか？」

「どうだろう。本人に訊いてみよう」

ミュガーはドアのほうへあとずさっていた。「血迷ったのか」

「どうも無理そうだ、ホーマー」

ネセサリーがくつくつ笑った。「じゃあ、そいつに言ってやれ、二時間以内に迎えにいくって」

「あちらの反応を見てみよう」私はネセサリーに、ミュガーを本署まで連れていくと言った。ネセサリーは、俺はあと十五分でホテルを出ると言い、それはいいと私は返した。そして電話を切り、ドアの前にいるミュガーのほうを向いた。ミュガーはノブに手をかけ、目に怒りと不信をたぎらせていた。

「本気なんだな？」

「君からカーミングラーに連絡をとれば、一時間後には出してもらえるだろうが、そうしたらこっちがまた一時間後に連れ戻す。いたちごっこが当分続くんじゃないか。一日に二回、三回、四回も出たり入ったりになる。もちろんそっちが訴えることもできるが」

「やりすぎたな、ダイ。まちがいなくやりすぎた」

「これからどうするか教えよう。一時間だけ余裕をやるから、スワンカートンを一番に発《た》つ飛行機に乗るんだ。そのあとは、どうする？」

ミュガーはゆっくりと、首を左右に振った。「あんたはもう終わりだ、ダイ。どれだけ終わってるか知らないだけだ」

「飛行機に乗るのか、乗らないのか？」

「乗る。乗るよ、飛行機に乗って、着いたら降りて、やることをやり終わったら、あんたを少し気の毒に思うひまもあるかもしれない。もしかしたらな。だがそんなこともないだろう」

「いいか」思慮深く聞こえるよう願いつつ私は言った。「君がカーミングラーに会ったときにできることがひとつある」

「このうえまだ何かやらせようというのか」相手の声に多少の自信が戻ってきていた。

「そうだ。このうえにもうひとつだ」

「何だ？」

「カーミングラーにこう言え、まだやる気があって、経験豊富なやつをかわりによこせないなら、自分で来たほうがいいぞと」

「それだけか？」ミュガーが言った。

「それだけだ。忘れないな？」

「ああ」その声にはまだ、苦々しさがほぼ消えずに残っていた。「忘れないさ」

「忘れるわけがないだろうな」

# 34

ホーマー・ネセサリーが警察署長に就いて二番めにやったのは、特別装備のクライスラー・インペリアルを注文することで、その現物は何日か前に到着したばかりだった。色は黒で、小型軍艦に引けをとらないほど大きく、強力なエンジンと四連キャブレターを搭載し、高速が出せる。いま私と彼が座っているエアコンの利いた後部のシートは革張りで、テレビに電話、ちょっとしたミニバー、ＡＭ・ＦＭラジオ、警察無線、そして暴動鎮圧用武器と婉曲《えんきょく》的に言われるソードオフ・ショットガンが備わっている。ネセサリー付きの運転手はレスター・クローン巡査部長で、〝リーピング・レパーズ〟と自称する地元のホットロッド・クラブの発起人だった。クローン巡査部長はこの車の赤色灯とサイレンがいたくお気に入りで、自分の判断に従って、つまりはほとんどいつも使用している。ネセサリーは気にするふうもなかった。

「例の友達はどうした？」ネセサリーが言った。

「〝どこかの男〟のことか？」

「ああ」

「街から出た」

ネセサリーがにやりと笑った。「いたぶってやったか？」

「向こうはそう取るだろうな」

「まずい知らせだったのか？」

「相当にまずい。そのことはあとで話そう。正午にオーカットと話して、それからお友達のミスター・リンチと会ったあとに」

ネセサリーがボタンを押すと、運転席のクローン巡査部長とを仕切るガラスが持ち上がった。「リンチのやつ、びくついてるぞ」

「知ってる」私は言った。「昨日はあんたに三度も電話で会いたいと言ってよこした。あんたがどう出るつもりか知りたいんだろう」

「週ごとの上がりが落ちてるからな」ネセサリーが言って、心地よさげに笑った。

「やつが言うには、四分の三くらいだと」

「だいたい正確だな」

「ニューオーリンズが圧力をかけてきてるらしい」

「今日の午前中に俺たちがやることをやったら、もっと強まるだろうな」

「また署内の再編か？」

「これが最後になる」

「誰だ？」

「ヘンダーソンだ」

「風紀犯罪取締班のか」私は言った。

「そうとも、やつに決まってるだろう？」

ネセサリーは、当人に言わせると〝箱をガシャガシャ振って中身を混ぜ合わせる〟たびに私を立ち会わせようとした。どの話し合いも二十分以上は続かなかったが、じつに教育的示唆《しさ》に富み、感情がゆさぶられることも多く、呼び出された連中はだいたい顔面蒼白《そうはく》で、目に見えるほどがくがく震えながら出ていった。

「それは新しい制服か？」私は訊いた。

ネセサリーは下を向いて、青いウステッドの夏用制服の金ボタンに手をやった。

「ああ、きのう三着届いた。どうだ？」

「なかなか似合う。あんたの左の目に合ってる」

「おまえも一着いるか？」

「いや。サムブラウン・ベルトつきのやつ以外はいい」
「特注で作らせるぞ」
「考えさせてくれ」

ネセサリーの執務室は新しい市庁舎ビルの十二階で、豪華なカーペットを敷きつめ、大きなデスクと座り心地のいい椅子を何脚か置き、規格にのっとった二本の旗、つまり南部連合旗と、スワンカートンが形のうえで忠誠を誓っている星条旗が飾ってあった。部屋には小さなバーもついていて、市長の署名入り写真と大統領の無署名の写真も見える。黒い色つきガラスの窓からは、陰鬱《いんうつ》に沈んだメキシコ湾の風景が見晴らせた。

ネセサリーはさっそく、若くて事務処理に長《た》けた、本人いわく、自分は〝窓ぎわに立って、イエスかノーかにうなずいている〟だけですむようなスタッフを集めていた。秘書は若い黒人の娘で、その起用には少なからぬ意見が寄せられたが、どれひとつ好意的なものではなかった。誰かがそのことに遠回しにでも触れると、ネセサリーはにんまりと笑い、こもった声で語尾を引き伸ばす口調に切り替えるのだが、なかなか悪くない南部訛りだった。「まあ、あの娘がうちの女房の末の妹でなけりゃあ、雇わなかっただろうね」

ウォーレン・ガマリエル・ヘンダーソン警部は、その名前をもらった大統領が選出された年にオハイオ州で生まれた。翌年の一九二一年、彼の一家はスワンカートンに移り住むと、さっそく民主党に鞍替《くらが》えし、末の息子をイニシャルで呼びはじめた。W・G・ヘンダーソンはもう五十の坂を越えていたが、スワンカートンの風紀犯罪取締班を十数年も束ねてきて、その年月が当人の見た目に表れていた。大柄な体になめし革のような赤い顔、きれいに刈りこんだ濃い灰色の髪。丸い鼻の頭は紫色に変わり、目《め》尻《じり》には深いしわが縦横に刻まれ、目そのものは古いスレート板なみの温かみしかない。骨ばった大きなあごはさっぱりとひげを剃り、作り笑いと怒りの中間で固まったような堅い口もとを強調してみせている。頬はやせて引っこんでいて、考えごとをするときにその内側の肉を吸う癖がある。余分な肉はまったく見当たらず、着ている制服は市から支払われる給料二週間分以上の品だ。まさに見かけどおりの人物だった。タフで下《げ》司《す》で性悪だが、ホーマー・ネセサリーは一切意に介していなかった。

「少し内々での話をしよう」ネセサリーは言って、背もたれの高いエグゼクティブチエアにもたれた。

「内々の話なら、内々でしたいもんですが」ヘンダーソンが言って、私のほうを見た。

「私の特別補佐官がいるのはじゃまだと？」

「そちらがそう呼んでるなら、まあそういうことで」

「私は彼をミスター・ダイと呼んでるし、彼の判断には大いに信頼を置いている。君もそうするべきだろう」

「おっしゃるとおりに、ボス」

ネセサリーがヘンダーソンに向けたのは、凍《い》てつくほど冷たい笑みだった。「ミスター・ダイは私をネセサリー署長と呼んでるぞ、ヘンダーソン警部。君もそう呼んだほうがいいと思う」

「おっしゃるとおりに、ネセサリー署長」

「風紀犯罪取締班の班長になってどのくらいだ？」

「十二年です」

「ずいぶん長いな？」

「気に入ってるので」

「たしかにそうだろうな。しかしああいう娼婦《しょうふ》やポン引きやホモばかり相手にしていて、ちょっとばかり嫌気がさしたことはないか？」

「仕事ですし」ヘンダーソンは言った。「嫌気がさすとか、べつに考えたことも」

「いや、実はちょっと嫌気がさしてるが、自分ではわかってないのかもしれん」

「何か問題でも？」

「君がこれを問題と言うかどうかは知らんが」ネセサリーが私のほうを向いた。「例の数字は手もとにあるかな、ミスター・ダイ？」

「こちらに、ネセサリー署長」私はやり手の特別補佐官らしい口調で言った。

「ヘンダーソン警部のために読み上げてくれるか。これはうちの犯罪率がどう動いてるかを示す統計の数字だ、警部。先月との比較だけを出してる。やってくれ、ミスター・ダイ」

「武装強盗、十七パーセント増」私は読み上げた。「自動車盗難、二十一パーセント増。殺人、十六パーセント増。暴行、二十七パーセント増。恐喝、九パーセント増。一般に言われる風紀犯罪は四パーセント減。これらはあくまでも前月の数字との比較です」

「風紀犯罪が四パーセント減か」ネセサリーが言った。「ほかは軒並み増加だ。君はなかなかうまく班を仕切っているようだな、警部」

「職務を果たしてるだけで」

「ふむ、私はこれまで、君以外の本署の幹部たち全員と話をしたが、みんな百パーセント協力すると言ってきたし、この数字もそうした協力の表れだと思う。犯罪率は十四パーセントばかり上昇したが、私はこれを進歩と呼ぶ。君はどうだ？」

「いえ」

「そうなのか？」ネセサリーが言った。「つまり、私が思うに、みんな事実をつかむことが進歩だと考えたんだろう。この数字がまさにそれだ、ヘンダーソン警部。これが事実だ。君の出した数字をのぞいて」

「私が嘘つきだと？」ヘンダーソンの声はくぐもって、かすれていた。

「そのとおり、そう言ってるんだ。君は風紀犯罪の件数をずっとごまかしてきた、証明しろというなら証明もできる。ほかの班の犯罪率が上がったのはそのせいだ。みんなごまかすのをやめたからだ、君のところ以外はな。ほかの班は実際の数字を報告している――もしくはそれに近いものを。まだ少しはごまかしてるだろうが、まあ予測できることだ。ところがだ、何ということかな、君は自分のところの数字を六回も粉飾した」

「下から上がってきた数字を報告してるだけで」ヘンダーソンは言った。

「そうだろうな。じゃあ、まちがってたら訂正してもらいたいんだが、私の手もとにはもっとよさそうな数字がある。ホモ行為は五十ドル出せば見逃してもらえる。売春婦は十。ギャンブルは一人あたま十五で、賭場《とば》は百。ポン引きはあまり割がよくなくて五十以上、売春宿は百。まだまだあるぞ」

「そういったことは何も知りません」とヘンダーソン。

「寝耳に水ということか？」

「はい」

「ショックだったか？」

「ええ」

「サーバー・ホテルというのを聞いたことは？」

「聞き覚えはあります」

「そこが手広くやってる売春宿だと知ってるか？」

「いえ」

「じゃあ、平巡査のベンジャミン・A・ダッシンジャー、バッジナンバー二四九八が、その宿に午後七時から午前三時まで常勤で揉《も》めごとに目を光らせ、客がちゃんと金を支払うようにさせてることは？　知ってるか？」

「いえ。知りませんでした」

「風紀犯罪取締班の班長なのに、えらく大事なことを何も知らないんだな、警部？」

「職務は果たしてます」

「ほう、だったらサーバー・ホテルの所有者がメアリ・ヘレン・ヘンダーソンだということは知ってるだろうな。それで、このメアリ・ヘレン・ヘンダーソンはウォーレン・ガマリエルの妻で、その夫はたまたまスワンカートン警察署の警部とくる。さあ、これでも知らないと言い張る気か？」

ヘンダーソンは何も言わず、頬の内側の肉を吸っていた。

「この街で七年も前からやってるクラップスの賭場がある。以前は場所がころころ変わってたが、いまはもうちがう。街でいちばん古いクラップスの賭場で、場所は北九丁目二四九番地のパン屋の二階、毎晩九時から二時まで開いてる。そのことは知ってるか？」

「知りません」

「ふうむ、それは妙だな、そこを仕切ってる男が、君に見逃してもらえるように週五百払ってると言ってるぞ。まあたしかに安いもんだな、はるばるホットスプリングスやメンフィスから大金持ちが引き寄せられてくるんだから。なのにそのことも知らないというんだな？」

「知りません」ヘンダーソンが言って、また頬の内側を吸った。

「最後に確認したところだと、この街では十三の場所でチップ方式のポーカー賭博が開かれてて、どこでも非番のパトロール警官が門番をやってた。それはこっち側だけの話だ。黒人街がどうなってるかは神のみぞ知るだが、その十三ヵ所でのポーカーや一ヵ所あたり週三百ドルほどの上がりのこともなんにも知らないんだろうな？」

「知りません」

「ジョン・フレイジー、ミルトン・サワノー、ジョゼフ・ミニテッリ、ケリー・ファーマー、ジュールズ・ゴルーを知ってるか？」

「知りません」

「ほう、みんな君を知ってると言ってるぞ。君のためにポン引きや売春婦やホモたちを脅して巻き上げてると言ってる、三年も前からな。歩合制でやってるんだ。自分たちが二十五で、君が七十五らしい。その件で何か言うことは？」

「ありません」

「リンチにいくらキックバックしてる？　いまは三分の二くらいだと聞いてるが」

「キックバックなんてものは知らない。自分の職務を果たしてるだけで」

ネセサリーは椅子の背にもたれ、伸びとあくびをした。「このヘンダーソン警部の罪状を書き上げるのにどれだけかかるかな、ミスター・ダイ？」

「二、三時間で終わります」私は言った。

「君はどう思う？」

「自分の職務を果たしているだけだという彼の言い分を、考慮に入れるのがよろしいかと」

「それもそうだな」ネセサリーが言うと、デスクごしにヘンダーソンのほうへ身を乗り出し、俺にだけこっそり打ち明けてみろというようにうなずいた。「君は実際、一年でいくら懐《ふところ》に入れてるんだ、ヘンダーソン？　六十か？　七十五か？」

「何も入れてません」

「俺が君を告発してもいいのか？」

「それはそちら次第です、ネセサリー署長」

「たしかにそうだな。たぶん君の妻も捕まるだろう。考えてみれば、売春宿を経営していたんだからな。とんでもない大騒ぎになるが、君はたぶん――そうだな――五年で出てこられるだろう。いや十年か」

ヘンダーソンがとうとう折れた。実際には大した変化ではなかったが、もう十分だった。目を落として靴を見た。それだけだった。「どうしろと？」ぼそりと言った。

「リストがほしい。内訳をぜんぶ書き出せ、どこから出てるか、誰が手に入れてるか、額がいくらかを。そうして君の名前をいちばん下に書く。今夜五時までに私のデスクの上に置いておくように」

「わかりました」

「君の辞職願もだ」

　ヘンダーソンがさっと顔を上げ、口を開いたが、言葉が出てこなかった。「日付はなしだ」ネセサリーが言い、ヘンダーソンは口を閉じた。

「どう思う、ミスター・ダイ？」

「そうですね、彼は風紀犯罪取締班にはいられないでしょう。おっしゃるとおり、少し嫌気がさしているみたいで」

　ネセサリーは思案げにうなずいた。「たしかにそのようだ。何か案はあるか？」

「警察には必ず、行方不明者捜索班というものがあります」

　ヘンダーソンがこちらを見た。ネセサリーを恐れていても、私を恐れてはいなかった。口もとに怒りの表情が戻っていた。「そんなものはない」

　ネセサリーが笑った。「明日にもできるだろうから、君にはその長になってもらおう。部下はどれだけ必要かな、ミスター・ダイ？」

「一人いればいいかと」

「新人でいいか？」

「新人ならヘンダーソン警部から大いに学ぶところがあるでしょう」

ヘンダーソンがのろのろと椅子から立ち上がり、ドアのほうに向かいかけた。「座れ、ヘンダーソン」ネセサリーがぴしゃりと言った。「席を立っていいときはこっちから言う」ヘンダーソンがまた腰を下ろす。

「焦《あせ》って電話をしにいくことはない。リンチには一時間以内にミスター・ダイからくわしい報告がいく。それに、何か訴えようとか妙な気を起こすな。君はひどくまずい立場にいるんだぞ、おい。州刑務所に入らずにすむかどうかは私次第だということを忘れるな。わかったか？」

「はい」

「〝はい〟のあとは？」

「はい、サー、ネセサリー署長」

「行け」

「はい、サー」

ヘンダーソンはドアまで急ぎはしなかった。そうする気力もないようだった。

「これでやっと最後か」ネセサリーが言いながら、デスクに置いたリストをたどった。

「あいつは少なくとも、パーセルみたいに土下座はしなかったな」私は言った。

「パーセルを風紀犯罪のほうに移して、班長をさせてやるか」

「なんともはやだな」

「ここ一ヵ月くらい、カードみたいにやつらをシャッフルしてきた」ネセサリーは楽しそうに言った。「どいつもこいつも、どうすりゃいいのか右往左往してる。しっぺ返しが怖くてならないんだ。まったく、夜中にホテルまで電話をかけてきて、この先誰に金を払ったらいいのか訊いてくるやつまでいたよ」

「そいつらに何と言ったんだ？」

「どっしりかまえて、びくびくするな。無事なやつは誰もいない、ってな」

「うわさが広まってるらしいが」

ネセサリーがうなずいた。「時間はとらせんから、これを聞いてみろ。フェルケアー警部補の言う〝期待の新加入プレーヤー〟だ。フェルケアーってのはそこの外にいる若いやつだ」

「あの警官なら知ってる」

「よく聞けよ。この三日間に乗りこんできたやつらだけでこうだ。クリーブランドのエドゥアルド・〝スウィート・エディ〟・プラネッリ、シカゴのフランク・〝ジミー・トゥーシューズ〟・シェーマイスター、ダラスのアルトゥーロ・〝テックス〟・トゥランゴ、カンザスシティのロスコーとラルフのオネアロ兄弟、マイアミのニコラス・〝ニック・ザ・ニガー〟・ジョーンズ、それにニューオーリンズの連中だ。こいつらはリンチに会いにきた」

「ほかの連中は何をやってる？」

「あちこち見て回ってる。市場調査ってやつだ。品定めだ。リンチが落ち目だという話が広まってな。ニューオーリンズの一味は誰がどうしくじったかを逐一知って、いたくご機嫌ななめらしい」

私は立ち上がってドアへ向かった。「これから会いにいく」

「リンチにか？」

「ああ」

「よろしく言っといてくれ」

「協議を持ちたがるだろう」

「おまえはどう思う？」

「今日の成り行き次第だろうな」

「わかった」とネセサリー。

ドアの前で足を止めた。「フェルケアー警部補はまだ、新加入プレイヤーを見張ってるのか？」

ネセサリーがうなずいた。

「ある男に、特別に目を配るよう言ってくれないか」

「どんな見てくれのやつだ？」

「長身の赤毛で、パイプとファイ・ベータ・カッパの鍵を手放さない」

「名前は？」

「カーミングラー」ネセサリーがメモを取った。

「厄介な相手か？」

私はうなずいた。「最悪の相手だ」

## 35

リンチのヴィクトリア朝風の屋敷の玄関口で、初めて見る友好的でない男二人に迎えられた。見た目のちがいといえば、片方がはげ頭で、もう片方がそうでないぐらいだ。はげ頭のほうは戸口をまともにふさぐように、髪のあるほうは側面を固める位置に立っていた。どちらも何も言わない。二人ともただこちらを見るだけで、その表情ははっきりと、今日は何であれ歓迎しないという空気を伝えていた。

「ブーはどこだ？」私は訊いた。

「誰だ、ブーってのは？」はげ頭が言った。

「市長の息子だ」

「市長のことは知らん」

「私が来たとリンチに伝えてくれ」

「誰が来たって？　名前は？」

「ダイだ。ルシファー・ダイ」

「ルシファー・ダイか」はげ頭のほうがゆっくりと、その響きが気に入ったかどうか決めかねているように言った。「俺たちのどっちも知らない名だな、なあショーティ？」

ちび《ショーティ》のほうは身長百八十センチぐらいなので、そのあだ名には何か別の理由があるのだろうが、いま考えてもしかたがないことだった。「ダイとかルシファーとかって名前のやつは聞いたことがないな」ショーティが言った。「どこでルシファーなんて名前をもらった？」

「本から取った」私は言った。「エロ本だ」

「で、リンチに会いたいんだな？」はげ頭が言う。

「いや。向こうが会いたがってる」

二人とも頭の整理がつくまでしばらく考えていた。「俺が訊いてこよう」ショーティが言ってなかへ入った。私は網戸つきのポーチに、はげ頭の男と一緒に立っていた。それ以上話すこともないので、私は男の濃緑色のダブルのスーツ、つま先の角張った黒い靴、緑と黒のドット模様のネクタイを感心して眺めていた。網戸の隙間《すきま》から入り込んだのか、熊蜂《くまばち》が一匹ポーチをぶんぶん飛び回っていた。二人ともおたがいを眺めるのにもあき、蜂をじっと見つめた。

「こいつらは飛べないはずなんだ」はげ頭の男が言った。「何かで読んだが、飛行機を設計する連中によると、熊蜂は飛ぶような体にはできてないらしい」

その謎《なぞ》に思いをめぐらすうちに、ショーティが戻ってきた。「こっちへ来な」と言う。はげ頭の男が二歩下がって私を通した。ダイニングの方向へ手を振ってみせる。私を後ろに回すのがいやなようだった。

ラムゼイ・リンチは寝不足のように見えた。目は充血し、その下に黒い隈《くま》ができている。軽い夏用スーツを着ていたせいで、実際よりさらに太って見えた。私が入っていったとき、向こうは笑みを見せなかったが、こちらもそんな期待はしていなかった。テーブルの遠い端に、三人の男が座っている。リンチは中央でなく、左側にいた。右側の男は眼鏡をかけ、すぐ前に開いたアタッシェケースが置いてあった。中央の男はこちらをじっと見ていたが、どこか油っぽい、不機嫌な蜥蜴《とかげ》の目をしていると思った。

「座れ、ダイ」リンチが言ったので、私はテーブルの反対側、引き戸の近くに腰を下ろした。ショーティもはげ頭の男も、私のあとから部屋に入ってはこなかった。

「すると君が、われわれが二十五万払った相手なんだな」中央の男が言った。その口ぶりから、私のことをあまりお買い得の品だとは思っていないようだった。

「これまでのところ、二十五万だ」私は言った。「最終的には六十万になる」

「知ってるのか——私が誰かを？」

知ってはいたが、向こうはこちらの答えを待たなかった。

「ルカレッラだ」

「ニューオーリンズの」私は言った。

「聞いたことがあるんだな？」どっちにしろ興味があるわけではなさそうだった。

「ジュゼッペ・ルカレッラ」私は言った。「別名ジョー・ラッキー」

「ジョー・ラッキーとか言ってるのは新聞だけだ。誰も私をジョー・ラッキーとは呼ばんが、そう呼ばれるぶんには気にしない。もうそんなことはどうでもよくなった。君がジョー・ラッキー・ルカレッラと呼びたいなら、好きにするといい」

「ではミスター・ルカレッラと呼ぼう」

向こうは肩をすくめた。「こっちは弁護士のミスター・サミュエルズだ」

私がうなずいてみせると、弁護士もうなずいて言った。「どうも、ミスター・ダイ」

ルカレッラはテーブルの上にひじを突いて身を乗り出していた。細くひしゃげた、左右から強く押し潰《つぶ》されたせいで蜥蜴を思わせる目と灰色の歯が頭蓋《ずがい》から飛び出しかけたような顔だ。皮膚は不健康な黄色みを帯び、ひどい黄疸《おうだん》が出てでもいるようだった。顔全体、とくにひたいの深いしわから五十歳は過ぎているとわかる。それでも長く伸ばした髪は、まだ黒々と濃くてつやがあった。ひどく憂《うれ》いの多そうな人物に見えた。

「リンチは私の下で働いてる」ルカレッラが言った。ブルックリンの訛りにどこか近い、ニューオーリンズのランパート通りの訛りがあった。「君がリンチの下で働いてるということは、私の下で働いているということになる」

「誰かの下で働いたりはしない」私は言った。「とくにリンチの下では」

「金はリンチから出ているのだろう？」

「金を受け取るのは情報と引き換えだ。下で働いてるのとはちがう。そこははっきりさせておきたい」

「ミスター・ダイは言葉にこだわりがおありのようですな」弁護士がとりなすようになめらかな、金は生まれながらについてまわるといわんばかりの口調で言った。

ルカレッラが焦《じ》れたような身振りをした。「働くだのこだわりだの、どこの誰が気にする？　私にわかるのはリンチが君に金を払ってからこの街がくたばりかけてることだけだ」

「いや、そこまでひどいわけでは」リンチが言った。

「私がくたばりかけてると言ってるんだ、上がりが六十五パーセントまで落ちこんでるのにくたばりかけてないというなら、何がどうなるのかさっぱりわからん」

「六十八パーセントです、ミスター・ルカレッラ」弁護士が言う。

「来週はもっとひどくなるだろう」私は言った。

ルカレッラが眉根《まゆね》を寄せた。「どういう意味だ、ひどくなるとは？」

「ネセサリーがヘンダーソンを左遷《させん》した。行方不明者捜索班に」

「行方不明者捜索班なんてものはない」リンチが言った。

私は薄く笑った。「いまはある」

「ヘンダーソンというやつはどこの部署にいた？」ルカレッラが訊《き》く。

「風紀犯罪取締班だ」

ルカレッラがぱっと両手を上に挙げ、ばたんと椅子《いす》に倒れこんだ。「もうおしまいだ！」と叫んだ。そしてリンチのほうを向くと、太っちょの男は殴られるとでも思ったように椅子の上で身を縮めた。「おまえは風紀犯罪の警官ひとりおとなしくさせておくこともできんのか！　どうしてくれる、リンチ？　十の州のうちでいちばん旨味《うまみ》のある場所をまかせてやったのに、おまえはただ手をこまねいてぜんぶ無駄にしたのか。いったい何なら役に立つんだ？」

リンチが答える前に、私は言った。「あんたにはビジネスの競合相手もいるようだが、そのことはもうリンチから聞いてると思う」

ルカレッラは目に見えるほど懸命に自制しようとしていた。「どうもまずい」と詫《わ》びるように言う。「こんなふうにカッとするべきじゃなかった。かかりつけの精神分析医も言うんだが、これは内面に向かう怒りで、何か建設的なことに振り向けるべきだと。だからそうしなきゃならん。いや、ミスター・ダイ、リンチから競合相手のことは何も聞いてない。リンチはもう何がどうなってるのかもわかっていないようだ。ただ何もかも流れていくのにまかせてる。あの飼い犬の警察署長が自殺してこのかた、いろいろ鈍くなってるみたいでな、言ってることがわかるかな？」

「彼にはずっと情報を伝えようとしていた」私は言った。

リンチがこちらをにらんだが、何も言わなかった。ルカレッラが言った。「もちろんリンチにはきっとそうしてくれてただろうが、もしよかったら、私にも最新の情報を教えてはもらえないかな、できる範囲でかまわない」おそろしく丁重に、建設的であろうと努めている。たぶんテーブルの端を強く握っているおかげだろう。

「競合相手というのは、スワンカートンを何人か訪れてきている客のことだ。ネセサリー署長によると、連中は市場調査の最中で、本格的に移ってくるかもしれないとのことだ。あるいはそのつもりでいると」

ルカレッラは目をぎゅっとつぶった。「誰だ?」と訊いた。そして目を開けずに、もう一度訊いた。

「だいたい覚えていると思う」私は言った。「まず、シカゴのジミー・トゥーシューズ。カンザスシティのロスコーとラルフのオネアロ兄弟。マイアミのニック・ザ・ニガー。ダラスのテックス・トゥランゴ、クリーブランドのプラネッリという男」

「スウィート・エディか」目をきつくつぶったまま、ルカレッラが言う。

「俺には何も教えなかったな」リンチが言った。

「ついさっきわかった」

ルカレッラは目を開け、こちらを見た。「私は以前のとおりに戻ってほしいんだ、ミスター・ダイ。ゆったり落ち着いた、平和な状態に。そのために何が必要かを知りたい」テーブルの端を強く握りすぎて、指の関節が白くなっていた。「建設的に努めてるのに気づいてくれてると思う」

「そちらの分析医も喜ぶだろう」私は言った。

「彼は面白い男でね。私はとにかく悩みごとが多くて、それでかかりにいったんだ。いまでも悩みはあるが、あまりひどく気に病まなくなった。こう言われたよ、たいがいの人間には悩みがあるもので、そのことがわかったら、その悩みと一緒に生きていけばいいんだと。悩みがあるのを気に病むと、ほんとうに落ちこんでしまうらしい。だからわかるだろう、このスワンカートンでは悩みごとを抱えたくないわけが」

「よくわかる」

「それはいい。ほんとうによかった。で、何が必要なんだ？」

私は椅子の背にもたれ、ルカレッラに笑みを向けた。友好的な、彼が気に病まないような笑みであってくれと思った。「ネセサリー署長が、金曜日にあんたと会って話がしたいと言っている」

ルカレッラはかぶりを振った。「金曜は分析医のところへ行かなきゃならん。今日はどうだろう？」

「今日は無理だ。明日ならいいかもしれない」

「リンチと調整してほしい」

首を横に振る。「あんたもさっき言ったように、リンチはいささか勘が鈍ってしまってる」

ルカレッラが初めて笑みを浮かべた。歯をむき出した満面の笑みだった。喉《のど》の奥から笑い声までたてた。そしてリンチを見ると、またくつくつ笑った。結局ルカレッラのペースの会合になろうとしていた。

「おまえもそう思うか、リンチ?」ルカレッラが訊く。「自分の勘が鈍ってると思うのか?」

リンチは私を見ると、頭をゆっくり左右に振った。勝ち目のなくなったチェスで七手先のチェックメイトが見えたとでもいうようだった。弁護士はいささかばつが悪そうに、何やら書類をせっせと繰っていた。ルカレッラがまたくつくつ笑った。私はリンチに笑みを向けた。この先どうなるかみんながわかっているが、成り行きを楽しんでいるのはルカレッラだけのようだった。私も愉快に感じていたのかもしれないが、いまだによくわからない。

「おまえに訊いたんだぞ」ルカレッラが言った。

「俺の勘が鈍ったかというんだな」リンチはまだ私を見たまま言った。

「たしかにそう訊いた」

「俺はひとつだけミスを犯した、ジョー、そしてあんたも同じ轍《てつ》を踏もうとしてる。俺は何も鈍っちゃいない。たったひとつミスをしただけだ」

「ひとつのミスが命取りになることもある」ルカレッラが言い、一同を見回して肯定のしるしを探したが、反応があったのは弁護士からだけで、サミュエルズはただ機械的にうなずいた。

「俺が犯したミスはただひとつ」リンチが言う。「このテーブルの向こう端にいる嘘《うそ》つき野郎の一言を信じたことだ」

「こっちからそう言っただろう、私は嘘つきだと」

「ああ」とリンチ。「たしかに言った。俺もそれを信じた」

「それで君の注文は、リンチを切れということなんだな？」ルカレッラが私に訊いた。

「そういうことだ」

「ほかには？」

「リンチの後釜《あとがま》を指名したい」

「ここの新しい警察署長はどうなんだ、何て名前だったか——ネセサリーか？」

「彼が何か？」

「あの男はどんな注文をつけてくる？」

「それはわからない。彼本人が決めることだ」

「高くつくだろうな」

「おそらく」

「だが君はとにかくリンチの後釜を指名したい、それだけなんだな？」

「そういうことだ」

「いつ会う？」

「明日に」

ルカレッラはうなずいた。「何時だ？」

「十時に。シカモアの私の部屋で」

ルカレッラがかぶりを振る。「こっちの部屋だ。六二一だ」

「けっこう」私は言った。

「ネセサリーを連れてくるのか？」

「連れてくるわけじゃない。私に同行する」

ルカレッラがリンチのほうを向いた。「午後にここからニューオーリンズ行きの飛行機が出る。そいつに乗れ。記録をぜんぶサミュエルズに渡すのを忘れるな」

リンチは反論しなかった。わかったとうなずくと、穏やかな口調で言った。「あんたはとんでもないミスを犯してるぞ、ジョー」

「少なくとも私自身でやってることだ。代わりのやつにやらせるわけじゃない」

「そのことをどうこう言う気はない」とリンチ。「ただこう言ってるだけだ、この男と取引しようとしたら、死ぬまで後悔することになる」

「この男を相手にできるほど、私の頭がよくないと言いたいのか？」

「こんな話は時間の無駄だな」リンチが言う。

「いや。知りたい。私の頭がよくないと思ってるんだろう？」

「頭のいい悪いは関係ない。俺もダイより頭のいいやつらを大勢出し抜いてきた。倍も頭のいいやつらを。あんたもそうだろう。だが言ったとおり、頭のいい悪いとは関係ない」

「何と関係がある？」ルカレッラが言う。

リンチがまた私をじっと見た。「だからこういうことだ。こいつは負け犬だが、はなから勝つことを期待してない。勝ちたいと思ってる負け犬が相手なら何も心配ない。それは必ずこっちの有利に働く。だがこっちのルールに従って、自分が勝とうが負けようが引き分けようがどうでもいいという負け犬が相手だと、優位には立てない。こいつは本当のところ、自分が何をやるかもどうでもいいんだ。だからあんたはこいつの優位には立てないし、ほんとうに勝つこともない。あんたには勝つのが大事でも、こいつにはちがう、だからあんたは不利に追いこまれる。どうなろうと俺の知ったことじゃないが」

リンチが言い終わり、息切れしたように椅子に沈みこんだあとで、ルカレッラがうなずいた。「そういうのを私の分析医が何と呼んでるか知ってるか?」と言った。「洞察というんだ」

「もしくは投影か」私は言った。

「あんたにも分析医がいるのか、ミスター・ダイ?」とルカレッラが、情報交換ができるだろうかというような、期待に満ちた口調でたずねた。

「いいや」

「リンチが言ったことをどう思う?」

「とくに何も」

「しかしリンチはああ言っても、君が望んでるものはあるんだろう。リンチの後釜を指名したいんだったな」

「そのとおり」

「誰にしようというのか、俺にはわかる」リンチが言った。

「言い当てさせるか?」ルカレッラが言った。「なにしろ、自分自身の後釜だからな」

「好きなように」私は言った。

「よし、誰なんだ?」ルカレッラが訊いた。

リンチがまたこちらをじっと見た。私のなかの何かに魅入られでもしたようだった。

「おまえだろう、ダイ?」

「そのとおり。私が後釜だ」

# 36

「ここまで来た段階で、あんたは自ら何と名乗ればいいと思う、ミスター・ダイ？」ヴィクター・オーカットが訊いた。「スワンカートンの副頭目《バイス・ロード》かな？　それとも選任副頭目のほうがぴったりくる？」

私たち四人は、またオーカットが腕を振るった手料理の昼食をとり終えたところだった。仔牛《こうし》の薄切り肉が、サワークリームとマルサラが主成分とおぼしき濃厚なソースに浸《つ》かっていた。私は甘すぎると思ったものの、ぜんぶたいらげた。

「どちらでも」私は言った。

オーカットはコーヒーのあるところまで飛ぶように移動し、また一杯注いだ。きょうは金ボタンのついた青いブレザーに、青と白のストライプのズボン、赤いラバーソールのついた白のバックスキンの靴、新しいロード・バイロンの開襟《かいきん》シャツからのぞく首にはペイズリー模様のスカーフを結んである。どう見てもせいぜい二十二歳だった。

「気がかりなのはひとつだけ、シンプル上院議員のスピーチだ」と言いながら、またメキシコ湾を望む窓ぎわの椅子へとすべりこむ。

「あの雑誌はどうなってる？」ホーマー・ネセサリーが言った。「あんな代物《しろもの》が何部出てるんだ、九百万ぐらいか？」

「六百万よ」キャロルが言った。

「実際、あんたの言うとおりだったよ、ミスター・ダイ」オーカットが言う。「僕はジェラルド・ヴィッカーを信用しすぎてた。あの男のあんたへの恨みはほとんど病的に思える」

「弟のほうにもあまり好かれてないしな」私は言った。

オーカットがばっと跳ね上がりそうな勢いで椅子から体を起こした。「いやもう、今朝のリンチがどんなだったか、何としてでも見たかったな！　あんたが聞かせてくれたレポートはすばらしいよ、ミスター・ダイ、でもうちょっとスパイスの利《き》いた細部をつけ加えてくれてもいいんだけどな。ほんとにあんまりうわさ話が好きじゃないんだね」

「すまない」

「いいんだよ。ただこれで、僕らの今後の予定を動かさなきゃならなくなる。後ろにずらすか――それとも前倒しにするか？　まだ整理ができてない」

「後ろよ」キャロルが言った。

「前だな」とネセサリー。

「だいじょうぶ」オーカットが言った。「僕らが期待し計画していたことが、もともと期待し計画していたより早めに起こる必要があるっていうだけだ。いいかい？」彼は票決を待たなかった。「シンプル上院議員がスピーチをするのは来週の金曜日、つまりいまから十日後だ。主な内容は、ミスター・ダイの以前の雇い主がいま国内の政治に関与していて、スワンカートンがその証拠だという告発。その件についてのデータと、ミスター・ダイの以前の活動に関する情報は、ジェラルド・ヴィッカーとその弟のラムゼイ・リンチから議員へ提供された。ここまでは合ってるかな？」

「合ってる」私は言った。

「うん。一方であのひどい雑誌は――しかし読めた代物じゃないね、とくに論説記事ときたら――上院議員のスピーチを支持して飾りたてる内容の記事を載せる。発売は金曜日から一週間後。ミスター・ダイと元の雇い主を攻撃するだけでなく、ヴィクター・オーカット・アソシエイツのここスワンカートンでの活動についての文章も書く。

ところでホーマー、あの雑誌の記者やカメラマンが街に来たという話は聞いてるかい？」

ネセサリーがうなずいた。「そこいらにいるが、リンチと一緒に動いてる」

「僕らの誰にも連絡をとってこないっていうのは妙じゃないか？」

「いや」私は言った。

「どうして？」

「あいつらは自分たちで勝手にストーリーを組み立てて、最後の最後になってからいかがですかと訊いてくるだけだ。それにはまだ時間がある」

オーカットは両手の指で〝教会〟を作り、つぎに〝尖塔《せんとう》〟を作り、手を広げて〝人々〟を見た。何やら考えていた。私よりどれだけ速く頭を回転させているのだろうか。「わかった」と言った。「まったく単純な話だ」

「何だ？」ネセサリーが訊いた。

「僕らはオーカットの第一法則を適用する」

「良くなる前には、もっと悪くならなくてはならない、か」

「覚えててくれたんだね！　うれしいな！」

「さっき、まったく単純な話だと言おうとしてたな」ネセサリーが言う。

それでオーカットは話した。言ったとおり単純な話だったが、それなら首の骨が折れるのでも単純な骨折だと言えなくもない気がした。

私たちが十二階の執務室へ戻る前に、ホーマー・ネセサリーは二本の電話をかけた。キャロル・サッカティはリッケンバッカー・スイートに新しく引いた電話を使っていて、私がドアの外に出るとき、スワンカートン、ワシントン、ニューヨーク間で電話会議をしているのが聞こえた。

エレベーターを待つあいだ、私はネセサリーに訊いた。「彼はここへ来てから、ホテルの外へ出たことがあるのか？」

「オーカットか？」

「ああ」

「サンフランシスコから着いてこのかた、外には出てないと思うぞ」ネセサリーは言った。「前に二度ばかり出かけたが、おまえがまだここへ来てないときだった」

「閉所恐怖症になりそうなもんだが」

ネセサリーはかぶりを振った。「あいつはない。蜘蛛《くも》の王様を気取るのが好きだからな」

ネセサリーの執務室にはドアが二つあり、どちらもその日の午後は出入りが激しかった。私たちが着いてから五分後に、フェルケアー警部補がやってきた。正義感に満ち満ちていて、人を喜ばせるのに熱心で、左手の指にはめたテネシー大学のリングが自慢の若者だ。さぞ警察署長を辟易《へきえき》させていると思いきや、ネセサリーはフェルケアーのことを、「明るい、頭のいいやつだ」という以外、何も言わなかった。

「いま一人めを連れてきます」フェルケアーがネセサリーに言った。

「みんな俺の指示がわかってるか？」

「イエッサー。このドアからなかに入れて、もうひとつのドアから出てきたら、最初に乗せたところまで送っていくんですね」

「あいつらの居場所に何か問題は？」ネセサリーが訊く。

「いえ、サー。まだ起きてません」

「ちゃんとクソ丁寧に接するように言ったか？」

「そのとおりに言いました、サー。クソ丁寧に、と。ひとつ伺いたいんですが、ネセサリー署長。あのひとたちはどれくらいの重要人物なんですか？」

「誰にとって？」

「その、全米的にはどのくらいのランクなんでしょう?」

「あいつらはメジャーリーグだよ」ネセサリーは言った。「そこは心配するな、みんなメジャーのプロだ」

「私もこの場にいたほうがよろしいでしょうか、サー?」フェルケアーは堅苦しく訊いてきたが、声に本音と希望があふれ出るのは止められずにいた。

「今回はいい」

「ありがとうございます、サー」

「どうしてだ? ここにいられないと言っただけだぞ」

「その、つまり——」フェルケアーがしどろもどろになり、何か適切な返答を考えようとする。ネセサリーが言った。「まあいい。一人めがここへ着いたら、すぐに連れてこい。ところで誰が一番になってる?」

フェルケアーは手に持った五×三インチのカードに目をやった。「フランク・シェーマイスターです。シカゴの」

ネセサリーがうなずいた。「もういいぞ、フェルケアー」

フェルケアーはまたイエッサーと言って、出ていった。

「ジミー・トゥーシューズか」ネセサリーは、デスクの後ろに移動しながら言った。

「とんでもないあだ名を思いつくもんだな。ピッツバーグに以前、ビリー・バスター・バイブルと呼ばれてたやつがいた。よく聖書《バイブル》を持ち歩いてて、誰かを撃つ前にいつもそれにキスをさせてた。撃つのはいつも耳だった。左耳だったかな」エグゼクティブチェアにどっかり腰を下ろし、私を見た。「おまえはそこの窓ぎわにいるつもりか?」

「ああ」

「もっと光が入るようにしてもらいたいんだがな」

「明るくないほうがあの連中にはぴんとくる」

「おまえから口火を切るか?」彼は言った。

「あんたのほうがいい」私は言った。「やつらはあんたを知らなくても、その金モールの意味は知ってるだろう。こっちはコーラスで加わるようにする」

ネセサリーが腕時計を見た。「長い午後になりそうだな」

「この街のいちばん長い日だ」

数分後にフェルケアーがドアをノックし、入ってきて言った。「ミスター・フランク・シェーマイスター署長」

そしてドアを閉め、部屋の中央にシェーマイスターを立たせたままにしておいた。

シェーマイスターはネセサリーに視線を向け、ついで私に、またネセサリーに戻した。それから敷物と天井、ネセサリーのデスクの後ろにある二本の旗をじっくり見た。何やら合点がいったというようにひとりうなずき、コートのポケットに手を入れた。そして微笑を浮かべたが、ひどく恐ろしげな笑みに見えた。

ネセサリーは無頓着《むとんちゃく》に手を振ってみせた。「かけてくれ、シェーマイスター、どれでも好きな椅子に。あっちが特別補佐官のミスター・ダイだ」

シェーマイスターはこちらにうなずいてみせ、私を視界に入れられる椅子を選んで腰を下ろした。そしてやっと、何か言おうと決めた。「気軽な顔合わせか？」

「気軽にしてくれ」ネセサリーが言った。

「だったら、煙草《たばこ》はいいだろうか？」

ネセサリーはまた鷹揚《おうよう》に手を振った。「酒はどうだね？　こっちは一杯やりたい」

「酒か」シェーマイスターが言った。「それはいい」

「何にします？」私は言いながら、バーへ向かった。

「スコッチの水割りをお願いしよう」

水割りをグラス三つ作り、ひとつをシェーマイスターに手渡した。受け取った手は細く、よく手入れされていたが、当人のほかの部分もそれに見合って手入れが行き届いていた。まだ四十になっていないが、もっと若く見えた。暗い色のおとなしめの服装なので、通常より二、三年早く出世した会社重役のようにも思える。ただしそれも足もとの靴に目が行くまでだ。それから口もとに。靴は黒の鰐革《わにがわ》で、大きな銀のバックルがつま先を飾る毛羽立った白いスエードの百合の紋章《フルール・ド・リス》で引きたてられている。以前どこかで、たぶん床屋でだろうが、ジミー・トゥーシューズは特注の靴を二百足以上持っていて、ときには日に六足も履き替えると読んだことがある。だが口はひとつしかないので、いくらなんとかしようとがんばっても、どうにもならなかった。口の上に白くしわしわになった十二の傷痕《きずあと》がまだ残っていた。一九六一年に釣り糸で縫い合わされたときの痕で、濃い口ひげをたくわえても隠すことはできず、その口はよじれて決して消えないゆがんだ笑いを浮かべていた。シカゴの警察は誰がシェーマイスターの唇を縫ったのか突き止められなかったし、シェーマイスターも言おうとしなかった。そして退院から一ヵ月のあいだに、シェーマイスターと同じ時期に有名だった四人の葬式が相次いで行われた。みんな無《む》惨《ざん》な死にざまで、どの棺《ひつぎ》も葬儀のあいだ閉じられたままだった。

「ここは小さいが、なかなかいい街でね」酒をひと口飲んでから、ネセサリーは言った。

「まったくだ」シェーマイスターが言った。

「新しい産業もいくつか生まれ、どんどん発展してる。メキシコ湾で最高クラスのビーチもある。黒人たちもこれまでは静かなものだ。街から二十五キロくらいのところにでかい空軍の補給基地があって、失業率を下げてくれている。効率的でクリーンな、ものの道理のわかった地方自治体だよ。もちろんシカゴのようなわけにはいかないが、夜でも安全に道を歩ける小さな街だ。ここへは休暇で？」

「休暇だ」シェーマイスターが言った。

「ここでも最近、多少の変化があってね。私は警察署長に任命されて、ミスター・ダイが私の新しい特別補佐官になり、われわれが法と秩序の監視をまかされたというわけだ」

「前の署長は拳銃《けんじゅう》自殺したと聞いた」とシェーマイスター。

「たしかに。可哀想な男だ。重圧に負けたんだろう。そちらからその話を持ち出すというのはなかなか面白いが、前署長と仲のよかったある男が、今日の昼から急に街を出ていった。ラムゼイ・リンチというんだが。聞き覚えは？」

シェーマイスターはうなずいた。注意深い動きだった。「聞いたことはある」

「まあ実際、この街の一部の界隈《かいわい》ではかなり有名だった。たくさんの利益を手にしていた」

「いまはそのかわりに、誰が引き受けている？」シェーマイスターが言った。正しい質問のしかたを心得ている、と私は思った。

「いや、それが妙な話なんだが、どうやら私とこのミスター・ダイが引き受けることになりそうでね。今日も昼からその話をしてたところだ、そうだったな、ミスター・ダイ？」

「まさしく今日の午後に」私は言った。「あなたが来る直前まで」

「なるほど」シェーマイスターはそれ以上問いただしてはこなかった。

「困った点はですね、ミスター・シェーマイスター」私は言った。「私もネセサリー署長もスケジュール上、以前はミスター・リンチ個人が監督していたいろいろな活動にぜんぶの時間を充《あ》てることができない。そこでパートナーを——もちろん仕事上のパートナーだが——迎えようかと考えていたわけです。こうしたさまざまな利益のために少なくとも一部の時間を割くことができるパートナーを。そんなところにあなたの名が出てきたので、この顔合わせをお膳立《ぜんだ》てしようと思ったわけで」

「ひとつ質問がある」シェーマイスターが言った。「何なりと」

ネセサリーは笑みを浮かべた。

「この部屋は盗聴されているか？」

「私が自分の部屋に盗聴器を仕掛けるとでも？」

「そういう人間もいる」

「よっぽどの馬鹿《ばか》者《もの》がいるんだな」

「けっこう」シェーマイスターは言って、私のほうを見た。「君はえらくきれいな物言いをするが、実のところは何も言っていない。あまりきれいな言葉ばかり使わずに、もう少し端的に話してもらえるだろうか」

「いいでしょう」私は言った。「リンチは今日の正午に外れ、あとに私が入った。ネセサリーもだし、あなたもそうなる。もしあなたにその気があるなら、三人めとして」

「かなりの額になると聞いた」シェーマイスターが言った。

「いかにも」ネセサリーが応じる。

「リンチはルカレッラの部下だったとも聞いている」

「ルカレッラも外れます」私は言った。

「いつから？」

「明日からだ」とネセサリー。

「やつが外れる理由は？」

ネセサリーは制服の、上から三番めの金ボタンをたたいた。「こいつの力でやつを外させ、あんたを入れる。あんたにその気があるのなら」

シェーマイスターはうなずいた。「言ったとおり、ここへは休暇で来たんだが、まあ、そのあたりはわかってもらえるだろうが、少し気になって調べてみた」

「わかるとも」とネセサリー。

「シカゴにいたときに、ここでちょっとした揉《も》めごとがあったと聞いた」

「うわさが広まってますね」私は言った。

シェーマイスターが私を見た。「君が話してるその利益とは、具体的にはどういうものなんだ？」

「ぜんぶひっくるめてです」

「どれくらいの額になりそうだ？」

「月あたりで？」ネセサリーが訊いた。

「それでもいい」

ネセサリーがこちらを見た。「どういう数字になる？」

「この警察署を再編する前は、総収入は月あたり二百万ドルほどでした。ただしいつも経費がかさんで、純利益は二十から三十万ぐらい。もう少しましな月もありましたが」

「純益はいくつに分けられる？」とシェーマイスターが言った。

「三つだ」ネセサリーが言った。「三人だけで分けて、それぞれが自分の経費を負担する」

「それで私に何をさせたい？」シェーマイスターが訊く。

「このひと月で業務が悪化して」私は言った。「どん底まで落ちこんでしまいました。われわれとしてはあなたに直接その再建を監督してもらえればと。それでまたスムーズに回るようになったら、あなた自身で監督役を指名すればいい。その人物と、その下で働く者たちは誰もが、あなたに責任を負い、あなたはわれわれに責任を負うことになります」

シェーマイスターは思案げにうなずいた。「もし私が自分の裁量で移ってきたとしたら？　何が起こるだろうか？」

「われわれがすぐに立ち退《の》かせる」ネセサリーが言った。

「ルカレッラはどうなる？　やつは東部のほうとつながってるが」

「彼が気になると？」私は言った。

「東部のやつらなど気にしちゃいない」シェーマイスターは言った。「進んでことをかまえようとは思わんが、気にするほどじゃない」

「ルカレッラは少々、楯《たて》ついてくるかもしれん」とネセサリー。

「やつは誰が引き受ける？」

「そちらだろう。それにほかの誰が出張ってきてもおかしくない。二人か三人くらいは」

「多少、手下を呼び寄せなきゃならない」

「いつごろ？」私は訊いた。

相手は肩をすくめた。「今日呼び寄せれば、明日には着くだろう。ほかに問題はいくつあると思う？　ルカレッラを勘定に入れなければ」

「二つか三つだろうか」ネセサリーが言った。

「名前はわかるか？」

「二人までは。ダラスのテックス・トゥランゴ。マイアミのニガー・ジョーンズ」

シェーマイスターはかぶりを振って、あの恐ろしげな笑みを浮かべた。「だったら大した問題にはならん」

「われわれも同感だ」

「だが、ひとつある」

「何でしょう？」私は言った。

「帳簿を見せてもらいたい。こういったビジネスに首を突っこんで時間と金をかけるのに、帳簿も調べないのはとんでもない馬鹿のやることだ」

「明日の午後でも？」私は言った。

「それでいいだろう。うちの会計士も連れてこよう」

「けっこう」ネセサリーが言う。

「じゃあ」シェーマイスターが立ち上がった。「いまのところは順調のようだ」

おたがいに握手をかわした。「あんたがたと組んでビジネスをやれば、うまくいくだろう」とシェーマイスター。

「あれこれひっくるめて、きっとうまくいくと思う」とネセサリー。

「こちらの、関係者入り口のほうを使ったほうがよろしいかと」私は言って、シェーマイスターをそちらへ誘導した。

「酒をすまない」別れぎわに彼は言い、私はとんでもないと応じた。

　シェーマイスターが出ていってから、ネセサリーが受話器を取って何か言うと、フエルケアー警部補がいそいそと入ってきた。

「つぎは誰だ？」

「オネアロ兄弟です。ラルフとロスコー。カンザスシティの」

「こっちへ通せ」

二人の兄弟が入ってきて腰を下ろすと、ホーマー・ネセサリーは椅子に深くもたれて言った。「ここは小さいが、なかなかいい街でね。新しい産業もいくつか生まれ、どんどん発展してる。メキシコ湾で最高クラスのビーチもある……」

午後はずっとその調子だった。オネアロ兄弟は金髪で、小太りの間抜けな見てくれで、乗り気満々なのを隠しおおせていなかった。アルトゥーロ・〝テックス〟・トゥランゴは、オリーブ色の肌をしたハンサムな男で、よく大きな白い歯を見せて笑いながら、この提案はたしかに自分たちにぴったりだと思うと言った。クリーブランドのエドゥアルド・〝スウィート・エディ〟・プラネッリは、ルカレッラがこの取引にどう関わっているのかをくわしく知りたがった。そして話を聞くと、どっちみちあのクソ野郎は気に入らないと言った。マイアミのニコラス・〝ニック・ザ・ニガー〟・ジョーンズは、ネセサリーや私以上に肌の色が白く、歯切れのいいジャマイカ訛《なま》りで話し、この提案には〝魅力的な可能性〟があると言った。そして今夜中に仲間たちを飛行機でここへ来させていいかと訊いてきたので、それは名案だと私たちは応じた。

ジョーンズが出ていくと、私は窓のほうを向き、黒い色の入ったガラスの向こうのメキシコ湾を見た。「今日の午後、スワンカートンを何回売っただろうな？」

「五回だ」ネセサリーが言った。「いや六回か、オネアロ兄弟のぶんを二回と数えりゃあ」

「明日のルカレッラとの会合は、荒っぽいことになりそうだ」

「あいつは言われてるみたいに頭がいかれてると思うか？」

「もっとまずい」私は言った。

「どうして？」

「やつは自分がいかれてるのを知ってる」

フェルケアー警部補がドアから顔をのぞかせた。「最後のお客です、ネセサリー署長」

「よし」

「ところで、ミスター・ダイ、空港から連絡が入りまして」

「ああ」

「ミスター・カーミングラーと見られる人物が二十分ほど前、ブラニフ航空のワシントン発の便で到着したとのことです」

「赤毛か？」

「はい、サー。お知りになりたいかと思いまして。監視下に置きましょうか？」

私はまた窓に目をやって外のメキシコ湾を見渡し、雨になってくれないものかと思った。「いや。どうせ向こうから接触してくる」

「はい、サー」フェルケアーの声と、部屋から出ていったあとにドアが空気圧で閉まる音がした。

「厄介なやつだな？」ネセサリーが訊く。

「そうだ」

「助けは要るか？」

振り向いて、かぶりを振った。「私に必要なものは、もう誰のところにもない」

ネセサリーは爪《つめ》のささくれをじっと見た。そして嚙《か》みちぎろうとした。「もともとなかったのかもな」と、歯を立てながら言った。

私はまた窓のほうを向いた。「いい点を突いてるよ、ホーマー。もともとなかったのかもしれない」

# 37

ある状況を手短に要約してみせるカーミングラーの手ぎわには、ずっと以前から感心させられてきた。彼が並べてみせる事実はいつもきれいに整理され、たまに多少の装飾が必要になったときに、「もちろん」や「当然」、「言うまでもないが」で始まる捉《とら》えどころのないフレーズから始める程度だった。

そのカーミングラーがいま、弁舌さわやかに、十五分近くも話しつづけていた。シカモアの私の部屋で、まだ一杯目を飲んでいる途中だった。そして自分が見たとおりの、もしくは見たいと思う、もしくはそうであるべきだと思うさまざまな状況の要約を終えようとするところで、こちらはその集中力にただ感心するばかりだった。

「もちろん、われわれがジェラルド・ヴィッカーを見誤っていたことは否定しない」とカーミングラーは、男らしく誤りをほぼ認める告白に添えて、何やら満足げな、古い屋敷に残った白蟻《しろあり》の最後の一匹をいま踏み殺したというような笑みを浮かべた。

「知ってたわけですね、やつがこんなふうに私をはめようとして推薦したのを？」

「聞いてはいた」

「なのに私に教えなかった」

「その時点では害はないように思えた。それに君にも金が入るだろうと」

「賢人シンプル《シンプル・ザ・ワイズ》に接触はできないんですか？」

カーミングラーは苦い顔になった。「やってはみた」

「向こうは何と？」

「君を刑務所から出すために、この国の金が使われたと」

「そこまで知っている？」

「ああ。ヴィッカーからの情報だ」

「ヴィッカーは誰からその情報を？」

「トゥンからだ、君を尋問した男だ」

私はにやりと笑いかけた。「あなたが七時間かけて質問をしたら、それはデブリーフィングだ。やつらが同じことをやれば、尋問になる」

「揚げ足をとるのがうまいな」

「もう一杯どうです？」

「いや」

「いいでしょう、私がちゃんと把握してるか見てみよう。そのユタ州の上院議員は――」

「アイダホだ」

「そちらがちゃんと聞いてるかどうか確かめたんですよ。そのアイダホ州のソロモン・シンプル上院議員は一週間後の金曜、上院の議場に立って、二つの件でセクション2を糾弾する。ひとつは、自分のところのへぼエージェント三人を刑務所から出すために三百万ドルの身代金《みのしろきん》を東洋の独裁者に支払ったこと、そして国務長官が通りの真向かいの同僚たちがまだ関与を否定しようとしているときに、このろくでもない事態への謝罪の手紙を書いたことでよけいに悪化させたこと。これに尾ひれをつけて話せば一時間は保《も》つでしょうね、もし彼が半分以上シラフでいられるなら」

「彼は辞任する」カーミングラーが言った。

「酒のせいで？」

「そうだ」

「どうしたんです、肝臓にきた？」

「心臓だ」

「まあとにかく、彼は最初の一時間で超極秘機関セクション2の失態を糾弾し、ついでに国務省に二、三発きついのをくれたあとは、このルシファー・ダイなる悪名高いエージェントが今現在、南部のごくごくまっとうなある街の内政に深く関与し、あらゆる法的保護をあからさまに侵していると言いたてる。その声が聞こえてきますよ」

「何と言っている？」カーミングラーが言う。

「〝どこまで行けば止まるのでしょうか、ミスター大統領《プレジデント》？ いったいどこで終わるのです？ ＦＢＩやＣＩＡのようなエージェントがあなたの故郷の街の命運を左右することをお望みですか？ ポトマック河畔の超極秘機関から命を受けた冷酷で胡乱《うろん》な者たちの策略によって市議会が選出されることをお望みですか？ この国は警察国家になろうとしているのでしょうか、ミスター・プレジデント？〟」

「君のものまねはあまりうまくない」カーミングラーが言う。

「肝心なのはこれです。シンプルがスピーチをするのと平行して、アメリカでもとびきりの人気を誇る写真雑誌が十六ページにわたって〈スワンカートンを堕落させる男たち〉という見開き記事を掲載して全米を席巻する」

カーミングラーがほとんど唖然《あぜん》とした顔になった。「見本を見たのか？」

「いろいろ考えて組み立てるのが好きなだけで」

「ああ」

「ホワイトハウスに言って止めさせたらどうです？」

「やってはいるが、あまり強くは押せない。税制法案でシンプルの票が必要だからな」

「雑誌のほうは？」

「どうしようもない」

「やってはみた？」

「ああ」

「板挟みですね」

「君もだ」

「上院議員を強請《ゆす》れるでしょう。不正政治資金の件を暴露すると脅せば」

「言ったように、政府には彼の票が要る」

「そこまで僅差だと？」

「そこまで僅差だ」

「それで、そちらの若い友達のフランツ・ミュガーを使って説得させようとしたと」

「あれはミスだった」

「あなたが二つもミスを認めるとは。きっと記録更新だ」

「もうミスはない」

「あいにくですが、協力はできません」

「その気はないと？」

「ええ」

カーミングラーが窓に目をやると言った。「金のことだったら――」

「ちがいますよ」

「ほんの六ヵ月くらいのことだが」

「六ヵ月はむりです」

さっとこちらを見た。「何ヵ月なら――」

「妙な期待は持たないで。そちらがいろいろ始末をつけてるあいだ、ブラジルだかカナリア諸島だかでじっとしてる暇はないってことです。だいたい私には大して重要じゃない」

「われわれには重要だ」カーミングラーが言う。

「なぜ？」

カーミングラーの手がさっと、ファイ・ベータ・カッパの鍵《かぎ》に伸びた。グレンチェックのスーツのベストを飾る金の鎖にぶら下がっている。その鍵もいつもほどの安心感を与えてはくれないようだった。そして一瞬、ほんの一瞬だが、彼は困惑したような表情を見せた。「どうしてほしいんだ、講義を聞きたいのか？」

「もうぜんぶ聞きましたよ」

「いい質問ではなかったな」

「そちらにいい答えの用意がないからでしょう」

彼は首を横に振った。「それはちがう。答えならある」

「じゃあ聞きましょう」

「君はなぜ重要なのかと訊《き》いた」

「ええ」

「なぜ重要かといえば、われわれがやっている仕事だからだ」カーミングラーの声には、いままで聞いたこともないような熱がこもっていた。「われわれは仕事をしている。どんな仕事かは、君も以前やっていたからわかるだろう。君はあまり得意でなかったが、それは本気でこの仕事を信じていなかったせいだ。だがわれわれの大部分は信じている。君には決して理解できないことだ、なぜなら君は何であれ、それが重要だとほんとうには信じていないからだ。君自身のことですら。もし君の妻が生きていたら、少しは変わったかもしれないが、彼女はもう生きてはいない、君も同じだ。だからなぜ重要かなどと訊けるんだ。これが重要なのは、形と実質が重要だからで、われわれはその両方の一部、それも重要な一部だ。われわれなしでは、形も実質もありえない——構造もない。別のものはできるかもしれないが、われわれの形づくったものではない。私は仕事から自分を切り離さない。それは私の重要な一部で、私はその重要な一部だからだ」

「要するに仕事か」私は言った。

「そうとも、仕事だ。私にとって仕事は重要なものなんだ」

「思い出しますね。マニラでのあのブリーフケース、あれも重要だった」

「あれも仕事だ」

「あなたはあのブリーフケースを取るのにあいつの手を切り落とさなきゃならなかった。それで山刀《マチェーテ》で叩《たた》き切った。あれもぜんぶ仕事ですね」

「そうだ。私の仕事だ」

「それで今度の仕事は、私を退場させることなわけか。私が存在しなかったように消し去る。そうして私は何か別のものになる、上院議員がオールド・キャビン・スティルのボトルの底で見つけたものに」

「身元を消すための代価は払う」カーミングラーは声に皮肉がにじむのを抑えようとしたが、そのちょっとした戦いには負けていた。

私はまたノーと言った。ずっと以前にイエスと言ったのと同じ理由、つまりそのときの気まぐれ以外に何の理由もないという理由からだった。

「もう一度訊くが、なぜだ？」

「どうでもよすぎて、イエスと言う気にならないんでしょう」

「言うほうが簡単だぞ」

「そのことも理由のひとつですね」

「われわれのことを大して重要ではない、と思っているんだな？」

「ええ。大して重要じゃない」

カーミングラーはうなずくと、立ち上がった。パイプを取り出して眺め、コートのポケットに移し替えた。そしてしばらく私を観察した。言わなくてはならないことをどう言おうか決めかねてでもいるようだったが、私にはその内容はわかっていた。

「申し訳ないが」ようやく口を開いた。本気かどうかはともかく、まるで実際にそう思ってでもいるような声音だった。「申し訳ないが」もう一度言った。「われわれにとっても、君は大して重要ではない」

# 38

翌朝、私はヴィクター・オーカットと一緒に朝食をとった。というか彼が食べているあいだ、私は二日酔いをなんとかしようとしていた。何を口に入れても、コーヒーやトマトジュースまで真っ黄色な味になるような、とんでもなくひどい症状だった。

「ホテルでなんとか我慢できる食べ物は、朝食だけだね」ヴィクター・オーカットが言い、私はうなずいた。賛成なのか理解したのか、どう取られてもかまわないくらいに、とてもしゃべる気分になれなかった。

「南部は好きかい、ミスター・ダイ？　訊いたことがなかったと思うけど」

「まあまあだ」

「南部はすごく魅力的な一方で、えらく不快にさせられるところがあるね」

「そういった影響を受ける人間は多いらしい」

「そうなのかい？　あんたにもそういう影響があったのか？」

「いや」

「もちろん、スワンカートンは本当の南部じゃないが」

「そうなのか？」

「まあ、場所としては南部だけど、メキシコ湾に面してるし、ニューオーリンズやテキサスやフロリダみたいな場所からいくらでも人や物が入ってくる。だから生粋の南部を知りたかったら、スワンカートンから北へ五、六十キロは行かなきゃならない」

　煙草を吸ってみることにした。

「スワンカートンなんて、街の名前としたらひどいもんだよね」オーカットが言いながら、マーマレードをスプーンですくってトーストに塗った。まだリンク・ソーセージやスクランブルエッグと同じくらい熱そうだ。きっと別のルームサービス係に替えたのだろう。

「残念なあだ名もある」私は言いながら、無駄話につきあわされているように感じた。

「梅毒《シャンカー》タウンってやつかい？　最悪にぞっとしないか？」

「たしかに」

「このあたりにはすごくきれいな名前もあるんだよ。ナチェズ・アンダー・ザ・ヒル。いい響きじゃないか。パスカグーラなんてのもね」

「どっちもミシシッピ州だが」

「でもやっぱりきれいな名前だよ。ミシシッピもね。あれはチッペワ族の言葉で、〝ミシジビ〟という発音に近い」綴《つづ》りを教えてくる。「大きな川っていう意味なんだ」

私は煙草を三度ふかし、それから消した。

「ほんとうにトーストも要らないのかい？」オーカットが訊いた。

「ああ、だいじょうぶだ」

「昨日、ニューヨークとワシントンに電話をしてね」

「ほう」興味があると示すために言った。

「わかったのは、雑誌の記事はたしかに予定に組まれてることと、ボツにしろとすごい圧力がかかってること。シンプル上院議員は絶対にスピーチをやると言ってるのもわかった」

「同じ話を聞いてる」

「あんたがその矢面に立つことになるんだよ」

「ああ」

「いやにならないのかい？　個人的な質問だってことはわかってるが」

「それで金をもらってる」

「ホーマーも持ちこたえてくれればいいけど」

「だいじょうぶだろう。昨日も元気だった」

「ああ、聞いたよ！　ほんとうに楽しんでるみたいだったな。それでだ、あんたは今日の午前中にルカレッラとの会合があるんだよね？」

「十時からだ」

「僕もその場にいたいもんだね」

「もっとスパイスの利《き》いた報告ができるようにやってみよう」

「うん。頼むよ。ところで今朝、すごくおかしな電話がかかってきてね」

「誰から？」

「フランク・ムートンだよ。薬屋の」

「こっち側の市議候補の？」

「それそれ。あいつが違法に薬を売った証拠をあんたからリンチに渡したんだよね？」

「ああ」

「それでムートンは電話口でめそめそビービー泣いてたよ。〈浄化する会〉を裏切ったのはリンチに脅されたせいだって」

「計画どおりだな」

「そしたら急に泣きやんでわめき出した。わかってるぞ、おまえらがやったんだ、おまえらが俺を破滅させにきたんだって」

「たしかに。まちがってはいない」

「すっかり取り乱してたよ、可哀想に。リンチからことの次第をぜんぶ聞いたと言ってた」

「たぶんリンチが最後にやったことだろう、街を出る前に」

「ヒステリーの一歩手前みたいだった」

「あんたを脅したのか？」

オーカットはかぶりを振った。「いや。神様がおまえを滅ぼすだろうと言ってた」

「そういえば、教会の執事だったな」

「そうだったね。忘れかけてたよ。ファースト・メソジストの執事だ」

十時三分前、ホーマー・ネセサリーがオーカットの部屋まで迎えにきて、私たちはエレベーターでホテルの六階まで下りた。六二二号室の前で立ち止まると、ネセサリーが新しい制服を引っぱってしわを伸ばした。「面白いことになるぞ」

「それだけですめばいいが」私はドアをノックした。

今度もショーティと、熊蜂《くまばち》にくわしいはげ頭の男がドアを開けた。「入ってくれ」はげ頭が言った。

ルカレッラの部屋もスイートだったが、オーカットのところほど広くはなかった。その番犬二人に指図されて、私たちがリビングへ入ると、ルカレッラと弁護士のサミュエルズがカウチに並んで座っていた。低いコーヒーテーブルの上に大きなブリーフケースが閉まったまま二つ置かれ、どちらからも手の届くところにあった。

私たちが入るなり、ルカレッラが腕時計を見た。「時間どおりだな。いい兆候だ。ビジネスをするなら時間を守る相手がいい」

「こちらがネセサリー署長」私は言った。「ミスター・ルカレッラと、弁護士のミスター・サミュエルズだ」ネセサリーが二人と握手をした。

「まあまあ、かけてくれ」ルカレッラは言って、コーヒーテーブルの前に引き寄せてある二脚の椅子《いす》のほうを身振りで示した。私たちは腰を下ろした。「コーヒーは飲むかね？」と訊いてくる。「それとも酒か？」

「酒をもらおう」私が言うと、サミュエルズがちらととがめるような目を向けた。朝っぱらから飲む人間をあまりよく思っていないらしい。もっともこの男にどう思われようと気にするまでもなさそうだった。

「君はどうする、署長？」ルカレッラが訊いた。

「スコッチの水割りを」ネセサリーが言う。

「ダイは？」

「こちらもそれで」

ルカレッラがショーティに向かって首を振った。「用意しろ」

ショーティが水割りを作って出すと、壁にもたれているはげ頭の男を補佐する位置へ移った。「何をしてる。外だ」ルカレッラが二人に命じた。「出てからドアを閉めろ」

手下二人が行ってしまうと、ルカレッラはカウチに深くもたれ、灰色の歯を見せて微笑《ほほえ》んだ。「あんたのことはいろいろ聞いてる、ネセサリー署長」

「ほう？」

「北部のほうでも評判だよ。一緒にビジネスをやるのにふさわしい人物だと」

「私は落ち着いた街が好きでね」ネセサリーが言った。「何もかもしっくり収まってる」

「この街をもう落ち着かせてるらしいな」ルカレッラが言う。

「まだまだ落ち着かせられる」

「あんたの考えがわかるような気がするよ」

ネセサリーが微笑んだ。「そう願いたいね」

サミュエルズが咳払《せきばら》いをした。「帳簿を点検しましょうか？」

「まだ取引はまとまってないぞ。帳簿を点検するとはどういうことだ？　帳簿は取引がまとまってから見るもんだ」ルカレッラがまた興奮しはじめていた。

「私が思うに――」

「何も思うな」ルカレッラは苦々しく言った。

「取引の話をしようか、ルカレッラ」ネセサリーが言う。

「どうだ」ルカレッラがサミュエルズに向かって言った。「言った意味がわかるだろう。われわれは取引をまとめて、それから帳簿を見るんだ」ネセサリーに手を振ってみせる。「進めてくれ、署長。自分のペースで話をするのがお好きだと聞いてる」

ネセサリーはキャメルを一本出して火をつけ、制服の上から四番めの金ボタンに煙を吹きかけた。「話に入る前に、言っておきたいことがある。気を悪くしたら申し訳ないが」

「何なりと」ルカレッラがまた手をひと振りして言った。今朝は鷹揚な気分らしかった。

「私もあんたと同じで、プライバシーが好きでね。だから部下のひとりに廊下へ通じるドアを見張るように言ってある。私の運転手の、クローン巡査部長だ」

「それで邪魔が入らないわけだな？　かまわんが、ショーティとジャッシーもドアを固めてるぞ」

「誰かが入ってくる心配はしてない。心配なのは出ていくほうだ。もしこの部屋に盗聴器があって、録音しようと思ってるなら、あきらめてもらおう」

「俺をどんないやったらしいスパイ野郎だと思ってる？」わめくというほどでもなく、ルカレッラが言った。

「これからするような話を録音してもおかしくない相手だと」

ルカレッラが急に、笑みを浮かべた。「ああ、そういうこともあるかもしれん。だが盗聴器はない。神に誓って」

「あとで確かめさせてもらうが」とネセサリー。

「かまわんよ。これで話はついた。で、あんたの提案は？」

「提案じゃない」ネセサリーは言った。「受けるか、受けないかだ。私が三分の一を取る。残りはあんたとダイで争ってもらう」

信じられないという表情が、ルカレッラの押し潰《つぶ》されたような顔に現れた。「何の三分の一だって？」

「純益のだ。儲《もう》けの総額だ」

「三分の一だと！　ばかな、三分の一とはどういうことだ？　リンチは十パーセントしか取らなかったぞ」

「こちらからもたぶん、悪い知らせがある」私は言った。「私も三分の一を取る」

「おまえらそろって頭がいかれたのか」ルカレッラがわめいた。「おまえが三分の一取って、こっちも三分の一取ったら――俺にはどれだけ残る？　わかってるのか？」

「三分の一だ」私は言った。

「何をわかりきったことを。それじゃ俺には前のリンチの取り分しか残らない――十パーセントしか。あとは東部のほうに行くんだ」

「それは困ったことだな」ネセサリーは言って、スコッチの水割りを飲み干した。

「議論する気はない。私は三十パーセントを取る。あとはダイと相談してくれ」

「三十でいい」私は言った。「それならあんたの取り分は四十だ」

「四十ごときで商売はできん」

「私がいいと言わなかったら、あんたは商売すらできないだろう」とネセサリー。

「五十五、四十五だ」ルカレッラが言う。

ネセサリーは首を横に振った。「ややこしすぎる。三十パーセントとか三分の一、二分の一とかの単純な数字ならわかる。四十五パーセントやら五十五パーセントやらは難しすぎる」

「東部のほうに当たってみないことには」ルカレッラが言う。「どんな状況になってるのか説明しなきゃならん」

「いいか、ルカレッラ」ネセサリーが言った。「四十パーセントで手を打つか、手を引くかだ。説明はあとですればいい。いまはイエスかノーかのときだ」

ルカレッラはサミュエルズを見たが、弁護士は視線を返そうとしなかった。「おい、何をぼうっと座ってる、役立たずが！　なんとか言え、頼むから。そのために給料を払ってるんだろうが」

サミュエルズはため息をついた。「この新しい状況においては、ネセサリー署長の提案にはメリットがあるかもしれません。とくに純益が以前の額より増えるのなら」

「増えるとも」ネセサリーがグラスの氷を揺らしながら言った。「ダイと私とでそうなるように計らおう、そうだな？」

「もちろん」私は言った。

「いくらぐらいだ？」ルカレッラの声に、次第に貪欲《どんよく》さが忍びこんでいた。

「いや、ダイと私はそのことを相談してきたんだが、署の内部を思いどおりに再編したので、このさいスワンカートンを広く開放しようかと思ってる。私とダイの見たところ、リンチと元の警察署長だった能なしはできる範囲の半分の規模しか動かしていなかった。われわれはそれを一、二段階高めようと考えた」

「いったい何の話をしてるんだ？」ルカレッラが私に訊いた。

「言ったとおりの意味だ。この街の可能性を最大限利用する」

「ドルやセントに直して話してくれないか？」

ネセサリーが私を見た。「説明してやれ」

「純益は最低でも百パーセント上がるはずだということだ」

「ああ」サミュエルズが言った。「なるほど」

「一言で、こっちにもわかるように」ルカレッラがほとんど懇願するように言う。

「ミスター・ダイが言っているのは、ビジネスの量が大幅に増えても、固定費用はだいたい一定のままだということではないかと」サミュエルズが確認するように私を見たので、私はうなずいてみせた。

「つまり分け前は同じままだというんだな。賄賂《わいろ》やらは前と変わらないから、新しいビジネスの儲けはそのまま懐《ふところ》に入る、そういうことなんだろう？」

「そのとおりだ、ルカレッラ」ネセサリーが言った。「あんたの新しい四十パーセントの純益が、古い純益全体の八十パーセントに相当するわけだ」

「それはいい」ほとんど独り言のように、ルカレッラは静かに言った。「とんでもなくいい話だ。よし、取引成立だ」

「もう一歩だ」ネセサリーが言った。「成立までもう一歩」

「何が問題なんだ？」ルカレッラが私を見た。「いまさら何を悩むことがある？」

「彼に訊いてくれ」私は言った。

「ああわかった、くそっ、おまえに訊いてるんだ！」その反応はわめき声になり、今度はルカレッラ本人もそれを意識した。「すまない」と言って、目をきつくつぶる。

「これから気をつける。つい熱くなってしまうんだ。せっかちなんだよ。分析医に言わせると、せっかちなのは悪いことじゃない。大勢の偉人がせっかちで有名だったらしい。だがそれにははけ口が要るということだ。ある種のエネルギーだから、どこかの方向へ振り向けてやらなきゃならない。じゃあ署長、冷静になってもう一度訊こう。どうだ、冷静だろう？　取引成立までもう一歩とはどういう意味だ？」

「リンチが落ち目だといううわさが広まったので、何人かが本当かどうか確かめにきてる」

ルカレッラは苛立《いらだ》った身振りをした。「そのことはもう聞いてる。そこのダイが話した。シカゴのジミー・トゥーシューズ、クリーブランドのスウィート・エディ・プラネッリ。ほかに二、三人だ。あいつらはリンチが外れたと聞いたらあきらめるはずだ」

「もうやつらの耳にも入ってる」ネセサリーが言った。

「だったら出ていくだろう」

「ほかにもやつらの耳に入ったことがある」

「何だ？」

「あんたが落ち目だということだ」

おそらくネセサリーのその一言で、おおよそ三万ドルぶんの精神分析が台なしになった。ルカレッラはカウチから文字どおり飛び上がった。「俺が？」今度はわめき声ではなく、悲鳴だった。「誰が言った、俺が落ち目だと？　そんなことを言いやがったのはどこのどいつだ、ネセサリー？」部屋をどかどか歩き回り、家具にぶつかった。灰皿を手に取り、壁に投げつけて粉々に割った。「何を言いやがる、落ち目だと？　誰が言ったんだ、ふざけやがって。そのクソ野郎にヤキを入れてやる。おまえも俺が落ち目だと思ってるのか、サミュエルズ？　そいつらにそう言ったのか？」弁護士に駆け寄って胸ぐらをつかみ、カウチから引っぱり起こす。「おまえは何だ、薄汚いスパイか？」

「私は何も言って――」

ルカレッラが手を離し、弁護士はどさっとカウチに崩れ落ちた。ついで素早く首を回し、こちらに向きなおる。「おまえらだな――おまえらが言いふらしたんだ、俺が落ち目だと。おまえらがぜんぶ仕組んだんだろう、わかるぞ。俺をはめようとしてるな。ぜんぶ自分たちのものにしようとしてるんだ。もう誰も信用できん。どこの誰も――」

「黙れ、ルカレッラ！」ネセサリーのきびしく容赦ない口調のせいか、自分の二日酔いのせいか、とにかく私はびくりとした。ルカレッラも言いかけた途中で口をつぐんだ。

「ひどいもんだろう？」とルカレッラが、叱《しか》られた子どものように頭を垂れた。「わかってるんだ、こういうのを何というか。分析医から説明された。パラノイアだ。まわりの人間が自分を陥《おとしい》れようとしてると、そんなはずもないのに思いこむんだ。大勢の偉人もこれにかかってたが、ちゃんと有益な人生を送れるようになったと聞いてる」

「今度のはパラノイアじゃない」ネセサリーが言った。「あの連中はスワンカートンが熟したブドウで、あんたが落ち目になってると思って、ここへ乗りこんであんたを排除しようとしてる」

「君なら止められるだろう」ルカレッラが言った。

「考えればわかるだろうが、こっちの仕事じゃない」とネセサリー。「私は連中から分け前を取れる立場だ。あんたと同じように、連中も私に取引を持ちかけてくるだろう。だがあんたはもうここのビジネスのことを心得ているから、あんたと取引をするほうがいい。ダイも私も新しい相手に教えこむのに時間をかけたくない」

「つまり、私次第というわけか」ルカレッラが静かな口調で言った。

「そういうことだ。あんたにかかってる。私とダイにできるのは非公式な支援だけだ。それは約束する」

ルカレッラがサミュエルズのほうを向いた。「リッチに連絡をとれ。状況を説明しろ。こっちへ、十人ばかり連れてくるように言うんだ。何人か駆り出す必要があったら、最高額の手当を出すと」低い声で、自信たっぷりに指示を出していく。この男がここまで上りつめた理由が初めてわかった。「いますぐだ」と最後に言い、サミュエルズが立ち上がってドアへ急いだ。

ルカレッラがネセサリーに、さっきと同じ、静かで無感情な口調で言った。「そいつらの名前と、滞在先をぜんぶ聞きたい」

「いいとも」ネセサリーが話した。ルカレッラは何も書き留める必要がないようだった。

「それでぜんぶか？」

「知ってるのはこれだけだが、手下を呼び寄せた者もいると聞いた」

ルカレッラはうなずいた。「私はこの取引がほしい、署長。本当のところを言うなら、どうしても必要なんだ。そんな事情をそちらが知りたいかどうかはともかく。私は最近ちょっと問題を抱えてたが、分析医の助けを借りて、いいほうに向かってる。もっと人を信じろと言われたんだ。疑り深すぎると。だからそのアドバイスに従うことにするよ。君とダイを信用しよう。だが、私が信用したあとで裏切った人間には、悪いことが起きる。ほんとうに悪いことがな。君ら二人に悪いことが起きなければいいと思う」

「あんたは自分のほうの問題を片づければいい。こちらはこちらの問題を片づける」ネセサリーが言った。

「それで、そこの帳簿を見せてもらいたいんだが」私は言った。

ルカレッラはブリーフケースのひとつを指さした。「そのなかにひと通りの写しが入ってる。持っていってくれ。何もかも書いてある——名前も住所も現金の流れも、何もかも。リンチはいい帳簿をつけていた、やつのためにそう言っておこう。私を裏切りもしなかったから、やつには何も悪いことは起こらんだろう。ただミスを犯しただけだ。それは許せる。だが信頼した相手が裏切るのだけは許せん」

「それはもうよくわかった」私は言って、ブリーフケースを手に取った。

ショーティがドアから頭を突っこんできた。「何だ、何の用だ？」ルカレッラが言った。

「そっちのひとに」ショーティが言って、私を指す。「サッカティって女から電話があって。すごく動転してて、そのひとと話したいと言うんで、様子を見てくると言ったんですが」

「私が出よう」部屋を横切って電話のところまで行き、受話器を取った。

「何かあったのか？」

「オーカットが」キャロルが言った。

「どうした？」

「ここへ来てちょうだい」

「どこへ？」

「彼のスイート」

「どうしたんだ？」

「彼が死んで、顔を奪《と》られたの」

# 39

ネセサリーが先頭でドアを抜けてオーカットのスイートへ飛びこみ、あとからリボルバーを抜いたクローン巡査部長が続いた。私が最後に、ブリーフケースを持って駆けこんだ。

キャロル・サッカティがメキシコ湾に面した窓辺に立っていたが、窓の外を見てはいなかった。いま彼女が見ているのは、オーカットのそばにひざまずいた、やせこけた白髪の男だった。白髪の男は体を前後に揺らしながら、独り言をつぶやいていた。祈るように両手をきつく合わせている。長銃身のリボルバーがオーカットの近くの床に置いてあった。そこから五、六十センチのところに、マヨネーズの一パイント瓶のようなガラスの広口ジャーがあった。火薬の匂《にお》いもしたが、それとはまた別の、さらに鋭い臭《にお》いが鼻を突いてくる。私にはその正体はわからなかった。

ネセサリーが素早く、オーカットの顔を覆《おお》ったタオルを取った。

「私がかけたの」キャロルが言った。「入ってきて彼を見て、タオルをかけたのよ」

「主は私の羊飼い、私は、乏しいことが――」白髪の男が歌うような声でつぶやき、膝立《ひざだ》ちのまままた体を揺らした。

ネセサリーから身振りで言われ、私はオーカットの体に近づいた。彼がまたタオルを持ち上げた。キャロル・サッカティの言うとおり、顔がどうしてか奪い去られていた。鼻はほとんどどこかに消え、骨がむき出しになり、血もかなり見えた。目だけが同じままで、生きている印象もなければ死んでいる印象もない。ネセサリーがタオルを元どおりにかけた。

「こいつを知ってるんだな?」彼が言って、ひざまずいた男を親指で指した。

ネセサリーが首を横に振って、クローン巡査部長のほうを向いた。

「フランク・ムートンだ。市議の候補の」

「殺人課のベンソンに連絡して、部下たちをここへ来させるように言え」クローンは電話へと急いだ。

ネセサリーはキャロルのほうを向いた。「それで?」

「わたし、鍵を持ってた」彼女は言った。「知ってるでしょ、この部屋の鍵を持ってたの」

「知ってるとも」ネセサリーが辛抱強く、励ますような声で言った。

「廊下にいたとき、銃の音が聞こえて。まだ廊下にいて、銃の音を三回聞いた」

「落ち着くんだ、キャロル」私は言った。

「話させてやれ」とネセサリー。

「銃の音が聞こえて急いで部屋まで行ったけどあわてすぎてバッグのなかの鍵が見つからなくて、やっと見つけてドアを開けたらこの男がオーカットの上にかぶさって、祈りながらそこの瓶の中身を顔にかけてた」そして言葉を切り、深く息を吸った。

「それであなたに電話してから、タオルを取りにいって、彼の顔にかけたの」振り返って、窓の向こうのメキシコ湾を見つめた。

ムートンはもう六十歳近くに見えた。髪は白髪まじりで、長い頭のてっぺんあたりはまばらだった。目は寄り目で黒く、縁なし眼鏡の奥で焦点が合っていないように見えた。細くて長い、血管がひどく多く浮き出ている鼻から、眼鏡が少し片側に傾《かし》いでいた。赤く濡《ぬ》れた唇がいまも何か口ずさんでいた。体を前後にゆすると、やがてまた詩篇二三篇を唱えはじめた。タン色のレインコートを着て、首までボタンを留めていた。

ホーマー・ネセサリーはムートンのまわりを歩き、手と膝を床に突いて、空のパイント瓶の臭いを嗅《か》いだ。立ち上がり、ムートンを見つめた。「強い酸だ」と言った。そしてひざまずいている男のそばまで行き、足でつついた。「おい、ムートン」

　ムートンが見上げ、そして言った。「アーメン」

「どうして殺した？」

「この男はサタンの息子だ。父よ、彼らを赦《ゆる》したまえ、そのなす所を知らざればなり――」

「立て」ネセサリーがぴしゃりと言った。

「私は復活であり、命である――」

「さっさとケツを上げろ」ネセサリーがまたきびしい声で言い、ムートンのひじをつかみ、ぐいと引いて立ち上がらせた。

「信じる者がひとりとして――」

「こいつは教会の執事だ」私は言った。

「覚えてる」とネセサリー。「レインコートを脱げ、執事」

　ムートンがはにかんだ様子を見せ、急にシャバの描いた『九月の朝』に似たポーズをとった。「あんたの前ではだめだ」

「くそっ」ネセサリーが言う。

ムートンが躍起になって部屋のなかを見回した。キャロル・サッカティを見て微笑んだが、その笑みにはあまり正気が感じられなかった。「あの娘になら見せよう！」

「よし」とネセサリー。「見せてやれ」

キャロルはムートンが近づいてくると、窓から向きなおった。「あんたはとてもきれいだ」ムートンがレインコートのボタンを外す。「きれいな女の子は好きなんだ。いいものを見せてあげよう」そしてレインコートの前を開いてみせた。

キャロルはそれを見て、窓のほうに顔をそむけた。「コートの下は裸よ」平板な口調で言う。「ズボンがベルトで腿《もも》のところに留まってるけれど、ほかは裸」少し間をおいた。「おぞましい」

ムートンが振り向くなりレインコートの前を大きく広げたので、全員がそれを見た。たしかにおぞましかった。「ボタンを留めろよ、あんた！」クローン巡査部長にきつく言われ、ムートンは口を尖《とが》らせたが、コートのボタンを首まで留めなおした。

ムートンはオーカットの体を見下ろした。「なんとややこしいことだ。私がユダで彼が救い主、そして彼がユダで私が――私が――」そこで口をつぐみ、こちらを見ると、穏やかな、理性のある声で言った。「私は職業人なんだよ」

「そうだな」

「薬剤師なんだ」今度は少し狂おしい響きがあった。

「そうだな」私はまた言った。

「なぜ殺した、ムートン？」ネセサリーが訊いた。

「なぜ？」

「そうだ。なぜ？」

「なぜならな、このクソ馬鹿《ばか》野郎、神にそう命じられたんだ！」それだけ言うと、椅子まで歩いていき、腰を下ろした。目を閉じ、それきり一切口を開かなかった。やがて殺人課の警官たちがムートンを連行し、まもなくオーカットの死体も公示所へ運ばれていき、その体から三発の銃弾が見つかった。

　三人でオーカットの寝室兼オフィスに座っているとき、電話が鳴り出し、キャロル・サッカティが出た。殺人課の連中がまだリビングで動き回っていた。ムートンが連れていかれてから四十分が過ぎたころだった。

「チャニング・ダーシー・フェトウィック三世から」キャロルが言った。「誰でもいいからヴィクター・オーカット・アソシエイツの代表と話したいって」

　私は電話のほうへ向かおうとせず、ネセサリーも動かなかった。とうとう彼が言った。「出ろよ、ダイ」

私は電話を取って言った。「ルシファー・ダイ」

フェトウィック老人の声は研磨剤の粉のように乾いて、ざらついていた。「ミスター・オーカットが亡《な》くなったと聞いて、悲しみに耐えないよ」

「ええ。私たち全員がそうです」

「ドクター・コルファックスもだ、いま電話口に一緒にいる」

「まったく残念なことだ」コルファックスが言った。

「ええ」

「哀れなムートンもだ」フェトウィックが言う。「ほんとうに気が触れたのか?」

「医者ではないですが、そんなふうに見えました」

「オーカットの死で、状況は一変する」弔問の時間は終わりということで、コルファックスの口調はすっかりビジネスライクになった。

「とくに、オーカットにとっては」私は言った。

「リンチのやつが去り、ミスター・ネセサリーの手で警察署が再編成されたことで、われわれの主な目的は達成されたと思う」フェトウィックが言った。「ミスター・オーカットの死に鑑《かんが》み、われわれは彼の社との契約を打ち切ることを決めた。これは、ミスター・ダイ、あなたとは何の関係もないし、解約金はたっぷり提供できるものと考えている」

「荷物をまとめて帰れと？」自分のためというより、ネセサリーやキャロルのために言った。フェトウィックの思惑はもうわかっていた。

「まあ、そういうことになる。君がそうした言い方をしようとするのなら」フェトウィックが言う。

コルファックス医師が口を挟んできた。「君は自分の仕事をしたんだ、ダイ、それもとんでもなくいい仕事を。もうわれわれに君は必要ない、だから金を払うし、それで全員が幸せになる」

正攻法で行こうと決めた。「同僚と相談するあいだ、このまま少し待っていてくれますか？」

「もちろん」コルファックスが言った。

ネセサリーとキャロルに向きなおった。「こっちに出ていけと言ってる。金で片をつけるつもりだ」

ネセサリーは顔をしかめ、青い制服の袖《そで》から糸くずを丁寧に取り除いた。そしてキャロルを見た。「オーカットはフェトウィックたちに、ダイと俺がルカレッツラやよその街から来た連中を相手に何を仕組んでるか話したのか?」

「まだよ」とキャロル。「今日話すつもりでいた」

「上院議員と雑誌のことは?」

彼女がうなずいた。「そのことはオーカットが話したわ。フェトウィックはもう反論の記事を書きあげてる」

「あいつらはほとぼりを冷まさせようとしてる」とネセサリー。

「そうらしい」私は言って、電話の送話口から手を離した。「あともう少し」私は言った。

「ゆっくりどうぞ」コルファックスは言って、忍び笑いをした。いきなり仕事がなくなってあわてている人間の気持ちはわかると言いたげだった。

「それで?」私は訊いた。

ネセサリーはまた青い左袖に目を落とすと、右手でそっとなでながら独り笑いをし、やがて私を見上げた。「思うに」静かに言った。「警察署長を首にするなら、あいつら自身でやらなきゃならないだろうな」

私はうなずいた。「キャロル?」

「主人公がラストで女の子をものにできるかどうかまで見たいわ」

私は受話器から手を離した。キャロルとネセサリーの顔ではなく、送話口を見つめた。二人の視線が注がれるのを感じる。深く息を吸った。「仲間に状況を説明した」と言った。

フェトウィックの声は乾いていて、遠かった。「お仲間のことを思うのなら――」

「われわれの答えはノーだ」と言い、電話を切った。

# 40

ネセサリーからの電話があった金曜の朝六時半、私はまんじりともせずにいた。キャロルのベッドに横になって、天井を見つめながら、ヴィクター・オーカットのことを考えていた。死なれてみると生きてたときよりずっと魅力的に思えたが、そういう人間はいくらでもいるにちがいない。

「始まったぞ」ネセサリーは言った。

「いつ？」

「夜明け前だ。ルカレッラの一味が脅しをかけた」

「誰にだ？」私は訊《き》いた。

「やつら全員にだ」

「どうなった？」

「ここから出るつぎの飛行機はミネアポリス／セントポール行きの直行便だ。あと十五分で離陸する。テックス・トゥランゴが乗ってる」

「やつはダラスが地元だ」私は言った。

「オネアロ兄弟はカンザスシティだが、やっぱり乗ってる」とネセサリー。

「ほかには？」

「スウィート・エディ・プラネッリもだ。やつはエコノミーしか取れなかった」

「それでも取ったんだな」

「ああ。それも喜んでな。フェルケアー警部補の話だと、プラネッリは見たところあまりいい状態じゃない。歯が何本か欠けて、片目が閉じていて、鼻もなんだかおかしいらしい。さんざんぶちのめされたみたいだとフェルケアーは言ってる」

「クリーブランドに戻れば良くなるだろう」私は言った。「ニガー・ジョーンズとジミー・シェーマイスターは？」

「そのことで電話してるんだ」

「いまどこにいる？」

「ロビーだ」

「十五分でそっちへ行く」

「十分で来てくれ」ネセサリーが電話を切った。

キャロルがベッドの上で寝返りを打ち、ひじを突いて上半身を起こした。「ネセサリーなの？」と訊く。

「始まったらしい」

「コーヒーは飲む？」

「時間がない」

「私がいれるわ」

「頼む」と言い、服を着はじめた。バスルームから出たときには、キャロルがインスタントのコーヒーを用意してくれていた。ふた口すって煙草《たばこ》に火をつける。このころはポールモールを吸っていた。

「ほかに何か言ってた？」

「何人か街から出ていった。出ていってないやつらもいる」またコーヒーを飲み、カップを渡した。

「これまで、人生がどうなるかもわかってなかったわ、船長」キャロルが言う。「あなたがこのパゴパゴへ来るまでは」

彼女にキスをした。「僕は彼らと一緒に乗っていくよ、アルマ。農夫にだって開墾する権利はある」

エレベーターから降りると、ネセサリーがロビーをうろうろしていた。目が疲れて充血し、三つの色の奇妙な取り合わせになっていた。もしくは白目も入れて、四つの色の。

「長くかかったな」彼は夜どおし起きていたらしい、不機嫌な声で言った。

「ちょっと片づけることがあった」と言い、ネセサリーについて玄関に停めてある黒のインペリアルまで行くと、運転席でクローン巡査部長が待っていた。

走り出すとすぐ、ニガー・ジョーンズとジミー・トゥーシューズのことを訊いた。

ネセサリーは頭をすっきりさせようとするように振った。「やつらは引こうとしてない。ゆうべのあいだに手下を呼び寄せた。シェーマイスターは十人ちょっと。ニガー・ジョーンズも同じぐらいだ」

「ルカレッラにはいま何人いる？」

「ニューオーリンズから十人ほど、東部からも十人ちょっと来てるだろう。フェルケアーが空港に張って数をつけてる」

「有名どころは？」私は訊いた。

またかぶりを振る。「大したやつはいない。雑魚《ざこ》ばかりだ」

「するとこれで、三つ巴《どもえ》のレースだな」私は言った。

「三つ巴だ」ネセサリーはウィンドウの外を見た。「そう言えば」

「何だ？」

「あの坊っちゃんなら、こういうのを面白がっただろうな」

「オーカットか？」

「ああ。あいつならカラーのポラロイド写真つきでレポートをさせたがったろう。それからつぎにどうするか、策略を練って答えを出す」

「彼がいてくれたらと思ってるんだな？」私は訊いた。

ネセサリーはまたうなずいた。「まあそうだ。おまえは？」

「同じだ」そう言ってみて、いまのが嘘《うそ》かどうか判断しようとした。嘘じゃない、と思った。

「あいつは実際、頭が切れた。そのことは覚えとかなきゃな」

「彼ならいま何をするか、見当をつけるのは難しくないと思う」私は言った。

ネセサリーがこちらを向いた。本人はきっと気づいていないが、その顔にほっとした表情が広がっていた。彼には新しいオーカットが必要で、私のなかにそれを見つけたと思ったのだろうが、もちろんそんなことはありえない。オーカットは冷徹なほど論理的だが、私は直感的だ。私が成り行きまかせで考えをでっち上げるあいだに、オーカットはつぎの二つの段階を頭のなかで組み立てている。オーカットは天才で、私はネクタイを自分で結べる程度の頭しかない。ネセサリーのためにオーカットを演じたくはなかった。ただ彼にくっついて、ときどき「そのとおりだよ、署長」と言っているのがよかった。

「どうすると思う、オーカットなら？」ネセサリーが訊いた。

「ニック・ザ・ニガーはどこだ？」私は言った。

「黒人街の友達の家にいる」

ため息をついた。「オーカットならシェーマイスターに知らせるだろうな、まだやつが知らなかった場合のために」

　ネセサリーはしばらくこちらをまじまじと見た。そしてゆっくり首を左右に振って微笑んだが、楽しげな様子はみじんもなかった。「オーカットならそんなことは言わないな」

「そうか？」

「ああ。あいつはおよそ血も涙もなかったが、そこまで血も涙もないやつじゃない」

私たちはフランク・〝ジミー・トゥーシューズ〟・シェーマイスターを訪ねて、リー・デイヴィス・ホテルの最上階にある四部屋のスイートへ向かった。このホテルは日頃、〝スワンカートン随一の高級ホテル〟の座をかけてシカモアと張り合っている。スイートのなかの部屋を通り抜けて、やっとシェーマイスターのいる部屋まで案内された。本人は一人だったが、それまで通った三つの部屋には地味な色のスーツを着た若い男や中年の男がごろごろいた。連中は私たちをただ無表情に見たあと、それまでやっていた何かの作業に戻った。おそらくトンプソンのサブマシンガンの掃除に。

シェーマイスターはゆがんだ口で私たちに微笑みかけ、私は今朝の靴を確かめた。柔らかそうな茶色の斑紋《はんもん》のある革だ。向こうが私の視線に気づいて「オストリッチだよ」と言い、こちらは「逸品ですね」と応じた。

シェーマイスターがネセサリーのほうを向いて言った。「今朝はずいぶん早起きじゃないか、署長」

ネセサリーはうなずき、やせて締まった体つきの二十代後半の男が無言で出してきたコーヒーを受け取った。「もっと早起きな連中もいる」ひと口すすってから、言った。「たとえばルカレッラだ」

「たしかに早起きだな」シェーマイスターは言いながら、若い男が私にコーヒーを注ぐのを眺めていた。そのあと男は、部屋のいちばん遠い隅にある椅子《いす》に座った。ネセサリーがそちらを見ると、シェーマイスターが言った。「マーヴィンなら気にしないでくれ。私の甥《おい》っ子だ。いちばん上の姉の子でね」

「ほかの三部屋へ連れてきてるのは？」ネセサリーが訊いた。「いとこか？」

シェーマイスターがまた恐ろしげな笑みを浮かべる。「ただの友人たちだ」

「数えたところ十一人だった」

「だいたい正しいな」

「ルカレッラも数えていたか？」

「どうだろう。あまり長居はしなかったからな」

「やつはどうしろと？」ネセサリーが訊く。

「私に飛行機に乗れと言ってきた」

「セントポール行きの？」

「そうだ。ちょっと怒ってたな、こっちが、セントポールに知り合いはいない、ミネアポリスにもだと答えたら」

「オネアロ兄弟は言われたとおりにした」私は言った。

「それは本当か？」シェーマイスターはいかにも興味があるというような口調で言い、そこそこうまくいっていた。

「例の飛行機に乗りました。テックス・ドゥランゴとプラネッリも」

その情報に、シェーマイスターはうなずいた。「ニック・ザ・ニガーは？」

「ミネアポリスには知り合いがいないようだ」ネセサリーが言った。「セントポールにもな」

「ニックはまだここにいるんだな？」シェーマイスターはできるかぎり何気ない調子を装《よそお》ってたずね、今度もそれはほぼうまくいった。

「友達と一緒に滞在中だ」とネセサリー。「黒人街のマーシャル通り一七三八番地に、十二人ばかり来てる」

シェーマイスターが甥っ子にちらと目を向けると、若者はうなずいた。「ニックのことは前から好きだが、ルカレッラはまた別だ。やつは頭がいかれてる。まだジョー・ラッキーと呼ばれてるのか？」

「新聞はそう書いてると思います」私は言った。

シェーマイスターが両手を頭の後ろに回し、天井を見上げた。「根拠はないが」と穏やかな声で言った。「もう幸運《ラッキー》ではいられないだろう」

またインペリアルに戻ると、ネセサリーがこちらをじっと見た。その目に冷たい光が戻っていた。「よし。これでひとつ片づいた。つぎはどうする？」

「もうひとつ表敬訪問をしよう」

「誰をだ？」

「ニック・ザ・ニガーだ」

「ああ」ネセサリーが穏やかな声で言い、うっすらと笑った。「オーカットもきっとそうするだろう」

# 41

マーシャル通り一七三八番地から角をひとつ曲がった四十七丁目に、クローン巡査部長は車を停めた。そこは中流の上の住宅街の真ん中で、誰もが——そこの住民でさえ——黒人街と呼ぶ場所だった。一見すると線路を隔てた白人居住区とそっくりで、何ならこちらの芝生のほうが少し手入れが行き届いているようにも見える。しかも生け垣を剪定《せんてい》するにあたっての想像力はさらに豊かだった。目についただけでも、生け垣のような濃い灌木《かんぼく》が、犬や猫、そしておそらくキリンだと思える形に刈りこまれていた。

クローンはスポーツ新聞を手に車に残り、私とネセサリーはマーシャル通り一七三八番地まで歩いていった。家は灰色の煉瓦《れんが》造りの大きな平屋で、砂利を敷いた屋根があり、一枚ガラスの見晴らし窓の向こうに誇らしげに置かれた緋《ひ》色《いろ》のシェードと黄色い陶製の台座のついた装飾的なランプが見えた。家の持ち主はウィリアム・モーズという小太りの、六十がらみの白髪頭の黒人だ。若いガールフレンドが大勢いて、好みの車は黄色のキャデラック。まさにその二台が、コンバーティブルとセダンだったが、ガレージに駐《と》めてあった。

　モーズは聖《セント》ビリーと呼ばれることもある顔役で、第二次大戦後ずっとスワンカートンの黒人地区を仕切っていた。雀《すずめ》の涙ほどの政治的な支援を住民に分配し、自ら慈善事業を手掛け、盛んなナンバーズ賭博《とばく》を監督し、副業に高利貸し業を少しばかり行い、葬儀屋や生命保険、自動車保険の代理店を経営し、民主党に多額とまではいかなくても堅実に献金していた。ネセサリーのノックにドアを開けたのは、そのモーズ本人だった。呼び鈴はあったのだが、ドアを叩《たた》けるときにネセサリーが呼び鈴を使うのを見たことはない。

　黒人の男は黄色い絹のドレッシングガウンに栗色《くりいろ》のパジャマ、裏が毛皮の革のスリッパという恰好《かっこう》だった。茶色の目がネセサリーと私にさっと向けられ、嫌悪《けんお》と、たぶん蔑《さげす》みの表情がよぎったが、やがて白い歯がこぼれて破顔すると、気のいい南部の黒人の役柄になりきった。じつに堂に入った変貌《へんぼう》ぶりだった。

「おほう、なんとなんと、ネセサリー署長にミスター・ダイ」モーズがもごもごとこもった声で言った。「お二人ともこんな朝早くからお越しとは」

「ニック・ジョーンズを捜してる」ネセサリーが言った。

「ニック・ジョーンズ」モーズは思案げに、ずっと昔その名前を知っていたような気もするがあまり定かでないというように言った。そしてまた輝くばかりの笑顔を見せた。それもまたすばらしく中身のない笑みだった。「ミスタ・ジョーンズはもう起きてきて、じきに会えるんじゃないかねえ。まあまあ入って」

　ニック・ザ・ニガーは、その気になれば白人で通すこともできただろう。実際にジャマイカから来たばかりの昔には、英国風のアクセントと、長身の体にしなやかな金髪という美貌を武器に、マイアミ・ビーチあたりで金持ちの未亡人をカモにしていた。相手は手当たり次第、三十代だろうと六十代だろうと種付け料さえ払ってもらえればおかまいなしで、その額は週千ドルとも言われた。

　ジョーンズは少なくともアメリカンドリームのひとつを体現し、せっせと金を貯《た》めてもう十分だと思えると、きらびやかなマイアミ・ビーチを捨ててマイアミのみすぼらしい黒人ゲットーへ移った。そして犯罪社会へ飛びこみ、どこにもまして冷酷で容赦のない競争相手たちと張り合った。自らニックネームも考えて、ことあるごとにそれを使うように言った。マイアミの新聞では、彼の写真と一緒にそのあだ名が載せられないこともよくあったが、そんなときは自ら編集部に電話をかけて騒ぎたてたりもした。以前に誰かから聞いたところでは、このジャマイカ人は自分の名前を正式にニック・ザ・ニガー・ジョーンズに変えようとしたが、何かしらの理由で認められなかったという話だ。

モーズ宅の、奥行き十メートルはあるリビングの遠い端から、ジョーンズがのんびりと手を振っていた。部屋は『ハウス・ビューティフル』誌の一九五四年度版から写したように見える。そういう感じの家具、そういう感じの趣味だった。ジョーンズはクリーム色のポロシャツに淡い狐色《きつねいろ》のスラックス、茶色のローファーという姿で、緑色のソファの上に寝そべっていた。ソックスは履いていなかった。

「セルフサービスですまないが、コーヒーでもやってくれ、署長」ジョーンズは立ち上がらずに言った。「気付けが要りそうに見えるぞ。あんたもな、ダイ」

「どうも」私は言った。「そうさせてもらおう」電気式のパーコレーターからカップに二杯注ぎ、ひとつをネセサリーに渡すと、彼は大きな音をたててすすった。誰も座ってくれとは言わず、二人とも見晴らし窓の前に立ったままでいた。

「ルカレッラはどうだった？」ネセサリーが訊いた。

「ルカレッラね」ジョーンズは穏やかな声で言い、もう一度その名を口にした。「きれいな名前だと思わないか？」大きな窓に面した緑の安楽椅子に腰を下ろしているモーズのほうを向く。「ルカレッラとかいう男を知ってたっけな、ビル？」

モーズがにんまりと笑い、今度はほんとうに愉快そうな表情になった。「今朝早くにここへ来なすった、あの紳士たちのおひとりだろうかねえ」相変わらずもごもごと言う。

「ああ。あのルカレッラか」ジョーンズは言ってしばらく黙り、ネセサリーを正面からじっと見すえた。「あいつは完全にいかれてるぞ」

「そうらしいな」ネセサリーが言って、またコーヒーをすすった。

「なんだかべらべらと、飛行機がどうの、今朝の六時四十五分とかいうとんでもない時間に出る便がどうのとしゃべりつづけるんだ。おまけに俺がそいつに乗るもんだと思ってるようだった」

「あんた以外にも大勢の人間が乗ると思ってた」とネセサリー。「言われたとおりにした連中もいる」

「本当か？」ジョーンズが言う。「誰が？」

「プラネッリだ」ネセサリーは言った。「少しぶちのめされてたが、とにかく乗った。オネアロ兄弟も。テックス・トゥランゴも乗っていった」

ジョーンズは思案げにうなずいた。「だとすると」しばらくして言った。「誰が乗らなかったかのほうがずっと面白そうだな」

「シェーマイスターだ」ネセサリーが言った。「やつは乗らなかった」

ジョーンズはまたうなずいた。日焼けした顔の上の髪は金色の細かな巻き毛だった。目は濃い茶色で、まつ毛が濃くて長いのに気づいた。細くまっすぐな鼻に端正なあご、すぐに笑みを浮かべる大きな口。ニック・ザ・ニガーは美しいといってもいい男だった。

彼がカップを手に取ってパーコレーターのほうへ行きかけたとき、窓を向いた私の目に、やつらが映った。車二台に分乗していた。フォード・ギャラクシーのセダン二台がマーシャル通りを猛スピードで走ってくる。私はネセサリーを思いきり突きのけ、彼がきりきり舞いしながら窓から五メートル離れた小テーブルに衝突した。ジョーンズが左手にカップ、右手にパーコレーターを持ったまままさっと振り向く。私は彼に飛びかかり、熱いコーヒーが首にかかるのを感じながら、ごろごろともつれ合って緑のソファのいちばん遠い端の向こうに倒れこんだ。モーズがソファに合わせた緑の色合いの安楽椅子から立ち上がろうとするのが見えた。そして椅子から離れかけたとき、見晴らし窓が粉々に砕けて銃弾がモーズを捉《とら》えた。彼は椅子に突き戻され、クッションに深く押しつけられた。またサブマシンガンの連射が始まった。二挺《ちょう》だったかもしれないが、つぎの銃弾はただ、ドガのピンクと白の服を着た踊り子の額入り複製画三枚に当たっただけだった。

　フォードの一台が唸《うな》りをあげて遠ざかるのが聞こえ、あの後輪がモーズ宅のきれいな芝生をどれだけ深く掘り起こしたのかと思った。モーズを見ると、いまは身を前に乗り出し、口を開けて必死に息を吸おうとしていた。そのとき視野の隅に最初の手榴《しゅりゅう》弾《だん》が、割れた見晴らし窓の向こうに弧を描くのが映った。とっさに身をきつく丸めた瞬間、爆風がリビングに吹きこんだ。二発目は見えなかった。目を堅くつぶっていたせいだが、一発目を上回る轟音《ごうおん》が響くと、私の下でジョーンズが悲鳴をあげ、激しく身をよじらせた。

　二台目の車の車輪が芝生を掘り起こす軋《きし》り音とエンジンの咆哮《ほうこう》だけが、二度目の爆発のあとしばらく響いていたが、耳が少しどうかしたせいか、あまりよく聞こえなかった。それからは何もなかった。ただ、はるか昔に上海《シャンハイ》の南京路《ナンキンロード》で、もし静けさが聞こえるものだとしたら、あのとき聞いたのと同じ恐ろしい静けさがあるだけだった。

　目を開けて、慎重に立ち上がった。部屋はめちゃくちゃになり、ウィリアム・モーズは緑色の椅子の残骸《ざんがい》のなかにうずくまって、何も見えずに、哀れな泣き声をあげていた。ずたずたになった黄色い絹の切れ端と暗赤色の血の斑《まだら》模様に覆われた、黒い肉の塊だった。ニック・ジョーンズは床の上でのたうちながら、また悲鳴をあげた。屈《かが》みこんでみると、狐色のスラックスの左足が膝のすぐ下から血で濡れそぼっていた。スラックスを裂いて開き、ふくらはぎを調べた。たしかに血は出ているが、深刻な傷ではない。私は彼の肩をたたいて言った。「命は助かる」

「脚のそのあたりがなくなった感じだ」ジョーンズが言いながら、なんとか体を起こした。振り返って部屋の反対側の端に目をやった。ネセサリーはすでに電話に出ていて、キャメルの煙に包まれながら話していた。そして電話を切り、こちらへ近づいてきた。

突然、大柄で肩幅の広い黒人たちが、家の裏側からリビングルームに押し寄せてきた。リボルバーを構えた者たちもいた。威嚇《いかく》するようにこちらへ近づこうとする彼らを、ジョーンズが手で追い払った。ずたずたに破れたソファに座り、血にまみれた自分の脚を見つめる。そして黒人たちを見上げると、「ぼうっとしてないで誰でもいい、バスルームへ行ってこいつに巻く包帯か何かを取ってこい」と言った。ずんぐりした肌の色の薄い男が急いで離れ、全員がいっせいにしゃべり出した。

ネセサリーはモーズの上に屈みこんでいた。立ち上がると、首を左右に振った。

「死んだのか？」ジョーンズが訊いた。

「生きてるが、目が見えないようだ」ネセサリーが言った。「救急車がここまで来れば、命は助かるかもしれん。わからんが。ひどい状態だ」私のほうを向く。「おまえはだいじょうぶか？」

「だいじょうぶだ」

モーズは緑色のソファの残骸のなかで、まだうめき声をあげていた。ジョーンズがそれを見つめた。「とてもいい爺《じい》さんだった」と穏やかに言った。六、七人の黒人たちはいま静かに、恐怖に魅入られでもしたようにモーズを見つめていた。ずんぐりした肌の色の薄い男がガーゼを一巻き持って戻ってくると、ジョーンズのかたわらにひざまずき、血の出ているふくらはぎに包帯を巻きはじめた。あまり巧みな応急手当とはいえなかった。

ネセサリーが顔を近寄せてきた。「やつらを見たな」

「車二台だけだ。どっちもフォードだった。それしか見てない」

「誰かはわからなかったんだな」問いかけではなかった。ただ自分に理解できる事実を口にしただけだった。

「ここからだと遠すぎた」

ネセサリーはうなずいてから、茶色と青の目でこちらを見た。「さっきはありが

――」私からどんな恩義を受けたと思ったのか、たぶん思いきり突き飛ばされてリビングの向こうまで飛んでいったことだろうが、彼がその礼の言葉を言い終わることはなかった。けたたましいサイレンが外で響いた。粉々に割れた窓の向こうにクローン巡査部長とインペリアルが見えた。クローンは三八口径のリボルバーを抜き、パトカーから降りて家のほうへ駆け出した。リボルバーをたえず右に左に振り回していて、黒人の群れが道を開けるとまた閉じた。五百人はいたはずで、みんなクローンと家を、粉々になった窓を見つめていた。

「あいつらいったい、どこから湧《わ》いてきたんだ？」ネセサリーが言う。

黒人の一人がクローンのためにドアを開け、クローンは三八口径を振り回しながら転がりこんできた。「その物騒なモノをしまえ」ネセサリーがぴしゃりと言った。クローンは息せき切ってあたりを見回すと、リボルバーをホルスターに戻した。

「何がどうなったんです？　ここでOITだと無線で言われたんですが」

「まあ、そのとおりだ」ネセサリーは言った。「警官のトラブル《OIT》はあったが、いまはもうない。だからここにいる連中を家の裏へ連れていって名前を聞いて、何か見たかどうか調べろ」

クローンが最後の黒人を家の裏側へ通じるドアに押しこもうとしたとき、またサイレンが聞こえた。赤と白の救急車が黒人の群れのなかをのろのろと苛立《いらだ》ったように進んできて、白人の救急隊員二人が降り立つと、家へ向かってストレッチャーを押しはじめた。救急車のすぐあとにパトカーが二台、やはりサイレンを鳴らして到着した。白人警官四人がばらばらと外に出てきたが、もう七百五十人にも膨れ上がっていた不穏な群衆を見ると、ホルスターに収まった拳銃《けんじゅう》の銃把に手をかけて、家のほうへ向かい出した。見ていたネセサリーは、うんざりしたように首を振った。「あいつらの一人でも誰か黒人を撃ってみろ、それでぜんぶおじゃんだ」

私が救急隊員たちをなかに通すと、まだ緑色の椅子で泣き声をあげながらもがいているモーズの姿を見て、二人とも眉根《まゆね》を寄せた。年配のほうの隊員がこちらに顔をしかめてみせる。「はるばる慈善病院の救急外来まで行かなきゃならないみたいだな」と言って、あんなに遠くまで運んでいくのは気が進まないと言いたげに、また眉根を寄せた。

ネセサリーがその救急隊員の肩をたたいた。「いちばん近い病院はどこだ?」と訊く。

「コルファックス・クリニックだと思うが――いや――あそこに黒人なんざ連れていけませんよ」

ネセサリーの右手がさっと伸び、救急隊員の胸ぐらをつかんでぐいと引き寄せた。おたがいの顔は十センチと離れていなかった。「君は黒人二人をコルファックス・クリニックへ連れていくんだ」と柔らかな口調で言った。「そうしてあそこにいる最高の医者の手で最高の治療を受けさせる。わかったか？」

救急隊員はうなずいた――いささか熱意もこもっていると感じた。

「もしコルファックス・クリニックから苦情が出たら、君からこう言え。この黒人二人が最高の治療を施されないなら、ネセサリー署長は何かしらの裁判所命令を出して今晩六時にクリニックを閉鎖する。わかったか？」

救急隊員はまた、さっきよりさらに熱意をこめてうなずいた。「イエッサー。了解しました」

二人の隊員が素早く、泣き声をあげているモーズを車輪つきのストレッチャーに乗せた。私はジョーンズに近づき、彼に手を貸した。「あんたも一緒に行ったほうがいい」私が言うとジョーンズはうなずき、怪我《けが》をした脚で立つと、痛みに顔をしかめた。

「ほら」私は彼の左腕を取って、自分の肩に回した。二人でゆっくりと家の外に出て、四人の警官の前を通り過ぎ、もう少なくとも千人はいる人ごみのなかへ入っていった。不穏な、静かすぎる群衆だった。みんなストレッチャーの近くへ押し寄せては、視力をなくしたモーズの血まみれの顔を見て、はっと息を飲んだりうめき声をもらしたりした。私はジョーンズに肩を貸しながら、ストレッチャーの後ろからついていった。モーズが突然、ぱっと上体を起こし、悲鳴をあげた。「ニック！　目が見えん、ニック！　どこにいる、ニック？」そしてまたストレッチャーの上で崩れ落ち、私はジョーンズを助けてモーズのそばにひざまずかせた。

「ここだよ、ビル」ジョーンズが穏やかに言った。ストレッチャーの老人がうなずき、視力のなくなった目を狂おしく動かした。「頼みを聞いてくれ、ニック。わしのためにやってくれ」と大きな、近くの者たちに聞こえる声で言った。

「ここへ来い」モーズが言う。「ここへ来るんだ、ニック」ジョーンズに手を貸して、さらに顔を近づけさせた。「やってくれ、ニック」

「何でも言うとおりにするよ、ビル」

そして死にぎわの言葉をささやいた。聞いたのは二人だけ、ニック・ザ・ニガーと私だけだった。「燃やせ、ニック。このクソったれな街を燃やせ」そしてウィリアム・モーズはまた泣き声をもらし、こと切れた。

私はジョーンズが立ち上がるのを手伝った。彼はまわりを取り囲む黒い顔の群衆を見た。「何と言ったんだ、ニック？」ある大柄な黒人の男が訊いた。「セント・ビリーはあんたに何をしろと言った?」

その言葉は群衆のあいだにたちまち広まっていった――セント・ビリーがニックに何かをするように言った、と。ほかにもストレッチャーの近くから、その指示は何かと問う声があがりはじめた。ニック・ザ・ニガーは注意深く、自分を取り巻く黒い顔また顔を見渡した。そして私を見て、かすかに微笑《ほほえ》んだ。「あんたには借りがあったな、ダイ」

「何も返そうとしないでいい」私は言った。

「歩くのに肩を貸してくれ、あの男のところまで」ニックは言って、モーズの最後の言葉を最初に訊いてきた大柄な黒人を指した。私は彼が歩いていくのを手伝った。ニックはしばらくその男を見つめていた。男は辛抱強く見つめ返した。

「ビルが何と言ったか、知りたいんだな?」

「俺たちみんなが知りたい」男が言う。

ニック・ザ・ニガーは何度かうなずき、男の顔から視線を外さずにいた。「落ち着け。そうビリーは言った。それだけだ。とにかく落ち着け、と」

ジョーンズに肩を貸して、救急車の後ろまで歩かせた。そしてウィリアム・モーズの遺体の隣に座らせたころには、すでに群衆のあいだで言葉が飛びかい、広まり出していた。

「これで貸し借りなし《イーブン》だ、ダイ」ジョーンズが言った直後に、救急車のドアが閉まった。

「元からそうだったんだ」私は言った。

# 42

その金曜日の午後三時、ピエール・〝ピート〟・ロビノー市長はネセサリーのデスクを叩きながら、スワンカートンの警官隊を黒人街から引き揚げさせるよう求めていた。

「ファースト・ナショナルから五万ドルが奪われた」ロビノーはわめいてまたデスクを叩いた。この四十秒で九回目だった。「五万だぞ！」と声を張り上げる。「なのに一人めの警官が現れるまで四十八分もかかった。四十八分だ！」

ネセサリーは椅子に寄りかかり、足をデスクの上に乗せた。市長にうなずいてみせる。「ＦＢＩが捜査に来ている。銀行強盗にはえらく手慣れた連中だ。犯人グループの半分くらいは捕まると思う」こちらを見た。「三分の一かな？」

「半分くらいだろう」私は言った。

市長はまたわめきちらし、デスクを叩いた。「犯罪の波及効果が起きてるんだぞ、ネセサリー！　波及効果が！」市長の息子のブー・ロビノーが『バークレー・バーブ』紙から顔を上げ、父親を見て微笑んだ。少し軽蔑《けいべつ》のこもった笑みのように見えた。

ネセサリーはデスクから足を下ろすと、椅子から身を乗り出した。「だったら好きなほうを選ぶといい、市長」冷たく言う。「大規模な人種間暴動が起こって街がめちゃくちゃになるか、少し強盗が増えるのに我慢するかだ」

「少しだって！」ロビノーが怒鳴った。顔が卒中でも起こしそうな赤色に染まっていた。「八十九件の武装強盗が少しだと言うのか？」

「街全体が焼け野原になるよりはましだろう」ネセサリーが言って、足をデスクに戻した。

「いいか、ネセサリー。よく聞くんだ！　一時間以内に警官たちを黒人街から戻してこっち側の人命と財産を守るようにしなかったら、日が暮れるまでにそのバッジをつけてられなくなるぞ」市長がまたデスクに拳《こぶし》を打ちつけた。「おまえを追い込んでやる、絶対に！」

「君はいま誰のところで働いてるんだ、ブー？」私は訊いた。

市長の息子は父親のほうに親指をしゃくってみせた。「そいつです」

「まあまあ、市長、少し落ち着いて」ネセサリーが言った。「モーズ老人が死んだショックから黒人街が落ち着いたら、すぐに警官たちを呼び戻そう」

「ふざけるな、ネセサリー」市長が怒鳴った。「黒人街では何の事件もない！　事件はぜんぶこっちで起こってるんだ」

「私はプロとしての判断を行使している、ロビノー市長」ネセサリーが冷たく言う。

「法と秩序は私の仕事だ――あんたのじゃない」

ロビノーが黒い色の入った窓へだっと駆け寄ると、手を振って示した。「外を見てみろ！　街じゅうから金が好き放題盗まれてるのに、おまえはそこでのうのうと法と秩序とやらを唱えてるのか！」

それはモーズの家から戻る途中にネセサリーが思いついたアイデアだった。説明を聞き終わると、私は彼に向きなおって言った。「ホーマー、オーカットもきっとあんたを誇りに思うぞ」ネセサリーがあんなうれしそうな顔をするのを見たのは初めてだった。

その日の午前九時、彼は全人員の休暇をキャンセルして、スワンカートンの警察力の九十五パーセントを黒人街へ送りこんだ。警官隊は徒歩およびパトカーで黒人街の全ブロックをパトロールした。十一時までに二人の逮捕者が出た。ドリス・エマーソン、二十三歳、売春の客引きで逮捕。マイルス・カマースティン、三十七歳、酩酊《めいてい》と秩序紊乱《びんらん》で逮捕。

スワンカートンの白人地区で通常起こる武装強盗は、一日に二、三件。その金曜日の朝は十一時までに四十六件が報告されていた——ストッキングのマスクをかぶった白人の単独犯に襲われたファースト・ナショナル銀行の一件を含めずに。

黒人街では住民たちが歩道を歩きながら、パトロール中の警官にどうもおはようとあいさつし、帽子を上げてみせた。それから満面の笑みを浮かべ、両手を口に当てて笑い出すのをこらえていた。正午になると、当ての外れた警官たちが信号無視の歩行者を探しはじめたが、収穫はあまりなかった。黒人街には平穏が戻っていた。

ネセサリーがあくびをする前で、目を飛び出させたロビノーが、また拳をデスクに打ちつけて叫んだ。「おまえは首だ、ちくしょう！」

「ピート、私を首にできないことはわかってるだろう」ネセサリーが穏やかに言った。

「できるのは市議会だけだ——多数決でな。そのほとんどがいまニューオーリンズで浮かれ騒いでるんじゃなかったか」

「もう放り出そう」私は言った。「時間と息の無駄だ」

「いやまったく、そのとおりだな」ネセサリーがブザーを鳴らすと、へとへとに疲れきり、いささか絶望した様子のフェルケアーが飛びこんできた。「市長を外まで案内してくれ、警部補」

「出ていかんぞ」ロビノーは言うと、ネセサリーのデスクの端を強く握った。

「放り出せ」

「市長をですか、サー？」

「市長をだ」

「報道陣が外に来てます、署長」

「それはいい。市長が帰りぎわに声明を出すだろう」

　フェルケアーが市長に近づいていき、おずおずと腕に手をかけた。「こちらへおいでくださいますか、サー」

「放り出せと言ったんだぞ、フェルケアー。おまえは警官だろう、結婚式の案内係じゃない」

　フェルケアーはまず、デスクにしがみついた市長に視線を向け、つぎに怖い目でこちらを見ているネセサリーに、ついで私に向けた。「放り出すんだ」私は言った。

　つかのま揉《も》み合いになったが、大したことはなかった。フェルケアーが市長の片腕を背中へねじり上げ、部屋の向こうへ押していった。「この借りは返させてもらうぞ、ネセサリー」ロビノーがわめいた。「おまえたち二人とも首にしてやる！」

「お父さんのためにドアを開けてやってくれるか、ブー？」私は言った。

「喜んで」ブーは言ってドアを開け、父親が部屋から無理やり引きずり出されていくと、深々とおじぎをした。

「礼を言います」ブーが私に言った。

「そんなことはいい」私は以前自分に言い聞かせていたとおり、彼に訊いてみた。「君のその顔の傷はどうしてついたんだ？」

ブーは閉まったドアのほうに首を振った。「あいつですよ。俺が十二のときにあいつにやられたんです。古い鎖の切れっ端で」

「どうして？」

「どうしてだと思います。バスルームでシコってたからですよ、それだけです」

「それだけでか」私が言い、彼は後ろ手にドアを閉めた。

フェルケアーがまたあたふたと執務室へ戻ってくると、あたりを見回した。少しパニックになっているように見えた。「外でコーヒーでも飲んできたのか？」ネセサリーが声をかけた。

「市長が声明を出してます」フェルケアーは言った。「私が外に連れ出したところを報道が写真に撮って、いま市長が声明を出してるところです」

「じゃあ、こっちは一杯やるかな」ネセサリーが言った。

「こっちももらおう」私は言った。

「報道陣はどうしましょう?」フェルケアーが訊《き》く。

ネセサリーはスコッチを二つのグラスに注いでから答えた。「いまから五分したらここへ入れろ。こっちも声明を出す」フェルケアーはうなずいて、すぐに出ていった。

ネセサリーが歩いてきて、酒を手渡した。「警官たちをもうあまり長く黒人街に置いてはおけんな」

「たぶんその必要もない」

「シェーマイスターはいつ行動に出ると思う?」

「いますぐでもおかしくない」

「ニックとモーズの爺さんをやったのはルカレッラだと思うか?」

私は肩をすくめた。「ルカレッラかシェーマイスターか。どっちでもかまわないだろう?」

「だな」とネセサリー。「しかしやつはずっとホテルにいると思ったが。ホテルに留まったほうが賢いんじゃないか」

「ルカレッラのことか？」

「そう。ルカレッラだ」

「ホテルだと裏口から出られない」私は言った。「だからリンチの古い家へ移ったんだ」

ネセサリーは酒を長々とあおり、そして微笑んだ。「まあ、とにかく探してたものが見つかったな」

「何がだ？」

「がっとかき混ぜるやつだ」

「底まで届く匙《さじ》か？」

「ああ」

「ひとつだけまずいことがあるな」

「何だ？」

「思ってたのより少し長すぎる」

もう報道陣を丁重に扱う理由はなく、ネセサリーも同じ対応ぶりだった。十数人の記者が執務室へなだれこんできたが、私も彼もテレビカメラの準備が整うまで無視していた。

「これは生《ライブ》か？」ネセサリーが訊いた。

「そうです」

「私からひとつ声明を出す」

「いくつか質問させてもらいたい、署長。なぜロビノー市長を署から追い出したのか？」

「あんたの名前は、若いの？」ネセサリーは質問者にそう訊いた。相手は地元の有名なテレビキャスターで、その問いかけにプライドを傷つけられたようだった。「キャンベル」と答えた。「ドン・キャンベルだ」

「ではドン・キャンベル、その口を閉じないなら、あんたも市長と同じように放り出すぞ」

新聞記者二人と通信社の記者一人がくすくす笑った。

キャンベルがぱっとカメラマンと音響係を振り向いた。「ぜんぶ撮ったか？　いまのが流れたか？」

「いまおまえを写してるんだぞ、馬鹿《ばか》野郎」カメラマンが言った。

ネセサリーはデスクの向こうで立ち上がった。「私から声明があります。準備したものではないが、とにかく進めていきますので、質問があればしてもらってけっこう」咳払《せきばら》いをすると、いちばん近いカメラのレンズを見つめた。「警察の努力により、スワンカートン市は深刻な暴動に見舞われずにすみました。ウィリアム・モーズのむごい殺害事件は悲劇的な――よく北部で見られるような騒擾《そうじょう》を引き起こす可能性があった。しかし危機は回避された。そのことでわれわれの街に住む有色人種の皆さんの良識に感謝したい――スワンカートンの警官たちの努力に対しても。そしてウィリアム・モーズを殺した者たちが判明したことも発表したいと思います。犯人たちは数時間以内に逮捕される。それまでスワンカートンは法と秩序が保たれるでしょう」ネセサリーは座ろうとしかけたが、またマイクの前に戻り、「ありがとう」と言ってから腰を下ろした。

「なぜ市長を追い出したんだ？」キャンベルがたずねた。

「市長は急病になった。それで私の執務室から助け出された」

「市長はあんたを解雇すると言っている」

「言ったとおり、市長は病気で、自分の発言に責任を持てる状態にない。つぎの質問を」

「ウィリアム・モーズ殺しの犯人はいつわかったのでしょう？」

「そう前ではない」

「彼らの身元は公表できますか?」

「それはできない」

「スワンカートンの白人地区で、今日何件の武装強盗がありましたか?」

「いつもよりは多い」

「何件です?」

「最新の数字は百三件だ」

「なんてこった!」通信社の男が言った。

「犯罪の波及効果と呼べるでしょうか、署長?」

「そうとも言えるが、人種間暴動よりはそちらのほうがましだし、それがわれわれのとるべき選択だった」

「いままでの被害額は?」

ネセサリーがこちらを見た。「二十五万ドル近くになります」私は言った。

通信社の男がまた、なんてこったと言った。

「市長が言うには、あなたは白人とその財産を守ることより、黒人を守ることに関心があると」

「市長は病気だ」ネセサリーは言った。

「どこが悪いのでしょう？」

「精神科医に訊けばいい」

「市長が精神科医にかかっていると？」

「もしかかっていないなら、かかるべきだ」

「州兵を動員すると言っていますが？」

ネセサリーはにやりと笑い、耳のあたりで人差し指をくるくる回してみせた。カメラがズームインしてそのクローズアップを撮ると、私は立ち上がって言った。「そういうことで、皆さん。会見は終了です」

「なあ、ダイ」通信社のひとりが声をかけてきた。「市長は頭がいかれてると思うか？」

「毒電波でも浴びたのかもな」

「それ、使っていいか？」

「使ってほしいね」私は言った。

リー・デイヴィス・ホテルを監視中の部下から電話がかかってきたのは、午後五時近くになってからだった。「いま出てくるところです」という声がネセサリーのデスクにある電話のスピーカーからきんきんと響いた。

「何人いる？」ネセサリーが訊いた。

「数えたところ、十三人です」

「シェーマイスターも一緒か？」

「一台目の車に乗りこみました。ぜんぶで三台です」

「わかった」

「あとを追いますか？」

「いや。行き先はわかってる」

ネセサリーがスピーカーのスイッチを切ると、こちらを見た。「リー・デイヴィスからリンチの元の屋敷まで、どのくらいかかる？」

「十五分か」私は答えた。「十六分だ」

ネセサリーがうなずいた。「フェルケアーに言っておいたほうがいいな、街じゅうの救急車が四十五分で着けるよう手配しておけと」

「われわれはいつ向こうへ着く？」私は訊いた。

「いつがいいと思う？」

「四十五分後くらいか」

十五分ばかりするとキャロル・サッカティが入ってきて、私に言った。「ほかに行くところも思いつかなくて」ネセサリーを見る。「テレビを観《み》たわよ、ホーマー。恰好いい登場だったわ」

「そりゃあな」ネセサリーが言う。「迫真だったろう」

「すごくね」

「全国ネットワークで流れるかな？」

「どうして？」私は訊いた。

「いや、女房にも見せてやりたい気がしてな」

二本目の電話は、ある家にあらかじめ配置しておいた私服警官からだった。その家の向かいにあるのが、ラムゼイ・リンチが以前使っていたヴィクトリア朝風の屋敷だった。そこはいまジュゼッペ・ルカレッラと、その二十人近い友人たちの家になっていた。

ネセサリーはデスクの電話のスピーカーをまたオンにした。「よし、マシューズ。

おまえが見たとおりに話してもらいたい——推測はなしだ。この質問のあとは、もうこっちからは何も訊かない。シェーマイスターの顔は知ってるな？」

「口ひげを生やして、妙な感じの唇をした男ですね」

「そうだ。いまからぜんぶおまえにまかせる」

「えっと、見るほどのものは大してありません。ときどきやつらの一人がポーチへ出てきて、あたりを見回して、またなかへ戻っていくだけです。たぶんなかにいるのは二、三十人だと思います——ここへ来てから、今朝の十時からですが、数えたかぎりでは。ルカレッラがここへ着いたのは正午ごろだったかと。それ以降は見てません。ちょっと待って。いま車が何台か通りを走ってきました——三台です。いま家の前に停まってます。どの車にも四人ほど乗ってて——後ろの車は五人いるかもしれません。

あれはシェーマイスターのようです、先頭の車から私のいる側へ降りてきました。二人の男が一緒に降りようとしてます。うち一人がピローケースみたいに見えるものを持ってて、いまそれを振り回して家に向かって何か叫んでるようです。ちょっと窓を開けてみます、何を言ってるのか聞けるかも」

電話のスピーカーから、堅い窓を開けようとしているマシューズの唸り声が聞こえた。

「わかりました」マシューズが言った。「あいつは、ルカレッラに出てくるように叫んでます。話をしたいと。ピローケースはきっと停戦の旗か何かのかわりでしょう。とにかくまだ振ってます。いま誰か、家から出てきました――はげ頭の男です。白いハンカチみたいなものか何かを持って、何か叫んでる、中間とか――中間のところで会おうと叫んでます。

みんなそれで納得したようです。家のドアが開いてます、あれはルカレッラのようです――ちょっと眼鏡をかけさせてみて――そう、ルカレッラだ。いまシェーマイスターが車を回りこんできてます――男二人と一緒に。一人がピローケースを持ってます。いま三人とも歩道の上で、ルカレッラはポーチの網戸のところです」

そのとき音が聞こえた。サブマシンガンが発砲する長い連続音だった。「ああなんてこった、ちくしょう！」スピーカーごしにマシューズのうめき声がした。「なんてざまなんだ、ああくそっ！」

「ちゃんと何が起こってるか話せ！」ネセサリーがぴしゃりと命じた。

「あいつらが撃ったんです。三人とも撃たれた。ルカレッラがドアの奥にぱっと引っこんだとたんにサブマシンガンで三人とも撃ち倒しました。シェーマイスターとピローケースの男ともう一人です。シェーマイスターの仲間が家に向かって発砲してます。

何人かシェーマイスターを車まで引きずっていこうとしてる。ピローケースの男が這《は》いずって戻ろうとしてます。やつらが階段にいたはげ頭の男を撃ちました。ルカレッラ側のやつです、死んだと思います。シェーマイスターはまちがいなく死んでます。やつを車に引きずりこんで、まだ家に向かって発砲してます。ああなんてこった」

ネセサリーはもう聞いていないようだった。三八口径のリボルバーを差したホルスターを装着するのに忙しかった。それが終わるとデスクの引き出しに手を入れ、何か取り出すと私に差し出した。私はぼうっとそれを見た。「こいつは銃だ。チーフス・スペシャルだ」

「見ればわかるが」

「必要になるかもしれん」面白そうに私を見つめる。「使い方も知ってるだろう」

「知ってる」

「じゃあさっさと取れ、行くぞ」

手が銃のほうに動き、それから一時間ほど持ったままでいた。そして見てみると、ただの銃だった。コートのポケットに入れた。

「あんたと二人だけか？」と訊いた。

「そうとも、ダイ、おまえと俺だけだ」

# 43

ヴィクトリア朝風の古い屋敷に着いてみると、十一台の救急車が通りをふさぎ、白衣の救急隊員たちが病院へ——もしくは死体公示所へ運ぶ人間をうろうろと探し回っていた。あたりには二百人から二百五十人くらいの人垣ができ、何があったのかと言葉をかわしていた。救急隊員の一人がネセサリーを目にとめ、人ごみをかき分けて向かってきた。

「何も、誰も見つかりません、署長」と情けない、鼻にかかったような声で訴えた。「みんなすごい銃声を聞いたと言っているし、歩道にはたしかにたくさん血の痕《あと》があるのに、誰も死んでないんです。ぐあいの悪い人間すらいない」

「誤報だったにちがいない」ネセサリーが言った。

「これだけ血が流れてるのに？」

「そうだ」とネセサリー。「これだけ血が流れてもだ。ほかの救急車にもここから引き揚げるように伝えろ」
救急隊員は肩をすくめ、群衆のなかへ消えていった。私たちは人ごみをかき分けて進み、シェーマイスターが死んだはずの場所に見える血の痕を迂回《うかい》していった。白いピローケースを持っていた男は、彼のいちばん上の姉の息子マーヴィンだったのだろうか。

ネセサリーがドアを叩《たた》くのにまかせた。ショーティと呼ばれる男が用心深くドアを開く。誰が来たのかがわかると、にやりと笑って、ドアを大きく開け放った。「うまくいったじゃないか？」

「何がうまくいったのかな？」ネセサリーが訊いた。

「ああ、うん、とにかく入って——彼がお待ちかねだ」

私たちは彼のあとについて、あの型にはまった感じの応接間に入った。そこでニューオーリンズから来た、左右から押し潰《つぶ》されたような顔の男が、これ以上ないほど盛大に笑みを浮かべていた。コーヒーテーブルの上にシャンパンのマグナム瓶が置いてある。弁護士のサミュエルズがそのコルク栓をいじっていた。

「時間どおりだ」ルカレッラが上機嫌で言った。「ちょうど祝いに間に合ったな」ネセサリーの肋《あばら》をひじで軽く突く。「よく黒人街へ警官を厄介払いしてくれた。あれはすごかった、署長、まったく大したもんだ、言わせてもらえば」

「悲惨な事態になってもおかしくなかった」ネセサリーは言った。

ルカレッラが鼻を鳴らした。「悲惨な事態か。シェーマイスターの野郎の顔を見たら、実際、えらく悲惨だと思ったよ。君にも見せたかった……まったくすごかった」サミュエルズのほうを向く。「署長にシャンパンのグラスを渡せ。祝おうじゃないか、何もかも最高にうまくいった。これだけうまくいったから、うちの若いのはもうみんな家に帰したよ、ここにいるやつら以外は」

部屋にいるのはいま、私を入れて六人だけだった。ネセサリー、ルカレッラ、サミュエルズ、ショーティと呼ばれる男、それに私の知らない、べつに知りたくもないもう一人の男。そいつは私の向かいの壁にもたれ、何を見ても楽しげに笑っていた。

「シャンパンを飲んでる暇がないんだ、ミスター・ルカレッラ」ネセサリーが言った。

「どういうことだ、暇がないとは？　それにミスターってのは何のつもりだ？　私をミスターと呼ぶ必要はないぞ。そう呼ばれるのは好きじゃない」

「ミスター・ルカレッラ、あんたをウィリアム・モーズ殺害容疑で逮捕する」ネセサリーが言うのと、サミュエルズがシャンパンの栓を抜くのが同時だった。弁護士がぱっと顔を上げた。部屋の向こう側にいる男の笑みが消えた。ルカレッラの顔が少し紫がかった色に変わった。ネセサリーは手のひらに載せた小さな警告カードを掲げ、ルカレッラの権利についてすべて読み上げはじめた。それからサミュエルズのほうを見て言った。「ミスター・ルカレッラはこの権利を理解しているか？」

サミュエルズがのろのろとうなずいた。「理解しておられる」

「行こうか、ミスター・ルカレッラ」ネセサリーが言い、相手の腕に手を伸ばした。

ルカレッラは踊るような動きで飛びすさり、口を激しく動かしたが、声が出てこなかった。

やっと踊るのをやめて、ネセサリーに指を突きつけた。「裏切ったな、このクソ野郎！」とわめいた。「おまえは裏切らないと誓ったのに裏切った。俺はモーズとかなんとかいうやつの殺しには何の関係もない。俺がやってないのは知ってるはずだ。おまえは俺をはめようとしてるんだ、ネセサリー、おまえとそこのずる賢い相棒が」

ネセサリーがまたサミュエルズのほうを向いた。「専任の弁護士として、あんたから彼に権利を伝え、ちゃんと理解させたほうがいいな」

「私はそうは――」サミュエルズが両手を挙げて万策尽きたという身振りをし、シャンパンの瓶から離れると廊下に出るドアのほうへ向かった。一度だけ必死にまわりを見回すと、ドアの外へ飛び出していった。

「行こうか、ルカレッラ」ネセサリーがまた言った。

「誰が行くか！　俺をはめやがって。俺には友達がいる——ほかのみんなと同じように友達がいるんだ」小さなデスクに走り寄って引き出しを開けた。なかをひっかき回してリボルバーを取り出しかけたが、ネセサリーが素早く動き、引き出しを勢いよく閉めてその手を挟んだ。ルカレッラが悲鳴をあげて床に沈みこみ、傷ついた手を押さえた。ネセサリーが下に手を伸ばし、腕をつかんで引っぱり上げる。ルカレッラはまた身をよじって逃れると、踊るように壁ぎわの、私がずっと目を離さずにいた男のほうへ向かった。

「こいつを撃て、ちくしょう！　殺せ！」ルカレッラはもう叫んでいた。「こいつのやったことを見たな！」男がルカレッラを見て、ドア近くに立っているショーティに目を移した。二人がうなずき合う。壁ぎわの男が銃を抜いた瞬間、私はそいつを二回撃ち、振り返ってショーティに一発撃ちこんだ。そして長いあいだ、と自分では思えたが、手のなかの拳銃を見つめ、慎重にテーブルの上に置いた。ネセサリーもリボルバーを抜いていて、まだ撃つ相手がいるというように周囲を見回していた。そしてルカレッラに銃口を向けた。

やせこけた男の顔がゆがみ、口が動いて、また悲鳴をあげた。言葉ではなく、ただの音だった。分析医がその音を聞いたら顔を曇らせただろう。ルカレッラはコートの前をばっと開けて大きく広げ、まだ叫びながらネセサリーに向かっていった。ネセサリーがその顔を強く張り飛ばすと、ルカレッラは叫ぶのをやめ、異常さもすべて消えた。いまはただの古い、しわくちゃの塊に見えた。「俺を撃ってくれ」とつぶやいた。

「俺を殺してくれ」

　ネセサリーがこちらを向いた。「だいじょうぶか？」

「ああ」

「手錠を持ってきてないだろうな？　俺は忘れちまった」

「おい、俺を撃ってくれよ、クソ野郎」ルカレッラが言った。いまはめそめそした泣き声のようで、ウィリアム・モーズそっくりだと思った。

「いや。持ってこなかった」私は言った。

「ちきしょう」ネセサリーが言う。「手錠を持ってくりゃよかった」

　私たちが玄関を出て、網戸のついたポーチから続く階段を降りていくと、ヴィクトリア朝風の屋敷の外にはさらに百人ほどの人垣ができていた。私は人ごみを押しのけて進み、ネセサリーがルカレッラの右腕を左手で締め上げながらあとに続いた。ネセサリーは拳銃を出したまま、右手でしっかり握っていた。人ごみのなかの誰かが、先頭にいる男は何者だと口にし、誰かがＦＢＩだと答え、また誰かが、なぜＦＢＩは警察署長のような拳銃を持っていないのかと訊いた。

インペリアルへ向かう途中で、ネセサリーが叫んだ。「危ない、ダイ！」振り返った瞬間、彼が目に入った。すごい速さでこちらへ向かってくる。見慣れた三角刃のナイフを見慣れた姿勢で構えながら。そのときこう思ったのを覚えている。相手は私の知るトリックをすべて、さらにその上まで知り尽くしている、自分にできるのはただ見ることだけだと。そうして魅入られたように眺めるうちに、二発の銃声が聞こえ、彼のベストに穴が二つ空くのを見た。ファイ・ベータ・カッパの鍵《かぎ》の真上に。カーミングラーだった。組織が送りこんでくる最強最悪の人材だった。

彼は後ろによろめいてナイフを落とし、ベストに空いた二つの穴を不思議そうに見下ろした。手で触ろうとはしなかった。私を見たその顔には、驚きが、そして悲しみがあったように思う。悲しげな馬みたいだ、そう思ったのを覚えている。口が少し動いたが、言葉は出てこなかった。そしてこちらに向かってがくんと倒れこみ、できるのはただ、彼が地面にぶつかる前に捕まえようとすることだけだった。

彼を受け止めても、その体には力がなく、長く抱えていられないのがわかった。彼がまた私を見た。数センチと離れていないところに顔があった。彼の視線にある悲しみが軽蔑へ変わったように思えたが、本当のことはわからない。ただの痛みだったのかもしれない。唇が動いて、ようやく言葉をしぼり出した。彼がどうしても私に伝えたかったことを。

「君はやはり、われわれには大して重要じゃない、ダイ」そう言った。私はうなずいたが、彼は見ていなかった。もう何も見えてはいなかった。そっと体を歩道へ下ろしたが、それにももう意味はなかった。彼はすでにこと切れていた。

ルカレッラをつかんだままのネセサリーが、人ごみに向かって下がれと叫んだ。そして適当な誰かに声をかけ、救急車を呼ぶように言った。「三台だ」とつけ足した。

　ネセサリーとルカレッラが近づいてきたとき、私は立ってカーミングラーを見下ろしていた。「厄介な相手か?」ネセサリーが訊いた。

「最悪の相手だ」

「無茶なまねさせやがって、こんな人ごみのなかで。危なく撃つところだった」

「撃っただろう」

「ほかの人間をってことだ」

「もういい」私は言った。「もう終わった」

「どうでもいいなら、なんでおまえは泣いてるんだ?」

「そうなのか。知らなかった」

# 44

犯罪の波及効果が生じた翌日の土曜日、三つの出来事があった。ひとつめは、スワンカートン警察への特別な配慮として、ファースト・ナショナル銀行が私を貸金庫まで行かせてくれたことだ。それで強奪された五万ドルを取り返す足しになると思ったのかもしれない。だがそのあては外れた。

二つめは、私が銀行を出たあとに起こった。私は警察本署のある個人の番号に電話をかけて言った。「こっちはぜんぶすんだ」その五分後、スワンカートンの警察署長が辞表を提出した。

三つめは、ニューヨークから届いた電報だった。こう書かれていた。「俺はゆうべ自分の手で死ぬのを選んだ。おまえが知りたがるのじゃないかと思ってな。よろしく。ゴーマン」追伸にこうあった。「ミスター・スモールデインはこの電報の文面を一字一句変えないようにとの指示を残しました」その追伸にはゴーマン・スモールデイン・アソシエイツ株式会社の署名があり、どんなひとたちが社員なのだろうかと思った。

## 45

いまでも私は、しわだらけになったその『スワンカートン・ニューズ・カリオペ』の日曜版を引っぱり出すことがある。土曜日には発行されない新聞なので、その日曜日はニュースであふれていた。一日限りで終わった犯罪の波及効果の報道ももちろんあったし、六、七件の銃乱射事件と殺人事件の詳細と推測を伝える記事もあった。警察署長の辞任の発表もあった。だが第一面の中央には、どこか戸惑った表情の男の写真が三段ぶち抜きで載せられ、その下には黒々とした極太の四十八ポイント活字の見出しがこう問いかけていた。

**この男は何者なのか？**

私はこの記事をときどき読み返す。そこにはルシファー・ダイなる人物のことがかなり長く、微に入り細をうがって書かれているからだ。記事によると、ルシファー・ダイはスワンカートンを腐らせた男だった。それもたった一人で。もし誰かこの記事を信じる人間がいるとしたら、ルシファー・ダイは元スパイであり、殺し屋であり、悪徳警官であり、ペテン師であり、犯罪の帝王であり、不特定の外国勢力の指示を受けた扇動者だった。ほかにもたくさんのリストが挙げられているが、どれひとつとして現実味のあるものではなかった。『ニューズ・カリオペ』は憎むべき男であると断じ、読者に向かってこの男を憎むように促し、十一月に投票へ行って善良な人物を選出することでこの男のやった悪事を消し去ろうと呼びかけた。そうしない者たちは愚か者であると、チャニング・ダーシー・フェトウィック三世は署名入りの社説でほのめかしていた。またその社説には、まったくの愚か者ではないスワンカートン市民が投票するに値する人物として多くの名前が思慮深く挙げられていた。

私がこのルシファー・ダイの長い記事を読み返すのが好きなのは、彼の本当の正体を語ると謳《うた》っていながら、まるで何も語っていないからだ。語ってくれればいいのにという思いはいまだに消えない。そのよれよれの新聞紙には、また別の紙片が挟んである。『タイム』誌の国際版から破り取られた、ほんの数センチ幅の短い記事だ。スワンカートン市民が最後の最後に、候補者名簿からしかるべき人物を選出して市政のあらゆる主要な役職を埋めたという内容である。もちろん話のオチとなる事実もあった。でなければ『タイム』が記事にすることもなかっただろう。その事実とは、新たに選出された市議会議員のなかに、再選されずに終わった前市長の一人息子、ビュフォード・ロビノーの名前があったことだ。

いま私はメキシコに住んでいる。煙草《たばこ》もやめて、ある海辺のリゾート地で本屋を営み、メキシコについて英語で書かれた本を売っている。相手はスペイン語が読めない観光客だが、けっこう大勢いるようだ。メキシコは暮らすのに安上がりな場所なので、本屋だけでも私と妻を養えるだけの収入はある。妻の名前はキャロルといい、彼女の一番の親友は中西部出身の二十三歳になるとびきりの美人で、その夫はマリーナを経営している。私はときどきその夫と一緒に地元の酒場《カンティーナ》に行き、ある赤毛のメキシコ人も加わって一緒にビールを飲む。そのメキシコ人は警察署長で、自分の髪に何も変わったところはないと思っているが、私の友達の目の色のことは珍しいと思っている。片方の目が青、もう片方が茶色なのだ。

午後になると、私たちはビールを飲みながら、遠い場所で起こる犯罪のことを語り合う。だがスワンカートンという場所のことが話題にのぼることはない。

# ロス・トーマスの魅力

原　尞

去年の八月（編集部注／一九九六年執筆）、ロス・トーマスの最後から二番目の小説となった*Voodoo, Ltd.*が『獲物』という邦題で翻訳されたときすぐに読み、さらに秋を過ぎてから〝ウー／デュラント・シリーズ〟が、〝ウー／デュラント／アザガイ／ストーリングズ／ブルー・シリーズ〟になる過程をたどってみたくなって、『大博奕《おおばくち》』『五百万ドルの迷宮』『獲物』の三作品を続けて再読した。若いころと違って、本を読むスピードが落ちていることは確かだが、それぞれに一ヵ月前後の時間をかけて読み終えているのは、ほとんど一夜に一章ずつぐらいのペースに制限して、じっくりと味わうように読んだからである。

二作目の『五百万ドルの迷宮』が終盤にはいり、登場人物のひとりアレハンドロ・エスピリトの台詞《せりふ》によれば〝手詰まりの引分け状態《スパニッシュ・スタンドオフ》〟になったころ、ロス・トーマスの訃報《ふほう》を新聞で読んだ。癌《がん》による六十九才での彼の死去の日付は、五十年足らず前に、筆者が生まれた日付と同じだったが、そのことはこの一文を書くために、日記に添付した死亡記事の切り抜きを読みなおしてみるまですっかり忘れていた。
〝ウー／デュラント・シリーズ〟をたどる読書は、そのまま敬愛する小説家への追悼の意を兼ねることになったが、小説を読むことの悦《よろこ》びと愉《たの》しみは少しも減じなかった。新聞のわずか十八行の死亡記事よりも、ページからじかに語りかけてくる故人の生きた声のほうがはるかに現実的だったからである。ロス・トーマスの小説が読めなくなるという思いが緩和されたのは、私の書棚に、友人がアメリカからの土産にしてくれた『獲物』の次の作品 *Ah, Treachery!* のハードカバーの著者サイン入り本があったからかもしれない。さらにこの遺作のほかにも、当然訳出されて然《しか》るべき未訳の九つの長篇がのこされているからかもしれない。

遺作は『欺《あざむ》かれた男』という邦題で翻訳され、いま私の眼の前に置かれていて、この一文を書き終えれば、逆さまの星条旗が描かれた表紙の扉を開かれるのを待っている。

もともとロス・トーマスの小説は少しでも速く読了することが目的であるような忙しい読書には向いていない。もちろん、小説というものは、本来休みなしに一気に読んでもらうことを期待して書かれている。しかし、慌《あわ》ただしい読書の仕方では、そこから何か際立《きわだ》った特徴を引き出そうというがさつな読書習慣が生まれる。際立った特徴をもつ小説というのは、おおむねへたな小説である。実際のところ、私にはロス・トーマスの小説を読み終えた翌日に、鑑賞にたえるような小説が見つけられるとは思えない。

そういう忙しい読み方では、ロス・トーマスの傑作もせいぜい〝うまい〟とか、〝達者な〟小説という印象が残るだけで、どちらかと言えば、彼の作品を敬遠していることになる。ロス・トーマスの小説を〝うまい〟と言ってすますことのできる人は、要するにふだんはよほどへたな小説ばかりを、しかも愉しんで読んでいるということだ。へたな小説はたいへんわかりやすく、したがってその面白さもたいへんわかりやすいからだろう。

ロス・トーマスの小説の面白さはそれほどわかりやすくはない。『欺かれた男』の帯には〝巨匠の最後の名人芸〟と書かれているが、〝名人〟が本来の意味のごとく、その世界に一人か二人存在するか、あるいは不幸な時期には一人も存在しないという、それほどの厳密な意味での名人芸という評価であれば、ロス・トーマスにふさわしい。この名人芸というのが、なかなかわかりにくいのである。私見によれば、現役の小説家で、この名人芸を見せてくれるのは英国のギャビン・ライアルぐらいだろう（編集部注／ライアルは二〇〇三年没）。

ロス・トーマスもギャビン・ライアルも好きな作家は誰かと訊《き》かれて、その筆頭にハメットとチャンドラーを挙げている。ごぞんじの読者もあると思うが、私は小説というものをつねにレイモンド・チャンドラーの影響下で考えてきた。チャンドラーに注目すれば、その年下の先輩格であるハメットにも、第三のハードボイルド作家であるロス・マクドナルドにも惹《ひ》きつけられることになるし、彼らの継承者と称する現代のネオ・ハードボイルド派の作家たちにも眼を通すことになる。だが、長いあいだの関心の果てにたどりついた思いは、ハメットとチャンドラーではまるでものごとの表と裏のように違うし、チャンドラーとロス・マクドナルドではまるで陽と陰のように違うし、チャンドラーとネオ・ハードボイルド派の作家たちではまるで天と地ほどにも違うということである。(もっとも、表と裏、陰陽、天地の関係があると肯定的にとるから、所謂《いわゆる》ハードボイルド・スクールというジャンルが成立するわけだが)

それに対して、ロス・トーマスやギャビン・ライアルの小説が、一般的にはハードボイルド派と見なされないにもかかわらず、チャンドラーとの親近性を感じさせるのはなぜであろうか。私はこの実感に今日でもなおきちんとした説明を与えられないでいるのだが、漠然と感じていることは、彼らに共通な〝いかにも小説らしい〟小説、敢《あ》えて言うなら、〝小説らしさ〟から逸脱することを忌避する信念というものだろうか。

わずかに一例を挙げるなら、彼らは調べればすむようなことなどを小説の中に一行も書き入れたりしない。

近年私は、小説家とはどういうものかと訊かれて、〝詐欺師《さぎし》〟のようなものだと応《こた》えることが多い。詐欺の至芸はやはりその語《かた》り（騙り）口すなわち話芸にあると思われる。それに較《くら》べて、資料（史料）のお墨付のあるもの、これは本物だからという注釈のついたもの、妙に実用に適《かな》うもの、なかでも宗教的な威《い》喝《かつ》をおびたものなどは、詐欺の風上にもおけない。語り口ひとつで、何の役にも立たないものを見事に売りつけてみせるのが、小説の至芸ではないだろうか。現実の詐欺は相手にする個人の弱点をつくやや卑劣な商売だが、こちらは読者すべての、すなわち〝人類すべての弱点〟をつこうと意図している。まきあげるのは高々小遣い程度の本代で、騙《だま》されて相手を喜ばせ、また来年か再来年の秋には、あの詐欺師が戻ってきてくれないかなと心待ちにされる……。

ロス・トーマスはそういう第一級の詐欺師の風格をもつ作家で、この称号には私の最大級の讃辞と憧憬《しょうけい》の念がこめられている。

（初出『ミステリマガジン』一九九六年十二月号（早川書房）、小説家）

# 解説

三橋 曉

まさに、青天の霹靂《へきれき》。有為転変は世の習いだし、昔を懐《なつ》かしむ年寄りの繰り言との誹《そし》りもあるかもしれない。しかし、こんな素晴らしい再会を、誰が予見しえたというのか。ロス・トーマス、久方ぶりの翻訳紹介を慶《よろこ》びたい。

大人の読み物、という言葉を耳にしなくなって久しい。かつてミステリは紳士淑女の嗜《たしな》みとも言われ、翻訳エンタテインメントの世界が、大人の読者向けのスパイスリラーやポリティカル・フィクション、犯罪小説などの宝庫だった時代もあった。

しかし、ソフィスティケイトされた傑作を数多く届けてくれたエルモア・レナードやギャビン・ライアル、ジョン・ル・カレらマエストロたちは鬼籍に入り、新作も途絶えてしまった。ここにご紹介する『愚者の街』の作者ロス・トーマスも、その一人だ。

ロス・トーマスが、カリフォルニア州サンタモニカで、七十年にわずか満たない人生に終止符を打ったのは、一九九五年十二月のこと。最後の長篇小説『欺《あざむ》かれた男』（一九九四年）が日本で出たのがその翌年だから、それ以降の読者の中には、名前くらいは知っていても、どんな作家かご存じない方も、もはや多かろう。

ロス・トーマス（Ross Thomas）は、一九二六年の生まれ。当時は二つの世界大戦の間《はざま》の時代で、狂乱の二〇年代《ローリング・トウェンティース》とも呼ばれる。大都市では音楽や文学、ファッションなどの文化が大きく花開いたが、トーマスの生地オクラホマシティを州都とするオクラホマは、アメリカ合衆国中南部に位置し、昔も今も小麦や乳牛を産する農牧地帯として知られる。

少年期は世界を揺るがした大恐慌《だいきょうこう》の時代とも重なる。安定した職業がもてはやされる中、高校三年の時に書いたショートストーリーが学年の最優秀作に選ばれ、五ドルと記念バッチを手にしたという。そのことが、ものを書く生業《なりわい》のきっかけとなったようだ。

父親は建設請負業だったが、息子は親の職業よりも家にあった本からの影響を受け、当時の人気作家ヘミングウェイやチャンドラーなどを読んで成長したと思《おぼ》しい。ハメットとチャンドラーの文体の統合を成し遂げた作品としてロバート・ペン・ウォーレンの『すべての王の民』（一九四六年）を、また素晴らしい会話の書き手として〈ニューヨーカー〉の常連作家ジョン・オハラの名を挙げるなど、若き日の豊かな読書体験を窺《うかが》わせる。

プロの書き手としては早熟で、初めての仕事は十七歳だった。その後、第二次世界大戦末期に陸軍兵士としてフィリピンで戦い、前後してオクラホマ大学に在学して、英語学の学位を取得すると、卒業後は広報関係の仕事に就いた。本作でも語られる赤狩り《マッカーシズム》の嵐《あらし》が吹き荒れた五〇年代には、後の民主党大統領候補ジョージ・マクガヴアンの選挙運動にも関わったそうだ。

成功した作家の例に洩《も》れず、トーマスも多彩な職歴を誇る。新聞社や政府機関に身を置き、海外勤務も経験した後に、大きな仕事のインターバルを利用して、最初の小説『冷戦交換ゲーム』（一九六六年）をわずか六週間で書き上げた。その後の執筆歴については、編集部が用意してくれた作品リストをご覧いただきたいが、デビュー作はアメリカ探偵作家クラブ（ＭＷＡ）が主催するエドガー賞の最優秀新人賞に選ばれ、さらに『女刑事の死』（一九八四年）では、ミステリー界の最高峰ともいうべき同賞の最優秀長篇賞受賞という栄誉も手にしている。

さて、その『女刑事の死』を機に、当時伸び悩んでいたわが国における作者の評価も上向きに転じ、以降、わずかなタイムラグで日本の読者にも新作が届けられるようになった。しかし六〇~七〇年代にはまだ紹介のミッシングリンクがいくつもありながら、遺作の紹介以降は、デビュー作の続篇にあたる『暗殺のジャムセッション』(一九六七年)がポツリと訳されたきり。それから十四年も音沙汰《おとさた》なしで、かくいう私も今さら新訳が出るなど、ゆめゆめ思いもしなかった。敢《あ》えて冒頭に、中国宋《そう》代の成句を引用した所以《ゆえん》である。

本書『愚者の街』は、原題を *The Fools in Town Are on Our Side*(街の愚か者たちは我らが味方、の意)といい、一九七〇年、アメリカではニューヨークのウィリアム・モロー社、イギリスではロンドンのホッダー&ストートン社から刊行された。原題はエピグラフにもあるが、アメリカ文学の源流ともいわれるマーク・トウェインの『ハックルベリー・フィンの冒険』(一八八四年)の一節から採られている。

お話は、九月初めのサンフランシスコから始まる。その日、主人公のルシファー・C・ダイが組織をお払い箱になったのは、ある作戦の失敗で詰腹を切らされたからだ。香港《ホンコン》で隠れ蓑《みの》に生命保険会社の取締役を十年以上やってきた彼は、ある中国人の諜報《ちょうほう》員《いん》を二重スパイに仕立てようと画策した。しかし予期せぬトラブルに見舞われ、彼はとある小さな島国の監獄で三ヶ月を過ごす羽目となり、それが他国を巻き込んでの国際問題に発展したのだった。

手切金同然の退職金を手に、とりあえずチェックインしたホテルを、ヴィクター・オーカットという若手実業家が強面《こわもて》の共同経営者と美しい秘書を伴い、訪ねてくる。都市問題専門のコンサル業を営む彼が高額の報酬で持ちかけたのは、街をひとつ腐らせるという仕事だった。標的はメキシコ湾に面した小都市スワンカートン。因縁ある元同僚の仲介に悪意を嗅《か》ぎとるが、今度はその街の顔役で敵方の黒幕ラムゼイ・リンチが主人公に接触してくる。

今回、数ある未紹介作品の中から、この『愚者の街』に白羽の矢を立てたのは、大正解だろう。というのも、本稿執筆にあたり参考にしたThe Armchair Detective誌のレイモンド・オブストフェルド氏によるインタビュー『ロス・トーマス「私の小説作法」』（ミステリマガジン一九八六年十月号）でも、繰り返し興味深い言及がなされていたのが本作だからだ。また熱心なトーマス信奉者だった故・広辻万紀氏も「ロス・トーマス全長篇解題」（同前一九九六年十二月号）で「初期の作者の集大成」と未訳を惜しむ声をあげていた。

テーマは都市であり、舞台となるスワンカートンなる街は、人口が二十万人程度、アラバマの港湾都市モービルと、ヒューストン沖合の島内都市ガルベストンの中間に位置すると紹介される（ルイジアナ州のバトン・ルージュのあたりか？）。描かれるのは、貧富の差や人種による住み分けがなされた、二十世紀アメリカの典型的なローカル都市の姿である。

町に巣食う悪と舞台裏の抗争劇は、否応《いやおう》なくハメットの『血の収穫』（一九二九年）を連想させ、コミュニティの脆弱《ぜいじゃく》性を訴えたフレドリック・ブラウンの短篇『街を求む』（一九四〇年・『真っ白な嘘《うそ》』他所収）もヒントになっているのかもしれない。スワンカートンの利権をめぐり、作者お得意の深謀遠慮が火花を散らすプロ同士の騙《だま》し合いが繰り広げられる。

トーマスはこの『愚者の街』の根底にある市民の道徳的な堕落がもたらす効果について、労働組合の全国的組織で広報部長をしていた時期の、町から町を渡り歩いて知見を深めた経験に基づいたものと語っている。人々を堕落させる役割を担《にな》う主人公の名を堕天使《ルシファー》とするあたりに、作者の機知と皮肉屋ぶりが窺えるが、彼は神のもとならぬ、ＣＩＡとは別のもう一つの米諜報機関〝セクション２〟を追放された身でもある。

主人公は、アウトサイダーとして陰謀にかかわり、謀略活動の専門家の高いスキルを発揮していく。そしてその一方で、自身の置かれている状況を冷静に見つめる観察者にもなっていくのだ。

しかし、成熟したプロフェッショナルが天職ともいえる仕事を離れた時、自身がどうふる舞い、事態はどう推移するかを興味津々《しんしん》で追うのは、実は作者自身でもある。あらかじめプロットや物語のアウトラインを準備せず、自ら作中に入っていき登場人物と一緒に行動し、発見していくというおなじみの創作姿勢は、本作でも大いに威力を発揮している。

そんな中、本作で際立《きわだ》って特徴的なのは、年代記風に語られていく主人公ルシファーの来し方の物語だろう。現在と並行し、幾層かに分かれた過去が交互に語られていく中、その過去のパートではモンタナ州モンクリーフを起点に、上海《シャンハイ》、そして地球をさらに西回りで半周して再び合衆国へと戻り、〝セクション2〟に加わるまでの長い道のりが大河ドラマ風に語られていく。

そのバックグラウンドに映し出されていくのは、上海事変や真珠湾攻撃、朝鮮戦争といった激動の時代風景で、とりわけ印象に残るのは、多言語話者《マルチリンガル》の才をいかんなく発揮し、大人との奇妙な友情を育《はぐ》みながら、数奇な運命に立ち向かう少年ルシファーの健気《けなげ》な姿だ。その間々《あいあい》には、東洋という異郷に対する作者のそこはかとない憧憬《しょうけい》も窺える。

そういえば、間もなく没後三十年になろうとしているが、少し前に巨匠にまつわる久々の大きなニュースもあった。USAネットワークが『女刑事の死』をスパイク・リーやタランティーノ、ダニー・ボイルの作品などでおなじみのロザリオ・ドーソン主演でドラマ化したのだ。ただ残念なことに、二〇二〇年二月から十週にわたりオンエアされたものの、シーズン2の製作は見送られてしまった。

ハリウッドでは苦い経験もあり、自作の映画化「セント・アイブス」（一九七六年）のチャールズ・ブロンソンをミスキャストといい、脚本で参加した「ハメット」（一九八二年）をイマイチと貶《けな》して憚《はばか》らないトーマスがもし生きていたら、間違いなくこう嘆いただろう。「ほらな、だから言わんこっちゃない」

だが原著から半世紀遅れでやっと本書を手にしたわれわれには、「やっとわかってくれたか、わたしの真価を。ずいぶんと時間がかかったけど、でも嬉《うれ》しいよ」と言ってくれるのではないか。シニカルな笑みをニヤリと浮かべながら。

（二〇二三年四月、ミステリー評論家）

# ロス・トーマス著作リスト

## 【長篇小説】

*The Cold War Swap*☆（1966）『冷戦交換ゲーム』丸本聰明訳（ハヤカワ・ミステリ）
※アメリカ探偵作家クラブ（ＭＷＡ）最優秀新人賞受賞作

*The Seersucker Whipsaw*（1967）

*Cast a Yellow Shadow*☆（1967）『暗殺のジャムセッション』真崎義博訳（ハヤカワ・ミステリ）

*The Singapore Wink*（1969）『恐喝シンガポールウインク』筒井正明・近見昌三訳（立風書房）

*The Brass Go-Between*＊（1969）

*The Fools in Town Are on Our Side*（1970）※本書

*Protocol for a Kidnapping*＊（1971）

*The Backup Men*（1971）☆『クラシックな殺し屋たち』筒井正明訳（立風書房）

***The Procane Chronicle*** ＊（1971）『強盗心理学』尾坂力訳（立風書房）※一九七六年に『セント・アイブス（St. Ives）』として映画化

***The Porkchoppers***（1972）『ポークチョッパー 悪徳選挙屋』筒井正明訳（立風書房）

***If You Can't Be Good***（1973）『可愛い娘』筒井正明・近見昌三訳（立風書房）

***The Highbinders*** ＊（1974）

***The Money Harvest***（1975）『悪魔の麦』筒井正明訳（立風書房）

***Yellow-Dog Contract***（1976）

*No Questions Asked* ＊（1976）

***Chinaman's Chance*** ★（1978）『大博奕』志摩政美訳（立風書房）

***The Eighth Dwarf***（1979）『八番目の小人』藤本和子訳（ミステリアス・プレス文庫）

***The Mordida Man***（1981）『モルディダ・マン』山本やよい訳（ミステリアス・プレス文庫）

***Missionary Stew***（1983）「シチューと密使」菊地よしみ訳（早川書房、ジェローム・チャーリン編『ニュー・ミステリ　ジャンルを越えた世界の作家42人』に冒頭の第一章のみ抜粋収録）

***Briarpatch***（1984）『女刑事の死』藤本和子訳（早川書房→ミステリアス・プレス文庫→ハヤカワ・ミステリ文庫）※MWA最優秀長篇賞受賞作

*Out on the Rim*★（1987）『五百万ドルの迷宮』菊池光訳（早川ミステリアス・プレス→ミステリアス・プレス文庫）

*The Fourth Durango*（1989）『神が忘れた町』藤本和子訳（早川ミステリアス・プレス→ミステリアス・プレス文庫）

*Twilight at Mac's Place*☆（1990）『黄昏にマックの店で』藤本和子訳（早川ミステリアス・プレス→ミステリアス・プレス文庫）

*Voodoo, Ltd.*★（1992）『獲物』菊地よしみ訳（早川ミステリアス・プレス）

*Ah, Treachery!*（1994）『欺かれた男』菊地よしみ訳（早川ミステリアス・プレス）

（＊はオリヴァー・ブリーク名義のフィリップ・セント・アイヴズのシリーズ、☆はマック・マッコークル＆マイク・パディロのシリーズ、★はアーティー・ウー＆クインシー・デュラントのシリーズ）

【ノンフィクション】

*Warriors for the Poor: The Story of VISTA*（1969）※ウィリアム・H・クルックとの共著によるノンフィクション

*Spies, Thumbsuckers, etc.*（1989）※ロード・ジョン・プレスから300部限定で出版された小冊子で、一九六九年のノンフィクションに、短篇小説、書評、雑文などを加えて収録

**【短篇小説】**

〝Christmas Reposessed〟（1989）「クリスマス専門家」木村仁良訳（早川書房「ミステリマガジン」一九九六年十二月号掲載）※*Spy, Thumbsuckers, etc.* に収録されたクリスマス・ストーリー

**【映画原案・脚本】**

〝Hammett〟（1982）『ハメット』（ヴィム・ベンダース監督）※ジョー・ゴアズ原作の同作（稲葉明雄訳／角川文庫→ハヤカワ・ミステリ文庫）の映画化脚本

〝Blood In Blood Out（Bound by Honor）〟（1993）『ブラッド・イン ブラッド・アウト』（テイラー・ハックフォード監督）※映画原案

〝Bad Company〟（1995）『バッド・カンパニー／欲望の危険な罠』（ダミアン・ハリス監督）※映画化脚本

本書は、本邦初訳の新潮文庫オリジナル作品です。

本作品中には、今日の観点からは差別的表現ともとれる箇所がありますが、作品の時代背景に鑑み、原書に忠実な翻訳をしたことをお断りいたします。

（新潮文庫編集部）

Title : THE FOOLS IN TOWN ARE ON OUR SIDE
Author : Ross Thomas

# 愚《ぐ》者《しゃ》の街《まち》（下）

新潮文庫 ト - 25 - 2

*Published 2023 in Japan*
*by Shinchosha Company*

令和五年六月一日発行

訳者 松《まつ》本《もと》剛《つよ》史《し》
発行者 佐藤隆信
発行所 株式会社 新潮社
郵便番号 一六二―八七一一
東京都新宿区矢来町七一
電話 編集部(〇三)三二六六―五四四〇
読者係(〇三)三二六六―五一一一
https://www.shinchosha.co.jp

価格はカバーに表示してあります。

乱丁・落丁本は、ご面倒ですが小社読者係宛ご送付ください。送料小社負担にてお取替えいたします。

印刷・株式会社光邦　製本・株式会社大進堂


ISBN978-4-10-240312-9 C0197